Hanne Nehlsen
Der Inselschamane

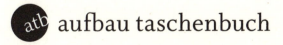
aufbau taschenbuch

HANNE NEHLSEN lebt in Nordfriesland. Sie hat bisher zwei sehr erfolgreiche Romane um den Inselpolizisten Frerk Thönnissen geschrieben: »Tod im Watt« und »Strandräuber«.

Frerk Thönnissen plant seinen nächsten Urlaub auf der Südseeinsel Tuvalu. Leider fehlt ihm das nötige Kleingeld dafür – und es gibt Ärger auf seiner Insel Pellworm. Hotelier und Bürgermeister Feddersen glaubt, einen dicken Fisch geangelt zu haben. Ein indischer Guru macht Station, um seine Heilslehren zu verkünden. Mit ihm kommt ein zahlungskräftiges Publikum – Veganer, Esoteriker, Anhänger der »Lehre von der reinen Liebe«. Thönnissen möchte gern mehr über dieses bunte Völkchen erfahren. Nachts schleicht er sich in das Lager der komfortablen Wohnmobile. Dabei überrascht er den Inselpastor, der Gleiches im Sinn hat. Wenig später brennt das Wohnmobil des Stellvertreters des Gurus, und man findet eine Leiche. Doch damit beginnt der Ärger auf Pellworm erst.

HANNE NEHLSEN

Der Inselschamane

Ein Nordsee-Krimi

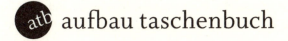 aufbau taschenbuch

ISBN 978-3-7466-3126-4

Aufbau Taschenbuch ist eine Marke
der Aufbau Verlag GmbH & Co. KG

1. Auflage 2015
© Aufbau Verlag GmbH & Co. KG, Berlin 2015
Umschlaggestaltung und Illustration Mediabureau Di Stefano, Berlin
unter Verwendung eines Motivs von © Zoran Kolundzija,
Creative Crop, rrocio, Guillermo Perales Gonzales/alle Getty Images
und malerapaso/iStockphoto
Gesetzt aus der Adobe Garamond und Marcelle Script
durch LVD GmbH, Berlin
Druck und Binden CPI books GmbH, Leck, Germany
Printed in Germany

www.aufbau-verlag.de

Eins

Ein strahlendblauer Himmel zeigte sich. Nirgendwo war eine Wolke zu sehen. Die Wärme war durch den leichten, von der See wehenden Wind erträglich. Trotz aller Warnungen würde niemand auf die hohe UV-Strahlung achten. Sie färbte die Unvorsichtigen rot, statt ihnen eine von den Daheimgebliebenen beneidete Urlaubsbräune zu schenken. Die sanfte Brise, die die Haut angenehm streichelte, sorgte dafür, dass sich das Wasser ein wenig kräuselte. Es ähnelte zerknittertem Stanniolpapier.

Flut.

Die Wellen plätscherten gegen den Damm, der vom Tiefwasseranleger zum Deich führte, ihn in einem eleganten Schwung überwand und auf der Binnenseite im Inneren der Insel endete. Seitdem man diesen Damm ins Wattenmeer hinaus gebaut hatte, war die Fähre unabhängig von Ebbe und Flut. Den alten Inselhafen hatte das Schiff nur bei Hochwasser anlaufen können.

Der Damm war auch eine Attraktion für die Urlauber. Manch einer fuhr zum Zeitvertreib hinaus und beobachtete das Anlegemanöver und das Be- und Entladen der Fähre. Überall auf den Inseln dieser Welt faszinierte die Ankunft eines Schiffes die Menschen. Hier konnte man es auch mit einem Besuch auf dem »Turm« verbinden, der am Ende des Damms auf einer Warft stand und bei ungünstigem Wasserstand den Fluten der Nordsee trotzte. Die Gastronomie in der Spitze des Bauwerks, dem Turm, bot für jeden etwas.

Wer sich die Zeit nahm, genauer zu beobachten, vermochte Neuankömmlinge und schon länger anwesende Urlaubsgäste zu unterscheiden. Es war nicht nur der Teint, sondern auch der Blick der Menschen. Die Neuen reckten die Hälse und suchten die Schönheit des Inselambientes zu erfassen, empfanden den Fahrweg, der durch das Wasser führte, als erstes kleines Abenteuer.

Die reine Seeluft wurde heute durch die Abgase laufender Motoren verdrängt. Auf dem Damm Richtung Insel hatte sich ein Stau gebildet. Fast nichts rührte sich mehr. Nur durch das beherzte Eingreifen der Fährleute war es möglich, dass das letzte Fahrzeug vom Schiff fahren und das Beladen mit den wartenden Abreisenden erfolgen konnte.

Die landeinwärts führende Autoschlange endete nach ungefähr einem halben Kilometer in Höhe eines grün-weißen Golfs, der auf dem Randstreifen parkte. Erst auf den zweiten Blick war ersichtlich, dass ihm die Insignien eines Polizeifahrzeugs fehlten. Auf dem Dach war kein Blaulicht montiert, der Schriftzug »Polizei« an der Seitenfront war überlackiert. Echt hingegen war der Polizeibeamte, der den Fahrzeugen Halt gebot.

Polizeiobermeister Frerk Thönnissen war die Ordnungsmacht auf Pellworm. Der Inselpolizist. Er hatte Dienstjacke und Dienstmütze abgelegt, trat zur Seite und bedeutete dem Fahrer des japanischen Kleinwagens, dass er fahren könne.

»So ein Schwachsinn«, knurrte der ältere Mann am Steuer. »Damit schrecken die die Touristen ab.« Es krachte im Getriebe, als der Gang eingelegt wurde. Der Motor heulte auf, und mit einem Satz bewegte sich das Auto Richtung Deich. Thönnissen legte lässig die Hand an den Haaransatz und deutete ein Salutieren an. »Schönen Urlaub«, rief er dem Wagen hinterher. Dann winkte er das nächste Fahrzeug heran und zeigte gebieterisch auf einen Fleck vor seinen Füßen.

Aus dem geöffneten Fenster streckte sich der Kopf einer rotgesichtigen jungen Frau entgegen.

»Was ist denn los?«, fragte sie, um sich sogleich umzudrehen und über die Schulter in den Fond zu versichern: »Gleich, mein Kleines, bekommst du etwas zu trinken. Es dauert nicht mehr lange.«

Das »Kleine« waren zwei schwitzende Kinder, die angeschnallt in ihren Sitzen hockten. Das jüngere fing an zu weinen.

Thönnissen winkte sie durch. »Ich wünsche Ihnen einen schönen Urlaub«, sagte er und zeigte dem Hintermann an, vorzufahren.

Der Mercedes gab Gas und wollte am Polizisten vorbei. Nur ein gebieterisches »Halt« ließ den Fahrer noch einmal stoppen.

»Ich werde mich beschweren«, blaffte der Mercedesfahrer. »Was soll die Schikane?«

»Möchten Sie einen unbeschwerten Urlaub auf unserer schönen Insel verleben?«, fragte der Inselpolizist.

»Was soll der Scheiß? Ich will hier nicht in der Schlange stehen.«

»Allgemeine Verkehrskontrolle«, erwiderte Thönnissen mit stoischem Gleichmut. »Führerschein. Fahrzeugpapiere.«

»Das ist hirnrissig.«

»Steigen Sie bitte aus.«

»Nein! Ich fahre jetzt ins Hotel.«

»Aber nicht mit dem Auto. Ohne Papiere läuft da nichts. Oder besser – Sie laufen.«

»Ich beschwere mich.«

»Das steht Ihnen frei. Aber zunächst Ihre Papiere bitte.«

Mühsam schälte sich der korpulente Mann aus dem Wagen, öffnete die hintere Tür, kramte umständlich in einem Leinensakko nach der Brieftasche und fischte schließlich die Dokumente hervor. Dabei schimpfte er unablässig. »Schikane. Staatsterror. Das hat Konsequenzen«, drang als Wortfetzen an Thönnissens Ohr.

Der Inselpolizist umrundete das Auto, verglich die Nummernschilder mit den Fahrzeugpapieren und sah abwechselnd auf das Bild im Führerschein und auf den Mann.

»Sie sind ganz schön alt geworden«, raunte er ihm zu, so dass die gewichtsmäßig zu ihm passende Beifahrerin es nicht hören konnte.

Der Mund des Mannes öffnete und schloss sich wie bei einem Goldfisch im Aquarium. »Sie – Sie«, japste er.

Die Dokumente waren in Ordnung.

»Jetzt möchte ich noch das Warndreieck und die Warnweste sehen.«

»Die habe ich.«

»Schön. Dann zeigen Sie sie mir, bitte.«

»Das geht nicht. Die ist ganz unten im Kofferraum.«

Thönnissen zuckte mit den Schultern und zeigte auf den Randstreifen. »Halten Sie dort hinter dem Golf. Dann können Sie in Ruhe auspacken.«

»Wissen Sie, wer ich bin?«

Thönnissen schüttelte den Kopf. »Sie tragen keine Uniform. Aber ich. So sehen Sie auch, wer *ich* bin.«

»Der Meister ist gut mit uns bekannt.«

»Welcher Meister?« Der Inselpolizist zeigte auf seine Schulterklappen. »Drei Sterne. Ich bin *Ober*meister.«

»Sie werden Ihres Lebens nicht mehr froh. Ich sorge dafür, dass Sie künftig nur noch Parksünder aufschreiben.«

»Gut. Aber heute führe ich eine allgemeine Verkehrskontrolle durch. Also! Fahren Sie rechts ran, und dann suchen Sie die Warnweste heraus.«

Inzwischen hatte sich das Fenster der Beifahrertür herabgesenkt. Ein runder Frauenkopf mit Doppelkinn zwängte sich durch die Öffnung. Die lange Kette klirrte gegen die Tür.

»Herbert! Wie lange dauert das noch. Ich muss mal. Dringend!«

»Sag das dem hier«, fluchte der Mann. »Warum musst du auch so viel trinken? Wo steckt die blöde Warnweste?«

»Haben wir so etwas?«

»Natürlich.«

»Weiß ich doch nicht. Du bist doch der Mann.« Die Stimme wurde weinerlich. »Herbert! Wenn ich nicht sofort auf die Toilette gehen kann, dann …«

»Kann ich nichts für.«

»Herbert? Wie sprichst du mit mir?«

Der Mann setzte sich hinters Steuer und fuhr den Wagen an die Seite. Thönnissen hörte dabei einen handfesten Krach, der aus dem Wageninneren drang.

Als Nächstes rollte ein alter Unimog heran, der arg mitgenommen aussah. Zwei merkwürdig aussehende Männer blinzelten durch die geteilte Scheibe.

»Was ist denn los?«, fragte der Fahrer, während sich die Gestalt neben ihm ebenfalls Richtung Fenster lehnte.

Thönnissen wiederholte seinen Spruch.

»Oh.« Es klang, als würde der Fahrer flöten. »Auch bei uns?«

»Bei allen Fahrzeugen.«

»Was möchten Sie denn wissen?«

Thönnissen musste ein Schmunzeln unterdrücken. Der Beifahrer trug ein orangefarbenes Gewand und gab sich nicht nur hinsichtlich der Kleidung alle Mühe, feminin zu wirken. Die beiden schienen aber schon eine Weile unterwegs zu sein.

Und der Wille allein, weiblich zu wirken, reicht nicht, das Sprießen der Bartstoppeln zu bremsen.

Der Fahrer machte eine linkische Handbewegung.

»Hach. Da muss ich nachsehen.« Er schob den Beifahrer zur Seite, der sich über seinen Schoß gelehnt hatte. »Schätzchen, reich mir doch bitte mein Täschchen herüber.«

»Gerne doch«, erwiderte der Beifahrer mit nasal klingender Stimme und tauchte ins Fahrzeuginnere ab.

Thönnissen wurde abgelenkt, weil weiter hinten ein Fahrzeug aus der Schlange ausscherte, auf die Gegenfahrbahn fuhr und alle überholte. Das wuchtig wirkende Fahrzeug kam ihm entgegen, als er sich auf die Straße stellte und mit beiden Händen über dem Kopf ein Haltesignal gab. Es schien, als würde der Fahrer hinter den getönten Scheiben seinen Stoppbefehl missachten wollen. Vorsichtig verlagerte der Inselpolizist sein Körpergewicht auf das linke Bein, um abspringen und sich in eine Lücke der wartenden Autoschlange retten zu können. Im letzten Moment bremste die große Limousine. Zwischen dem charakteristischen Kühlergrill und ihm war ein knapper Meter Platz geblieben. Thönnissen versuchte, die weichen Knie zu verbergen und seinem Gang Sicherheit zu verleihen, als er zur Fahrerseite ging. Die getönten Scheiben ließen nur einen schemenhaften Blick ins Innere zu.

Bisher hatte Thönnissen nur von der Existenz dieses Fahrzeugtyps gehört. Ein Bentley Mulsanne hatte sich noch nie noch Pellworm verirrt. Nun stand er vor ihm. Es war das Spitzenmodell des englischen Herstellers, dem auch die britische Königin vertraute. Sie fuhr allerdings eine Sonderausführung. Keine zwei Dutzend waren in Deutschland angemeldet. Thönnissen wusste, dass der Bentley mit dem legendären Phantom oder Ghost von Rolls-Royce konkurrierte. Die über fünfhundert PS und der Sieben-Liter-Motor ließen den Wagen über dreihundert Stundenkilometer schnell werden. Und das bei einem Eigengewicht, das mit einem Lkw konkurrieren konnte.

Der kurze Augenblick des Erstaunens war vorüber.

Thönnissen klopfte gegen die Scheibe. Der Fahrer schien zu zögern. Der Inselpolizist sah, wie sich der Schatten umdrehte und mit jemandem im Fond sprach. Dann senkte sich die Scheibe herab und gab den Blick ins Innere frei. Zunächst fiel sein Blick auf die Kombination aus Edelhölzern und hellem Leder, die das Interieur ausmachten. Dann schenkte er dem Fahrer in der grauen Uniform mit der Schirmmütze seine Aufmerksamkeit.

»Was war das denn?«, fragte Thönnissen. »Wie kommen Sie dazu, über die Gegenfahrbahn an allen Autos vorbeizufahren?«

»Dieses ist das Auto des Raja.«

»Wer soll das ein?«

Spöttisches Erstaunen zeichnete sich auf dem Gesicht des Fahrers ab. »Sie kennen den Raja nicht?«

»Nö.«

»Das ist der Fürst.«

»Welcher? Fürst Pückler – der mit dem Eis? Oder Fürst Bismarck – der mit dem Hering?«

»Man spottet nicht über den Raja. Schon gar nicht in seiner Gegenwart.«

Thönnissen deutete ein Nicken in Richtung des Rücksitzes an. »Ist er das?«

»Selbstverständlich. Seine Hoheit.«

Der Inselpolizist kratzte sich den Hinterkopf. »Tja. Wenn Sie mit einer offiziellen Eskorte gefahren wären, hätte ich Sie passieren lassen. Aber so sind Sie einer von vielen.« Thönnissens ausgestreckter Arm zeigte auf die Schlange. »Und Sie haben gegen die Straßenverkehrsordnung verstoßen. Das müssen wir jetzt aufnehmen.«

»Sie wollen den Raja warten lassen?«, fragte der Fahrer mit Empörung in der Stimme.

»Er kann ja zu Fuß vorausgehen.«

Irgendwo hinten in der Schlange wurde gehupt.

Thönnissen wollte nachsehen, wurde aber durch einen BMW-Geländewagen abgelenkt, der sich mit hoher Geschwindigkeit von der Landseite näherte und mit quietschenden Reifen auf ihrer Höhe zum Stehen kam. Die Tür wurde aufgerissen, und ein Mann sprang aus dem Fahrzeug. Er fand nicht einmal Zeit, den Schlag wieder zu schließen. Sein puterrotes Gesicht schien kurz davor, zu platzen. Mit drohenden Fäusten stürmte er auf Thönnissen zu.

»Bist du nicht ganz dicht?«, brüllte er, dass es den Anschein erweckte, man könne es bis zum Festland hören.

»Boy«, begrüßte ihn Thönnissen in normaler Lautstärke.

Feddersen, Hotelier und Bürgermeister, packte Thönnissen am Hemd und schüttelte ihn.

»Das ist der helle Wahnsinn. Was soll man von uns denken? Da kommen die Leute auf unsere Insel, weil sie hier Ruhe und Erholung finden wollen. Und wem begegnen sie als Erstes? Einem durchgeknallten Polizisten, der die Urlauber schikaniert, bevor sie überhaupt richtig angekommen sind.«

Thönnissen packte Feddersens Hände an den Gelenken und drückte sie von sich.

»Was du Schikane nennst, ist eine allgemeine Verkehrskontrolle. Wenn wir das bei der Ankunft erledigen, können wir sicher sein, dass alles mit rechten Dingen vor sich geht. Die Menschen können einen unbeschwerten Urlaub verbringen und wissen, dass jedes entgegenkommende Fahrzeug überprüft ist. Sag mal, hast du eigentlich eine Warnweste an Bord?«

»Ich gebe dir gleich was – von wegen Warnweste. Du lässt sie sofort durchfahren.«

Thönnissen grinste. »Wer sagt das? Der Bürgermeister in dir? Oder der Gastronom, der Sorge hat, dass die Kaffeegäste heute eine halbe Stunde später bei ihm erscheinen?«

»Das wird dich deinen Job kosten«, drohte Feddersen. »Das war das letzte Mal, dass du so etwas gemacht hast.«

»Okay«, erwiderte Thönnissen gelassen. »Dann werde ich eben Justizvollzugsbeamter. Dann sehen wir beide uns wieder, wenn ich dich einschließe, weil du wegen Steuerhinterziehung, Bedrohung eines Vollzugsbeamten, Schwarzbrennerei, Bestechung und einem weiteren Dutzend Vergehen eingelocht worden bist.«

»Ich bring dich um – ich bring dich um«, fluchte Feddersen, als er zu seinem BMW zurückkehrte, das Fahrzeug wendete und mit durchdrehenden Reifen Richtung Insel verschwand.

Thönnissen winkte dem Unimog und bedeutete ihm zu fahren. Doch der Mann am Steuer wedelte mit einem Dokument. »Hier«, rief er mit hoher Stimme. »Meine Frau hat das Täschchen gefunden.«

Thönnissen ließ seinen Arm rotieren. »Fahren Sie endlich. Machen Sie den Weg frei.«

»Ach, da wird Maria aber traurig sein«, stöhnte der Fahrer, bequemte sich aber doch, das eigentümliche Gefährt in Betrieb zu setzen.

Thönnissen hatte sich vor den Bentley gestellt und versuchte, die Wartenden zum Weiterfahren zu animieren.

»Blödes Arschloch«, rief ihm ein Mann aus einem geöffneten Wagenfenster zu, dessen Gesicht nur aus Haaren zu bestehen schien.

»Und nun zu Ihnen«, wandte sich der Inselpolizist dem Fahrer des Bentleys zu. »Ihre Papiere.«

»Ich bin der Fahrer des Raja.«

»Und wie heißt der Fahrer? Ist der auch göttlich? Oder hat er – so ganz nebenbei – einen bürgerlichen Namen?«

»Wissen Sie, was es bedeutet, dass der Guru seinen Fuß auf diese Insel setzt?«

»Doch.« Thönnissen nickte »Ich bin mir bewusst, was es heißt: Stress. Besonders für mich. Und jetzt haben wir genug geredet.«

»Das darf nicht wahr sein«, stöhnte der Fahrer und zeigte seine Papiere vor. Er hieß Hubertus Filsmair.

»Filzmeyer«, sprach Thönnissen es falsch aus. »Das ist bei Ihrem Verein sicher Programm.« Dann staunte er, als er die Fahrzeugpapiere durchsah.

»Das Auto ist auf ›Die Kinder der Erleuchtung – Kultur und Gesundheits GmbH‹ zugelassen. Ein Firmenwagen. Was bedeutet das?«

»Muss das hier erläutert werden? Die Dokumente sind in Ordnung.«

Es stimmte. Leider.

Thönnissen ließ Filsmair aussteigen und den Kofferraum öffnen. Das Staunen steigerte sich. Im Heck des Fahrzeugs war ein solider Tresor eingebaut.

»Was ist das?«, wollte der Inselpolizist wissen.

»Das geht Sie nichts an.« Der Fahrer räumte zwei lederne Aktenkoffer zur Seite. »Hermès« konnte Thönnissen erkennen, bis er die Warnweste präsentiert bekam.

»Wenn ein schlechtes Karma auf die Insel fällt, tragen Sie die Schuld daran«, drohte der Fahrer.

»Da komme ich mit zurecht«, erwiderte Thönnissen leichthin. »Besonders, wenn es mich erst im nächsten Leben trifft.« Er winkte dem Fahrer lässig zu. »Passen Sie auf«, gab er zum Abschied noch einen Rat. »Wenn Sie Ihr Gefährt nicht ordnungsgemäß auf einem abgegrenzten Parkplatz unterbringen können, bin ich zur Stelle. Das macht dann fünfzehn Euro. Aber vielleicht haben Sie die ja in Ihrem Safe.« Er klopfte auf das Dach des Bentleys.

Der Stau hatte sich inzwischen aufgelöst. Lediglich Herbert, der Mercedesfahrer, saß auf einem stabilen Koffer, den er aus dem Fahrzeug geholt hatte, und schmauchte seelenruhig eine dicke Zigarre.

»Sie können fahren«, sagte Thönnissen.

»Nein!«, protestierte Herbert. »Ich habe mit viel Aufwand die Warnweste hervorgekramt. Jetzt *müssen* Sie sich die ansehen.«

Thönnissen erfüllte ihm den Wunsch.

»Jetzt aber«, beschied ihm der Inselpolizist.

Herbert schüttelte bedächtig den Kopf. »Zu spät«, erklärte er und zeigte mit dem Daumen über die Schulter in Richtung seiner Frau. »Jetzt haben wir alle Zeit der Welt.«

Zwei

Pellworm war überschaubar. Die Einheimischen kannten sich untereinander. Man begegnete sich beim Kaufmann, auf der Straße, überall. Jeder wusste etwas vom Nachbarn. Kaum etwas blieb verborgen. Kein Wunder. Viele waren auch miteinander verwandt. Und auch die Urlauber wurden einem vertraut. Wohin sollten sie auch ausweichen? Sie steuerten die gleichen Ziele an wie die Insulaner. Spätestens am dritten Tag ihres Aufenthalts gehörten sie zumindest temporär dazu. Na ja. Nicht ganz. Pellwormer wurde man, sofern man hier nicht geboren war, erst nach fünfundsiebzig Jahren Aufenthalt auf der Insel. Thönnissen war ein echter Insulaner. Seit Generationen wohnte seine Familie hier, auch wenn er jetzt der Letzte war.

Er seufzte, trank noch einen Schluck Kaffee und legte die Zeitung beiseite. Damit die Familie nicht ausstarb, war er gefordert. Die ganze Zukunft des Geschlechts ruhte auf ihm. Aber es zeichnete sich eine Lösung ab. Elizabeth tauchte vor seinem geistigen Auge auf, als er die Lider zuklappte. Zweimal war er schon rund um den Erdball bis ans Ende der Welt geflogen. Nach Tuvalu, der Insel auf der anderen Seite der Welt. Man gelangte auf abenteuerlichen Wegen dorthin. Zunächst war er bis zu den Fidschi-Inseln gereist. Von dort waren es noch einmal tausend Kilometer in die Einsamkeit des Pazifiks, bis die kleine Turbo-Prop-Maschine auf dem internationalen Flughafen in Funafuti aufsetzte. Der viertkleinste Staat der Welt hatte eine Größe, die etwa achtzig Prozent der Fläche

Pellworms entsprach. Darauf lebten halb so viele Menschen, wie Husum Einwohner hatte. Es gab eine einzige Straße, die mit ihren acht asphaltierten Kilometern das kleinste Straßennetz der Welt bildete, und der Flughafen nahm einen Großteil der Hauptstadt ein. Das mochte nicht jeden reizen. Es war sein Traum gewesen, einmal Tuvalu zu besuchen. Er hatte nicht ahnen können, dass er dort Elizabeth begegnen würde, einer atemberaubenden Frau. Wenn er auf Pellworm war – auf *seiner* Insel –, schweiften seine Gedanken ab nach Tuvalu. Dort war es wunderschön, auch wenn statt Traumstränden überall der Müll herumlag, weil es weder eine Deponie noch ein Recylingsystem gab. Die Einkaufsmöglichkeiten auf Pellworm wirkten im Vergleich zu den dortigen Möglichkeiten wie die 5th Avenue in New York im Vergleich zu … zu … Nein. Ihm fiel kein passender Ort ein. Aber auf Tuvalu lebte Elizabeth. Und was waren alle Trauminseln dieser Welt gegen diese Frau? Keine hätte er gegen sie eingetauscht. Na ja. Wenn er es sich richtig überlegte. Keine? Mit Ausnahme von Pellworm.

Er reckte sich. Der Urlaub würde ihn wieder auf die andere Seite der Erdkugel führen. Wenn er … ja, wenn es ihm gelänge, die nicht unbeträchtlichen Reisekosten aufzubringen. Die Bezüge eines Polizeiobermeisters waren nicht so bemessen, dass man davon einen bescheidenen Lebensunterhalt und eine Traumreise finanzieren konnte. Er schrak auf, als sich das Telefon meldete.

»Moin, Frerk. Du musst mal herkommen«, ertönte eine Stimme aus dem Hörer, ohne einen Namen zu nennen.

»Tore?«

»Klar. Wer sonst.«

»Wir haben noch über tausend andere Pellwormer«, stellte Thönnissen fest.

»Aber nur einen Tore Ipsen.« Das traf zu. Ipsen war der Inselspediteur. Was auch immer nach Pellworm geliefert und nicht mit einem eigenen Lkw hierhergebracht wurde, lud man in Strucklahnungshörn auf dem Festland ab. Ipsen pickte es am Pellwormer Anleger auf und verteilte es zuverlässig auf die Pellwormer Empfänger. »Du solltest mal herkommen und für Ordnung sorgen. Das ist dein Job, oder?«

»Was ist los?«

»Gibt Stress«, erwiderte Ipsen. Dann hatte er aufgelegt, ohne den Ort zu nennen. Thönnissen seufzte. Es konnte sich nur um Tammensiel handeln.

Thönnissen machte sich auf den Weg. Wenn die vorgesetzte Dienststelle auf dem Festland meinte, aus Kostengründen das Dienstfahrzeug gegen ein Fahrrad auszuwechseln, musste sie sich auch mit den klagenden Bürgern auseinandersetzen, wenn es zu lange dauerte, bis die Polizei eintraf. Thönnissen unternahm keine Anstalten, besonders kräftig in die Pedale zu treten. Als er eine halbe Stunde später in Tammensiel, dem Hauptort der Insel, anlangte, stand dort eine kleine Gruppe und diskutierte.

Tammensiel bestand eigentlich nur aus einer Straße, in der eine Handvoll Geschäfte ihre Waren feilbot. Die »Handvoll« war wörtlich zu nehmen, auch wenn der Lebensmittelmarkt sich nach dem Umbau im neuen Gewand und mit einem breit gefächerten Angebot präsentierte.

Die kleine Gruppe öffnete sich und sah Thönnissen entgegen. Man schien in eine Diskussion verwickelt zu sein, ohne dass es nach Streit aussah.

»Was ist los?«, wandte er sich an Jens Paulsen, einen Einheimischen.

»Nix? Wieso?«

»Tore Ipsen meinte, es gäbe Stress.«

»War nicht so gemeint«, erwiderte Paulsen. »Ist alles wieder okay. Es gab ein paar blöde Bemerkungen zu den beiden hier.« Er zeigte auf die beiden Insassen des Unimogs, deren Bekanntschaft der Inselpolizist bereits gemacht hatte.

»Ach, der nette Herr Wachtmeister«, sagte der Fahrer und bewegte die Hand in einer linkischen Geste. »Sieh mal, Maria.«

Beide waren in weite Gewänder gekleidet. »Maria« hatte dunkle Lidschatten angelegt. Thönnissen registrierte mit einem Seitenblick, dass beide Eheringe trugen.

»Man ruft mich nicht umsonst.« Er sah sich um. »Wo ist Ipsen?«

»Der musste weiter. Sonst schafft er seine Tour nicht.«

»Los, Jens. Was ist hier passiert?«

»Nun ja«, druckste Paulsen herum. »Die beiden hier sind schon merkwürdige Paradiesvögel.«

»Aber – aber«, beklagte sich der Fahrer des Unimogs.

»Na ja. Als die hier auftauchten, gab es ein paar Sprüche.« Paulsen hob die Stimme an. »›Jetzt ist es hier auch warm, selbst wenn die Sonne nicht scheint.‹ Und so ähnlich. Dagegen war die Bemerkung ›Oh – Christopher Street Day auf Pellworm‹ noch harmlos.«

»Sind Sie beleidigt worden?« Thönnissen sprach das seltsame Paar an.

»Peace«, entgegnete der Fahrer.

Der Inselpolizist wedelte mit der Hand. »Los, Leute. Geht weiter.«

Murrend folgten die Anwesenden seiner Aufforderung. Für sie war es spannend. Ein wenig Abwechslung im ruhigen Alltag der Insel. Hoffentlich blieb es dabei, dachte Thönnissen. Die Neuankömmlinge, soweit sie sich zum Guru und seinem

Tamtam bekannten, unterschieden sich wesentlich von den anderen Urlaubsgästen.

»Wir sind auf dem Damm nicht mehr dazu gekommen, die Papiere zu kontrollieren«, sagte der Inselpolizist.

»Aber wir sind doch nicht mit dem Auto unterwegs«, staunte der Fahrer.

Thönnissen lächelte. »Ich weiß nicht, wie Sie heißen. Sonst könnte ich Sie mit Namen ansprechen.«

Der Fahrer reichte ihm die Hand zu einem laschen Händedruck.

»Ich bin Hans-Gundolf aus Frankfurt. Das ist Maria.« Er zeigte auf seine Begleiterin. »Meine Frau. Genaugenommen Reiner-Maria. Unser gemeinsamer Familienname ist Vogeley.«

»Sie nehmen an diesem Kongress teil?«

»Ja.« Hans-Gundolfs Augen strahlten. »Wir sind seit langem glühende Verehrer des Meisters. Es ist ein außergewöhnliches Glück, dass der Raja sein Ashram hier auf Pellworm aufgeschlagen hat. Wenn ich an ihn herankomme, möchte ich ihn zu gern fragen, welche Erleuchtung ihn dazu gebracht hat. Wir kommen aus Frankfurt. Ich muss gestehen, noch nie von dieser Insel gehört zu haben. Ich dachte immer, Sylt, Föhr, Amrum und diese kleinen Dinger – wie heißen die noch gleich?«

»Halligen«, half Thönnissen aus.

»Genau. Ich … wir dachten immer, das ist alles. Und nun hat der Meister dieses Eiland zu Großem auserkoren.« Er zupfte Thönnissen am Ärmel. »Wissen Sie, was das für Pellworm bedeutet? Tausende werden hierherkommen und die gesegneten Plätze aufsuchen, die der Meister für würdig empfunden hat, ihn zu empfangen.«

»O Gott«, entfuhr es Thönnissen.

Hans-Gundolf Vogeley sah ihn irritiert an. »Nein, nicht Gott. Raja. So spricht man den Meister korrekt an.«

»Ich vertrete hier das Gesetz«, sagte der Inselpolizist. »Wie heißt er eigentlich mit bürgerlichem Namen?«

Entsetzen stand in Hans-Gundolf Vogeleys Miene. »Mit bürgerlichem Namen?« Er tätschelte Thönnissens Hand. »Der Raja ist keiner von uns. Kein Bürgerlicher. Er ist der Raja.«

»Ist das indisch?«

»Das gilt für den gesamten Erdball. Raja heißt König oder Fürst.«

Thönnissen brummte etwas Unverständliches vor sich hin. »Ich kenne nur einen Maharadscha.«

»Das ist der Großkönig«, belehrte ihn Hans-Gundolf Vogeley.

»Aha. Das war eine mächtige Gestalt.«

»So mächtig ist der Raja auch«, versicherte Vogeley.

Thönnissen nickte. »Das war schon prächtig, was der zu zeigen hatte. Kennen Sie den Abenteuerfilm ›Das indische Grabmal‹? Dort tritt der Maharadscha auf.«

Hans-Gundolf Vogeley wich einen Schritt zurück. »Ein Abenteuerfilm? Und den vergleichen Sie mit unserem Raja?«

»Der Maharadscha war auch superreich. Ob der – ich meine den aus dem Film – allerdings einen Safe im Kofferraum hatte, kann ich nicht sagen.«

»Ein Safe im Kofferraum? Ich kann Ihnen nicht folgen«, erklärte Vogeley.

Reiner-Maria stupste seinen Partner an. »Komm jetzt. Wir müssen Kevin suchen.«

»Kevin?«, fragte Thönnissen routinemäßig.

Hans-Gundolf bestätigte es. »Kevin gehört zur Familie.«

Um Himmels willen, dachte Thönnissen. Noch mehr Verrückte.

»Noch etwas«, fiel Hans-Gundolf Vogeley ein. »Wo kann man hier einkaufen? Ich meine – so richtig?«

»Wir haben zwei gut geführte Supermärkte. Einer ist gleich dort drüben. Der andere am Nordermitteldeich.«

»Sie verstehen mich falsch. Wir suchen ein Geschäft, wo man reine Sachen erwerben kann.«

»Hier können Sie alles bedenkenlos essen. Fleisch und Fisch sind aus der Region, die Eier kommen von der Insel.«

Vogeley zog die Stirn kraus. »Sie haben uns missverstanden. Wir ernähren uns vegan. Bei uns kommen keine tierischen Produkte auf den Tisch.«

Thönnissen strich sich diskret über seinen Bauch. Nachdem er die beiden Gestalten vor sich gemustert hatte. Ob es hilfreich ist, vegan zu leben?, dachte er im Stillen und schüttelte den Kopf, als er sich abwandte, sein Fahrrad nahm und nach Hause radelte. Unterwegs traf er vereinzelt auf Besucher, die er dem Guru und seinen Leuten zuordnete. Oder bildete er sich das nur ein? Herbert, der Mercedes-Fahrer, hatte auch eingestanden, dass sie den geheimnisvollen Inder besuchen wollten. Dabei machte Herbert – den Zunamen kannte er immer noch nicht – äußerlich einen normalen Eindruck. Was steckte hinter dieser Aktion, dass die Menschen dem Raja in Scharen folgten? Vielleicht waren es nicht nur Sonderlinge wie Hans-Gundolf und seine »Frau« Reiner-Maria. Kurz entschlossen bog er ab und steuerte die Wiese an, die Jesper Ipsen, der Bestatter, den »Kindern der Erleuchtung« verpachtet hatte. Die Amtsverwaltung hatte routinemäßig auch bei der Polizei angefragt, als es um die Erteilung der Genehmigung ging. Er hatte sich indifferent geäußert, aber sein Veto wäre ohnehin untergegangen gegen die begeisterte Zustimmung all derer, die vom Tourismus lebten, angeführt von Boy Feddersen, dem Hotelier und Bürgermeister.

Auf der Wiese waren Pagodenzelte aufgebaut, Wohnwagen unterschiedlicher Größe boten komfortable Unterkunft für eine Reihe von Bewohnern. Buden und Verkaufsstände bildeten eine kleine Ladenstraße. Das alles gruppierte sich um ein besonders großes Pagodenzelt. Als Thönnissen sein Fahrrad durch die kleine mobile Stadt schob, spürte er, wie er die Aufmerksamkeit der Leute auf sich zog. Seine Uniform schien nicht jedem zuzusagen. Er steuerte die Budengasse an und überlegte, ob er sich mit einer Bratwurst stärken könne. Seine Suche war vergeblich. Es gab eine Fülle von Angeboten an geraspeltem Gemüse, gerösteten Maiskolben, Kefir, gepressten Säften und Ähnlichem. Einen Imbiss fand er nicht.

»Wo finde ich die Lagerleitung?«, sprach er eine Frau an, die ihre Körperfülle in einem zu engen Kleid zu bändigen suchte.

»Lagerleitung?«, fragte sie erstaunt. »Das gibt es hier nicht. Dies ist kein Lager.«

»Irgendjemand muss doch diesen Zirkus verantworten?«

Sie hielt eine kleine Trommel in der Hand, an deren Rand Federn, Holzperlen und anderer Trivialschmuck als Zierde herumbaumelten.

»Dies ist kein Zirkus. Nicht so«, sagte sie unfreundlich. »Würdigen Sie den Ort. Dies ist ein Ashram.«

»Gut. Und wo ist der Chef?«

Sie musterte ihn vom Scheitel bis zur Sohle.

»Ignorant. Was laufen Sie hier überhaupt in Uniform herum? Ein Ashram ist ein heiliger Ort, ein Meditationszentrum. Es stammt ab von den vier Lebensstadien, den Ashramas.«

»Aha«, sagte Thönnissen und unterdrückte die Antwort, dass ein Schmetterling auch verschiedene Phasen durchlaufe, darunter auch die der Raupe.

»Und wer ist der Oberste in diesem Ashram?«

»Sehen Sie es als eine klosterähnliche Einrichtung«, empfahl die Frau.

»Gut. Und wo finde ich den Abt?«

Der Blick, den er sich einfing, war böse. »Der spirituelle Leiter und Führer des Ashrams ist der Guru.«

»Wie heißt er? Und wo finde ich ihn?«

»Sie haben wirklich keine Ahnung«, stellte die Frau fest. »Der Raja ist unser Guru.«

Thönnissen hätte es sich denken können.

»Sprechen Sie mit Yogi Prabud'dha.«

Thönnissen bedankte sich und ließ sich den Weg zeigen. »Hoffentlich versteht mich der Yogi-Bär«, murmelte er und war überrascht, als er in einem der Pagodenzelte das Empfangszentrum ansteuerte. Hinter einem Tresen bemühten sich drei adrett aussehende und in Sarongs gekleidete Frauen, die Wünsche der Wartenden zu erfüllen. Hierzu dienten ihnen mehrere Computer, die auf dem Tresen standen. Ein moderner Laserdrucker spuckte unablässig Papier aus. Mit Erstaunen registrierte Thönnissen, wie eine der Hostessen offenbar nur damit beschäftigt war, Gelder zu vereinnahmen oder Kreditkarten in ein Lesegerät einzuführen und Bezahlvorgänge auszulösen. Der Empfang der Heilsbotschaften schien kein billiges Vergnügen zu sein. Nun ja, dachte er. Ein Bentley ließ sich nicht vom Gehalt eines Polizisten finanzieren, schon gar nicht, wenn dieser überlegen musste, wie er die nächste Reise nach Tuvalu zusammensparen könnte. Wenn Feddersen, dem er manches Schwarzgeldgeschäft zutraute, das hier sehen würde, würde der Hotelier vor Neid erblassen.

Thönnissen hob seinen Arm und drängte sich unter dem Protest der Wartenden bis zum Tresen vor.

»Was kann ich für Sie tun?«, fragte die hübsche Schwarzhaarige und lächelte ihn an.

»Ich möchte mit dem Yogi sprechen.«

»Mit welchem?«

»Prabud – Dingsbums«, sagte er. »So ähnlich.«

Die Frau war nicht zu erschüttern. »Yogi Prabud'dha. Möchten Sie einen privaten oder einen Gruppentermin buchen?«

Thönnissen zeigte auf den Schriftzug »Polizei« auf seiner Brusttasche. »Ich bin in offizieller Mission hier. Es geht um die öffentliche Ordnung.«

Die Frau griff zu einem Mobiltelefon, sprach etwas, nickte und lächelte dabei unentwegt. Als sie auflegte, sagte sie: »Der Yogi erwartet Sie.« Dann sah sie Thönnissen über die Schulter und sagte zum Nächsten: »Bitte.«

Wie aus dem Nichts tauchte ein junger Mann mit braunem Teint auf, verbeugte sich vor Thönnissen und bat, ihm zu folgen. Auf dem Gelände hatte ein reges Treiben eingesetzt. Einzeln und in kleinen Gruppen waren die Menschen unterwegs. Manche hatten sich verkleidet wie die kahlköpfigen Bettelmönche, die zu Zeiten der Blumenkinder in Reih und Glied durch deutsche Großstädte zogen und »Hare Krishna« gesungen haben. Andere wirkten wie gutbetuchte Urlauber, von denen sich mancher einheimische Gastronom durchaus ein paar mehr wünschen würde. Viele Ältere fanden sich darunter. Die wohlbeleibten Frauen, die ihren Goldschmuck auf dem einladenden Dekolleté zur Schau stellten, erinnerten ihn an seine Tante Auguste, die mehrfach erfolgreich Witwe geworden war. Ob ihr Leben immer glücklich gewesen war, vermochte niemand in der Familie zu sagen. Aber mit jedem dahingeschiedenen weiteren Ehemann hatte sich ihr Vermögen gemehrt. Tante Auguste war ein Musterbeispiel für wirtschaftliche Diversifikation. Ein Seifenfabrikant, ein Großbäcker und ein Ingenieur, der noch zu Lebzeiten eine lukrative Erfindung zu einem kleinen Vermögen gemacht hatte, kennzeichneten ihre Laufbahn als dreifache Witwe.

Der junge, in ein weißes Kittelhemd gekleidete Mann brachte Thönnissen zu einem Wohnmobil mit den Ausmaßen eines

Lkws, faltete noch einmal die Hände, verbeugte sich und war plötzlich verschwunden.

Thönnissen stieg die zwei Stufen empor und klopfte kräftig gegen die Tür.

»Polizei Pellworm«, sagte er laut.

Eine Männerstimme drang durch die verschlossene Tür. Thönnissen verstand etwas Ähnliches wie »Diarrhöe«. Er klopfte noch einmal und sagte mit Nachdruck: »Polizei Pellworm. Öffnen Sie bitte die Tür.«

Ein Mann in einem bunten Seidenumhang erschien in der Öffnung. Er hatte ein rundes Gesicht und lichtes Haupthaar. Thönnissen schätzte ihn auf Mitte fünfzig. Interessiert sah er auf den Inselpolizisten herab.

»Dhan'ya hö«, wiederholte er. Als er Thönnissens ratloses Gesicht sah, umspielte ein Lächeln seine Mundwinkel. »Sei gesegnet«, übersetzte er.

Thönnissen erklärte, dass er für die öffentliche Ordnung auf der Insel verantwortlich sei und sich erkundigen wolle, ob die gewährleistet sei.

»Die ›Kinder der Erleuchtung‹ stehen für den Frieden«, erklärte der Mann. Er sprach Deutsch, auch wenn ein Dialekt mitschwang.

»Kommen Sie aus Bayern?« rief Thönnissen.

»Mein Name ist Yogi Prabud'dha.«

»Sie sind rechtlich der Veranstalter?«

»Müssen solche Förmlichkeiten sein?«

»Ich möchte wissen, an wen ich mich bei Problemen wenden kann.« Thönnissen zeigte zum Himmel. »Mit der Dimension lässt sich schwer verhandeln.«

Der Yogi seufzte. »Das gibt es nur in Deutschland. Diese Bürokratie. In anderen Ländern schätzt man sich glücklich, wenn sich die Jünger des Rajas friedlich versammeln.«

»Meine Frage ist weltlich. Wer ist als Veranstalter angemeldet?«

»Das ist alles korrekt. Der Ashram ist von der ›Die Kinder der Erleuchtung – Kultur- und Gesundheits GmbH‹ angemeldet.«

Auf dieses Unternehmen war auch der Bentley zugelassen.

»Ich vermute, der äh … Inder ist der Geschäftsführer?«

Der Yogi sah ihn entgeistert an. »Sprechen Sie nicht vom *Inder.* Das ist der Guru.«

»Und Sie?«

»Ich bin ein Yogi und der Stellvertreter des Meisters. Ein Yogi hat eine herausragende Stellung in der Gemeinschaft, er hält Vorträge, singt Bhajans, rezitiert Mantras und spricht Gebete. Als Yogi sind Sie ein Auserwählter.«

»Ich müsste mich trotzdem davon überzeugen, dass der Guru als Verantwortlicher gemeldet ist.«

»Mit solch irdischem Kleinklein beschäftigt sich der Guru nicht.« Erneut seufzte der Yogi. »Ich bin der Geschäftsführer der GmbH. Rein formell.«

»Und Ihr Name ist?«

»Yogi Prabud'dha.«

»Dann möchte ich gern Ihren Ausweis sehen.«

Der Yogi schüttelte den Kopf und verschwand in seinem Wohnmobil. Thönnissen konnte einen Blick in das komfortable Innere werfen und staunte. So viel Luxus und Pracht hatte er in einem Mobilheim nicht erwartet. Es musste ein einträgliches Geschäft sein, für das Seelenheil der Anhänger zu beten.

Kurz darauf öffnete sich die Tür, und der Yogi reichte Thönnissen einen Personalausweis.

»Karl-Friedrich Hodlbacher aus Miesbach«, las Thönnissen vor.

»Psst, nicht so laut«, mahnte der Yogi.

»Das ist doch ein ehrenwerter Name.«

»Wenn Ihnen die Erleuchtung anheimgefallen ist, verliert das Weltliche an Bedeutung«, sagte Yogi Hodlbacher salbungsvoll.

»Sagen Sie mal. Wie viele Leben hat man denn so? Wenn ich das genauer wüsste, könnte ich mich in den einzelnen besser darauf einstellen. Man muss ja kein Gutmensch sein, wenn man es im nächsten Leben nachholen kann. Andererseits wäre es dumm, in diesem Leben etwas zu versäumen.«

»Mit so etwas spottet man nicht«, sagte Hodlbacher ernst.

»Nun zeigt man sich interessiert und bekommt doch keine Antwort.« Thönnissen räusperte sich. »Ist Ihr Verein eigentlich gemeinnützig?«

»Wir sind kein Verein«, empörte sich Hodlbacher.

»Ich weiß«, entgegnete Thönnissen. »Sie sind eine GmbH. Aber: Kinder der Erleuchtung. Das klingt nach einem neuen Energierezept. Sind Sie deshalb hierhergekommen, weil Pellworm einen besonders gelobten und anerkannten Energiemix hat? Wir sind führend bei der Gewinnung regenerativer Energie. Die Insel ist autark, was die Stromversorgung anbetrifft. Und das, ohne die heilsbringende Botschaft der ›Kinder der Erleuchtung‹. Ich fürchte auch, dass Ihre Energiepreise weit über dem Rahmen dessen liegen, was wir zu zahlen haben. Unser Stromfürst fährt keinen Bentley.« Und mir gesteht man nur ein Dienstfahrrad zu, dachte er im Stillen.

»Sie sollten sich nicht lustig machen über Dinge, von denen Sie nichts verstehen. Früher hat man mit dem beschränkten Horizont auch behauptet, die Erde sei eine Scheibe. Nur weil Sie es nicht sehen, heißt es nicht, dass es nicht existiert. Ich weiß, dass ich schon mehrfach auf der Welt war. Immer in einer anderen Gestalt.«

»Also ein Wiederholungstäter.«

»Spotten Sie nur, Sie Unwissender. Die Samsara ist das beständige Wandern im immerwährenden Zyklus des Seins, der stetige Kreislauf von Werden und Vergehen. Das ist ein leidvoller Weg. Erst wenn Sie sich von allen Bindungen, Begierden und unheilvollen Wünschen befreit haben, gelangen Sie in den Zustand der Erlöstheit und finden die Glückseligkeit in der Moksha. Die Erleuchteten helfen den Menschen auf diesem Weg.«

»Aha«, sagte Thönnissen. »Dann wünsche ich Ihnen viel Erfolg auf diesem Pfad. Verlassen Sie und Ihre Mitstreiter ihn aber bitte nicht, sonst muss ich einschreiten. Es wäre schade, wenn auch mir die Erleuchtung käme und ich im schlimmsten Fall ein Platzverbot aussprechen müsste.« Er tippte sich zum Abschiedsgruß an die Stirn und sagte »Moin«, bevor er sich umdrehte und ging.

»Polizeistaat«, hörte er Hodlbacher in seinem Rücken schimpfen.

»Nix Polizeistaat. Auf Pellworm bin ich die Ordnungsmacht«, meinte Thönnissen und machte sich auf den Heimweg.

Drei

Thönnissen hatte in Ruhe zu Abend gegessen. Er genoss es, am Tisch hinterm Haus mit Blick auf den Deich die wenigen schönen Stunden, in denen das Wetter es zuließ, im Freien zu verbringen. Oft war es zu windig, es regnete, oder die Mücken fielen über ihn her. Heute traf nichts davon zu. Er hatte Muße, um noch einmal über die merkwürdigen Leute nach-zudenken, die nach Pellworm gekommen waren, um dem ge-heimnisvollen Guru zu begegnen. Was geschah in diesem Ashram? Aus Sicht der Polizei gab es keine Beanstandungen. Noch nicht. Dennoch interessierte ihn diese mit Fragezeichen umrankte Welt. Der Abend war noch lang, und das Fernseh-programm lieferte nur Wiederholungen. Ob man mit den Gebühren des vergangenen Quartals bezahlen konnte, da das Programm ja auch gebraucht war? Altes Geld für alte Sendun-gen? Die Fernsehleute wurden immer dreister. Irgendwann, dachte Thönnissen grimmig, gibt es statt der aktuellen Tages-schau auch nur eine Wiederholung.

Er könnte noch seinen Freund Feddersen besuchen und ein gut gezapftes Bier trinken. Thönnissen verwarf diesen Gedan-ken. Der Hotelier war mit seinem Betrieb ausgelastet und würde keine Zeit für ihn haben. Und nach der heutigen Be-gegnung bei der Verkehrskontrolle war der Bürgermeister si-cher auch nicht gut auf ihn zu sprechen.

Nach zwei weiteren Flaschen Bier brach allmählich die Dämmerung herein. Der Inselpolizist wartete noch eine halbe Stunde und konnte der Versuchung nicht widerstehen, noch einmal zum Ashram zu radeln. Er stellte sein Fahrrad in einiger Entfernung ab und näherte sich vorsichtig dem Areal.

Die Organisatoren hatten für Komfort gesorgt. Alles war professionell hergerichtet. In den Zelten brannte elektrisches Licht, sogar die Gänge zwischen den Zelten und zahlreichen Wohnmobilen wurden von Lampen erhellt. Es wirkte wie eine kleine Stadt. Hoffentlich setzen sie sich hier nicht fest, überlegte Thönnissen. Spätestens mit dem Einsetzen der Herbststürme würden die Letzten abreisen, tröstete er sich. Das würde auch die Tiere und ihre Besitzer auf der Insel beruhigen, setzte er seinen gedanklichen Ausflug fort und grinste. Die Gefahr, dass die Veganer unter den Fremdlingen das Grünfutter wegkaufen und damit die Preise in die Höhe treiben würden, war damit gebannt.

Über dem ganzen Ashram lag ein gleichmäßiger Geräuschpegel. Die Leute unterhielten sich, aber nirgendwo erklangen Lachen und laute Fröhlichkeit. Es war merkwürdig. Er konzentrierte sich auf ein eigenwilliges Summen, das herausragte, und versuchte, stets im Schatten der Zelte und Mobilheime bleibend, an die Quelle des Summens näher heranzukommen. Er lokalisierte es aus dem großen Pagodenzelt. Als drei Leute über den Platz gingen, tauchte Thönnissen hinter einem Wohnwagen ab und hielt die Luft an. Er blieb unentdeckt. Wie hätte er seine Anwesenheit, insbesondere da er in Zivil unterwegs war, erklären sollen?

Es gelang ihm, sich an die Rückwand des Zeltes zu schleichen. Jetzt war das Summen deutlich zu hören. Eine größere Gruppe schien einstimmig unablässig »Om« zu brummen. Nach einem langgezogenen »Oommm« folgte eine Pause, um dann erneut mit »Oommm« fortzufahren. Thönnissen lachte innerlich. Waren die Leute wirklich nach Pellworm gekommen, um gemeinsam als Rhythmusgruppe aufzutreten? Waren das Bhajans, einfache religiöse Lieder? Yogi Hodlbacher hatte davon gesprochen.

Thönnissen hörte noch zwei Minuten zu, aber es blieb beim eintönigen Singsang. Er beschloss, sich leise zu entfernen, als es in seiner Nähe schepperte. Der Inselpolizist erstarrte und wagte kaum zu atmen. Es blieb ruhig. Ganz vorsichtig setzte er einen Fuß vor den anderen und näherte sich der Ecke, als ein Schatten im Halbdunkeln auftauchte, mitten in der Bewegung innehielt und zu einer Salzsäule gefror. Der Mann hatte jetzt auch Thönnissen entdeckt.

Der Inselpolizist machte noch zwei Schritte und baute sich vor dem Mann auf.

»Mensch, Pastor, was treibst du dich hier herum?«, wisperte er.

»Hast du mich erschreckt.« Der Pastor fasste sich ans Herz. »Nun erzähle mir nicht, dass du auf einem deiner üblichen Kontrollgänge unterwegs bist.«

»Ich bin von Amts wegen hier«, sagte Thönnissen.

»Ich auch.«

Thönnissen grinste. »Willst du die Schäflein da drinnen bekehren? Glaubst du, der Chor würde in der alten Inselkirche besser klingen als in diesem Zelt?«

»Das sind derbe Sprüche«, sagte Pastor Bertelsen in belehrendem Tonfall.

»Nun komm mir nicht so. Ich verstehe ja, dass es deine Aufgabe ist, die Menschen zum rechten Glauben zu führen. Aber nachts durch den Ashram zu schleichen ist eine ungewöhnliche Art der Missionsarbeit.«

»Ich wollte mir das Ganze einmal aus der Nähe ansehen«, verteidigte sich Bertelsen. »Man begegnet solchem Auflauf nicht alle Tage.«

»Das ist perfekt organisiert«, pflichtete Thönnissen bei.

»Vom Empfang mit schnuckeligen Mädchen bis hin zur durchdachten Infrastruktur. Da kommt ihr mit den Neunzigjährigen aus dem Kirchenvorstand nicht mit. So ein Hulamädchen an der Kirchenpforte würde Wunder wirken.«

»Thönnissen!« Es war ein Ordnungsruf.

Der Inselpolizist legte den Zeigefinger auf die Lippen. »Psst«, mahnte er. »Nicht so laut. Was sind das für Leute, ich meine die, die an solchem Event teilnehmen?«

»Solche Heilslehren erreichen offenbar zahlreiche Menschen«, erklärte der Pastor. »Man muss nur eine Mischung aus geheimnisvollen Riten, Heilsversprechen, angeblicher Gesundbeterei und weiteren okkulten Dingen aufbereiten. Dann zieht das viele an. Du siehst es ja an diesem Auflauf.« Er zeigte auf das Zelt.

»Dagegen steht doch der gesunde Menschenverstand«, sagte Thönnissen und stimmte in das lange »Oommm« ein, das im Zelt erklang.

»Die Wissenschaft ist sich immer noch nicht einig, welches Phänomen hinter solchem Verhalten steckt. Manche sagten, man müsste diese grassierende Unsitte mit Feuer und Schwert ausrotten.«

»Wir sollten unser Gespräch an einem anderen Ort fortsetzen«, schlug Thönnissen vor. »Es wäre ungünstig, wenn man uns beide hier entdecken würde. Mich interessiert das Ganze. Wollen wir noch ein Bier bei mir trinken?«

»Nein«, wehrte Pastor Bertelsen ab. »Ich will nach Hause.«

»Ich auch«, stimmte Thönnissen zu. »Komm. Wir haben den gleichen Weg. Lass uns ein Stück zusammen gehen.«

»Ich will heute andersrum gehen«, entschuldigte sich Bertelsen. Mit einem hastigen »Tschüs« verschwand er in der hereinbrechenden Nacht.

Der Inselpolizist sah dem Schatten hinterher. Er selbst

schlich um die nächste Ecke und blieb vor Schreck stehen, als es schepperte. Thönnissen befürchtete, dass das Geräusch im ganzen Lager zu hören sein müsste. Er hielt die Luft an und wagte nicht, sich zu bewegen. Aber es blieb ruhig. Nur das gleichmäßige »Ooommm« drang aus dem Zelt hervor.

Er bückte sich. Ein Blechkanister, über den er gestolpert war, lag zu seinen Füßen. Der Pastor musste auch dagegengestoßen sein.

Thönnissen hob den Behälter an. Er war gefüllt. In der Dunkelheit konnte er nicht erkennen, ob der Kanister zur Beschwerung eines Halteseils des Zeltes diente. Dann wäre es sinnvoll gewesen, ihn mit Sand zu füllen. Es gluckerte aber. Im Kanister befand sich eine Flüssigkeit.

Thönnissen schnupperte. Es roch eigenartig. Er stellte den Behälter wieder ab und führte die Hand an die Nase. Dann zog er die Stirn kraus.

»Benzin«, murmelte er.

Die Leute kamen von links. Zunächst. Dann folgte ein Trupp von der anderen Seite. Plötzlich war er umringt. Sie hatten eigentümliche Kostüme an. Und jeder trug ein Musikinstrument. Er strengte sich an, grub in seinen Erinnerungen. Nein! Solche Geräte hatte er noch nie gesehen. Eines der Instrumente ragte heraus, gab den Ton an. Obwohl es eine eingängige und bekannte Melodie war, konnte er die Quelle nicht ausmachen. Es dauerte ewig, bis er die Melodie »Guten Morgen, liebe Sorgen« herausfiltern konnte. Immer deutlicher, lauter und aufdringlicher wurden die Takte. Merkwürdig, dass eine Ansammlung solch skurriler Gestalten sich für diesen Ohrwurm entschieden hatte. Als hätte sie der Erdboden verschluckt, waren die Figuren plötzlich verschwunden. Die Musik blieb.

Mühsam öffnete Thönnissen die Augen. Seine Hand tastete sich zum Mobilteil des Telefons. Er drückte es ans Ohr und gab »Jjjj…« von sich. Dann räusperte er sich, bis ihm ein »Ja« gelang.

»Mensch, Frerk. Verdammte Kiste. Wo steckst du? Hätten wir so etwas auf Pellworm, würde ich vermuten, du hast gestern eine Brauereibesichtigung durchgeführt.«

»Wer ist da?«, fragt Thönnissen mühsam.

»Bist du blöde? Wenn die halbe Insel abgefackelt wird, ruft dich nicht der Pizzadienst an. Claas ist hier.«

Claas. Der Wehrführer der Freiwilligen Feuerwehr.

»Was ist denn los?«

»Komm in die Gänge. Von mir aus im Schlafanzug. Aber komm. Es brennt lichterloh.«

»Wo?«

»Im Himmelreich der komischen Leute, die hier aufgetaucht sind.«

»Im Ashram?«

»Mir egal, wie das heißt. Wenn du nicht bald hier bist, ist wirklich alles nur noch Asche.«

Thönnissen quälte sich aus dem Bett, schlüpfte in seine Uniform und beschloss, zu dieser nächtlichen Stunde seinen Pkw zu nehmen, den ehemaligen Streifenwagen, den er bei der Ausmusterung günstig erworben hatte. Von fern war der Feuerschein über der Marsch zu erkennen. Der Inselpolizist steuerte das Ziel wie in Trance an und parkte am Rande des Ashrams hinter einem Fahrzeug der Feuerwehr. Die Blaulichter zuckten gespenstisch. Überall wimmelte es von Leuten. Die Bewohner des Lagers waren aufgeschreckt und standen mit müden und schreckensbleichen Gesichtern im Weg. Dazwischen liefen die Feuerwehrleute herum. Das eingespielte Team erledigte seine Aufgabe perfekt. Jeder Handgriff saß.

Thönnissen hielt einen der Männer am Ärmel fest. »Wo ist Claas?«

Der Mann in der schweren Schutzkleidung streckte den Arm aus. »Ein Stück weiter. Und dann links.«

Die Flammen schossen hoch in den Himmel. Es knallte und zischte. Rauchschwaden wurden durch den leichten Wind Richtung Osten getrieben. Sie sahen aus, als würde eine große schwarze Fahne im Nachthimmel flattern.

Die Menschen, die am Rande standen, sahen gebannt auf das Schauspiel. In ihren Gesichtern spiegelte sich das Flackern des Feuers wider.

Thönnissen konnte sich noch ein Stück vorarbeiten, bis die Hitze so stark wurde, dass es im Gesicht brannte. Beißender Qualm ließ seine Augen tränen. Aschepartikel flogen durch die Luft und setzten sich auf seiner Uniform ab. Er zuckte zusammen, als es erneut knallte. Es war, als würde ein Feuerwerkskörper explodieren. Er schnippte mit Daumen und Zeigefinger ein glühendes Partikelchen von seinem Arm, als er von hinten an den Schultern gepackt und weggezerrt wurde.

»Ist erfreulich, dass du auch endlich eingetroffen bist.« Claas' Stimme klang gedämpft unter der Schutzbrille hervor. »Nun musst du das aber nicht übertreiben. Wir nähern uns dem Brandherd auch nur mit Atemschutz.«

»Was ist passiert?«, fragte Thönnissen.

»Es brennt«, erwiderte Claas in stoischem Gleichmut.

»Scherzbold. Was brennt?«

»Eines der Wohnmobile. Die Kisten sind vollgestopft mit Kunststoff. Das Zeug brennt wie Zunder und setzt giftige Gase frei. Deshalb arbeiten die Kameraden unter Atemschutz. Außerdem wissen wir nicht, ob in dem Wagen noch Gas oder andere brennbare Flüssigkeiten sind. Wir müssen aufpassen, dass da nicht irgendetwas in die Luft fliegt.«

»Wie ist das passiert?« Thönnissen sah, wie Claas unter der Schutzbrille grinste. Dann tippte ihn der Wehrführer gegen die Brust.

»Das ist dein Job. Deshalb bist du hier.«

»Prima. Gibt es Verletzte? Oder schlimmer?«

Claas zeigte auf das flammende Inferno. »Du kannst ja mal nachsehen.« Dann wandte er sich ab und gab seinen Männern weitere Anweisungen.

Thönnissen versuchte, etwas im Flammenmeer zu erkennen. Plötzlich stutzte er, sah nach links, dann nach rechts. Es war ihm bisher nicht aufgefallen. Das war der Wohnwagen von Hodlbacher, dem Stellvertreter des Gurus. Yogi Prabud'dha, wie er sich nannte, verlor gerade sein komfortables Mobilheim.

Er zwängte sich durch eine Gruppe Schaulustiger und streifte über das Gelände. Trotz der nächtlichen Stunde war alles auf den Beinen. Abseits des Feuers herrschte Leere. Neben einem weiteren großen Wohnwagen – es war sogar ein Sattelschlepper, der an den Seiten ausgezogen und somit von der Fläche her vergrößert war – parkte der Bentley. Thönnissen registrierte, dass hinter der Gardine kurzfristig ein Schatten auftauchte, durch einen Spalt nach außen lugte und sich schnell wieder zurückzog. Mehr war nicht zu erkennen. Wenn es eine nach außen sichtbare Hierarchie gab, gehörte diese Unterkunft dem Guru.

Thönnissen ging weiter. Der Inselpolizist zählte nicht die Wohnmobile. Manche waren sogar mit einem Vorzelt ausgestattet. Es sah wie auf einem besseren Campingplatz aus. Am Rand stand der umgebaute Unimog. Ohne einen bestimmten Grund näherte sich Thönnissen dem Fahrzeug, das nicht in die Reihe der anderen, weitaus großzügigeren Mobilheime passte. Er war noch zehn Meter entfernt, als jemand aus dem Wagen heraussprang und im Dunkel der Nacht verschwand.

»Kevin«, hörte Thönnissen die Gestalt rufen. Der Name wurde noch einmal wiederholt, bevor die Nacht das Wesen verschluckte. Der Inselpolizist trat an den Wagen heran. Sein »Hallo?« blieb unbeantwortet. Vorsichtig öffnete er die Tür und sah dabei über die Schulter, ob der in die Nacht Hinauseilende zurückkehren würde. Dann warf er einen Blick in das Innere. Die rollende Blechbüchse war mit gestrichenem Sperrholz ausgekleidet. Alles sah eng aus. Das ungemachte Bett bot kaum Platz für eine Person. Zwei Decken zeugten davon, dass es als Doppelschlafplatz genutzt wurde. Auf einem kleinen Klapptisch vor dem Bett stand ein gelber Plastikteller, auf dem Salatreste welkten.

Thönnissen enterte die eiserne Leiter und zog sich an einem Griff in die Höhe. Jetzt hatte er das gesamte Innere im Blick. Hinter der Klappe eines grob gezimmerten Wandschranks fand sich noch weiteres Plastikgeschirr. In einem Minikühlschrank standen zwei Becher mit Sojamilch. Eine halb geleerte Kiste mit Mineralwasser – Natur ohne Kohlensäure – passte noch eben in das fahrbare Heim. Ein Gasherd mit zwei Kochstellen und ein Blechtopf sowie mehrere Dosen mit handbeschrifteten Etiketten vervollständigten die Vorratsecke. »Ginkgo«, las Thönnissen, »Ginseng Vital« stand auf der nächsten. Es reichte Thönnissen, zumal sein Blick auf ein Kinderbett fiel, das an der Rückfront der Fahrerkabine aufgebaut war. Auch hier war die Bettwäsche zerwühlt. Das Kind hatte er bisher noch nicht gesehen, überlegte er. Ob das »Kevin« war? Nachdenklich kehrte er zum Schauplatz des Feuers zurück. Noch immer waren die Feuerwehrleute damit beschäftigt, den Brandherd zu löschen. Gleichzeitig waren sie bemüht, ein Übergreifen auf andere Wohnmobile oder Zelte zu verhindern.

»Da ist nichts mehr zu retten«, sagte Claas, als er sich genä-

hert hatte. Die Anstrengung hatte das Gesicht des Wehrfüh-
rers gezeichnet.

»Was könnte das Feuer ausgelöst haben?«, fragte Thönnissen.

»Schwer zu sagen. Es muss sich mit Gewalt und schnell
entzündet haben.«

»Eine Explosion?«

»Das müssen die Brandexperten ermitteln. Ich würde eher
auf Nein tippen. Dazu fehlen typische Erscheinungen wie
weggerissene Teile. Aber das ist meine persönliche Meinung.
Du weißt selbst, was wir in den letzten Jahren für Einsätze
hatten. Explosionen waren nicht dabei.«

Thönnissen ging zu einer größeren Gruppe von Schaulustigen hinüber.

»Hat irgendjemand etwas gesehen?«

Die Mehrheit schüttelte stumm den Kopf und zuckte mit
den Schultern.

»Um diese Zeit schlafen alle«, wagte sich ein kahlköpfiger
Mann in den Vordergrund. »Wir wurden durch einen hellen
Schein geweckt und sind sofort nach draußen. Da stand
schon alles lichterloh in Flammen.«

»Wir sind von den Nachbarn alarmiert worden«, erklärte
ein anderer im Morgenmantel.

Thönnissen ging weiter. Niemand hatte etwas bemerkt.
Alle behaupteten, vom Feuer überrascht worden zu sein. Er
achtete auch auf vertraute Gesichter. Unter den Zuschauern
fand sich keins. Weder Yogi Hodlbacher noch der Guru ließen
sich blicken. Vom Fahrer war nichts zu sehen, die beiden
merkwürdigen Gestalten aus dem Unimog waren nicht unter
den Schaulustigen, und Herbert mit dem unbekannten Zunamen und seine Frau mit der schwachen Blase sah er auch
nicht. Wenige Einheimische hatten hierhergefunden. Thön-

nissen vermisste aber jene, die stets bei außergewöhnlichen Ereignissen in der ersten Reihe zu finden waren. Die Brüder Ipsen zum Beispiel. Und wo war Bürgermeister Feddersen?

Ein Feuerwehrmann näherte sich und winkte ihm. »Du sollst zu Claas kommen«, rief er ihm zu.

Der Wehrführer war mit zwei seiner Männer näher an den Wohnwagen herangerückt. Nun war nur noch ein rot glühendes Gerippe zu erkennen, aber offene Flammen gab es keine mehr.

»Wir sind zur Brandbekämpfung näher an das Objekt herangerückt«, erklärte Claas atemlos. »Dabei haben wir einen Menschen gefunden.«

»Das ist nicht wahr. Das kann nicht sein«, antwortete Thönnissen stockend.

Claas nickte ernst. »Damit scherze ich nicht.«

»Ist er …?«

»Er hat ein paar leichte Schürfwunden.« Claas tippte sich an die Stirn. »Was meinst du, wie jemand aussieht, der in einem solchen Inferno gehockt hat? Wenn es keine Schaufensterpuppe war, ist in dem Wohnmobil ein Mensch umgekommen. Davon ist ein kleines Häufchen Asche übrig geblieben. Mehr ist nicht zu erkennen.« Claas breitete die beiden Hände auseinander und zeigte eine Distanz von achtzig Zentimetern.

»Das sieht aus wie ein Kind.« Thönnissen fiel das Kinderbett im Unimog und die Gestalt ein, die in die Nacht verschwunden war und »Kevin« gerufen hatte. Beim Zwischenfall am Nachmittag in Tammensiel hatte Reiner-Maria Vogeley seinen Partner auch animiert, die Suche nach Kevin wieder aufzunehmen.

Der Wehrführer erinnerte Thönnissen an Wilken Nissen. »Den haben wir auch nicht wiedererkannt, nachdem sein Haus abgebrannt war. Nee, Frerk. Das ist ein Erwachsener.«

Claas sah auf die Armbanduhr. »Wir brauchen hier noch zwei Stunden. Dann bist du dran. Viel Spaß mit der Leiche.«

Thönnissen schauderte es bei dem Gedanken. Er musste die vorgesetzte Dienststelle auf dem Festland alarmieren. Bald würde es hier von Ermittlern nur so wimmeln. Lauter Wichtigtuer würden herumlaufen, Fragen stellen, alles anzweifeln und noch mehr Unruhe nach Pellworm bringen. Es reichte schon die Aufregung, die der Guru mit seinem Ashram verbreitete.

Er stellte sich etwas abseits und nahm Kontakt zur Leitstelle auf. Der Diensthabende, der die Meldung entgegennahm, zeigte sich überrascht.

»Das kann nicht sein. Uns ist kein Feuer gemeldet worden.«

»Das funktioniert bei uns auf Pellworm anders«, erklärte Thönnissen. »Da geht alles den direkten Weg.«

»Das verstehe ich nicht.«

Thönnissen verzichtete darauf, dem Beamten in der Leitstelle das funktionierende Gemeinwesen einer Insel zu erläutern. »Wir haben am Brandherd einen Toten gefunden.«

»Unfall?«, wollte der Kollege vom Festland wissen.

»Genau das sollen die Experten herausfinden.«

»Ich melde mich wieder«, erklärte der Leitstellenbeamte.

Es dauerte zwanzig Minuten, bis Thönnissens Handy klingelte.

»Wir haben im Augenblick Niedrigwasser. Da kann die Wasserschutzpolizei Pellworm nicht anlaufen. Außerdem würde das nicht weiterhelfen. Die Brandermittler benötigen ihre Ausrüstung. Sie müssen ohnehin auf die erste Fähre warten. Sichern Sie inzwischen den Tatort.«

»Ich bin begeistert«, sagte Thönnissen zu sich selbst. Dann suchte er Claas auf. Der winkte schon von weitem ab.

»Kommt nicht infrage«, sagte der Wehrführer entschieden,

ohne dass Thönnissen gesprochen hatte. »Meine Leute halten hier keine Wache. Das sind alles Freiwillige. Wenn wir hier fertig sind, müssen die zur Arbeit. Das ist dein Job.«

Claas war nicht umzustimmen. Mit Mühe gelang es Thönnissen, von einem der deutlich weniger gewordenen Zuschauer einen durchgesessenen Camping-Klappstuhl zu organisieren.

Es wurde immer leerer und stiller, bis schließlich auch die Feuerwehr abrückte. Über dem Ashram ruhte der Frieden, wenn nicht der beißende Brandgeruch in der Luft hängen würde. Und das verkohlte Skelett des Wohnmobils lag wie ein Mahnmal direkt vor Thönnissen.

Er fröstelte. Der unterbrochene Schlaf und die wiederkehrende Müdigkeit ließen ihn zittern. Das Kinn sackte auf die Brust herab, oder der Kopf pendelte zur Seite. Thönnissen kämpfte dagegen an. Er stand auf und ging ein paar Schritte, aber seine Füße waren schwer wie Blei. Wenn er sich setzte, fiel er vor Erschöpfung regelrecht in sich zusammen. Und es wurde – gefühlt – immer kälter. Er holte sein Handy hervor und versuchte, sich damit abzulenken, bis er hochschreckte, weil ihm das Gerät aus der Hand geglitten war.

Vier

Irgendjemand schüttelte Thönnissen heftig an der Schulter, so dass er fast vom Stuhl gefallen wäre. Als es ihm gelungen war, die Augen zu öffnen und seine Gedanken zu sortieren, blickte er in das grinsende Antlitz von Hauptkommissar Ahlbeck.

»Immer wenn wir uns begegnen, schlafen Sie«, sagte der Leiter der Spurensicherung lachend. »Das ist ein toller Dienstposten, den Sie hier innehaben. Oder liegt es mehr an Ihnen und Ihrer Dienstauffassung? Kein Wunder, dass man Ihnen eine Leiche geklaut hat.«

»Der Grund dürfte sein, dass ich hier allein bin, Tag und Nacht im Einsatz. Auch den wachsamsten Polizeibeamten überkommt irgendwann die Müdigkeit.«

»*Irgendwann* ist bei Ihnen immer«, lästerte Ahlbeck. »Ich habe Ihnen eine Überraschung mitgebracht. Der Kollege wartet an der Fähre auf Sie. Er wollte partout nicht mit uns fahren. Warum haben Sie sich nicht gemeldet? Er versucht, Sie seit Stunden anzurufen.«

Thönnissen warf einen Blick auf sein Handy. Verdammt. Durch seine nächtlichen Spielereien war der Akku leer.

»Sie meinen …«, setzte Thönnissen vorsichtig an.

Ahlbeck nickte und schaffte es, sein Grinsen noch zu verstärken. »Genau. Hauptkommissar Hundt ist stinksauer, dass er am Tiefwasseranleger sitzt und Sie nicht erreichen kann.«

»Da drüben …«, versuchte Thönnissen zu erklären.

Ahlbeck unterbrach ihn. »Wir sind alle schon erwachsen

und finden uns selbst zurecht. Kümmern Sie sich um den Hundt.« Dann bellte er vergnügt.

Thönnissen schwang sich auf das Dienstfahrrad und strampelte aus Leibeskräften.

Mit hängender Zunge erreichte er den Fähranleger. Am liebsten wäre er umgekehrt, als er Hauptkommissar Hundt erblickte, der auf einem Koffer saß und ihm grimmig entgegensah.

»Sind Sie noch bei Trost? Oder ist das schon Sabotage?«, schnauzte Hundt ihn an. »Seit eineinhalb Stunden versuche ich, Sie zu erreichen.«

»Mein Handy war leer.«

»Das ist eine genauso bescheuerte Ausrede wie ›Mein Auto sprang nicht an‹. Das Mobiltelefon eines Polizisten ist nie leer. Verstanden?« Der Hauptkommissar sah sich demonstrativ um. »Wo ist das Auto?«

»Ihnen ist bekannt, dass es kein Dienstfahrzeug mehr gibt«, erklärte Thönnissen.

»Wollen Sie mich auf dem klapprigen Fahrrad mitnehmen?«

»Sie hätten mit den Kollegen von der Spurensicherung fahren können.«

»Ich will von Ihnen keine Ausflüchte hören«, wich Hundt aus. Thönnissen wusste von früheren Gelegenheiten, dass Hundt und Ahlbeck einander spinnefeind waren. »Wie soll ich jetzt hier wegkommen?«

Thönnissen zuckte ratlos mit den Schultern.

»Sie haben fünf Minuten. Über den Rest sprechen wir später«, schnauzte Hundt.

Der Inselpolizist rief Boy Feddersen an.

»Was willst du?« Das Lachen des Hoteliers dröhnte aus dem Hörer des Handys, das Hundt ihm geliehen hatte. »Ich soll diese Bestie von Hundt abholen und für diesen Typen den Chauffeur spielen? Niemals!«

»Boy«, sagte Thönnissen mit flehender Stimme. »Ich bitte dich. Tu es für mich.«

»Für dich? Ist dein Kurzzeitgedächtnis defekt? Wer hat gestern auf dem Damm gestanden und wollte alle Neuankömmlinge schikanieren?«

»Das war eine Dienstanweisung vom Festland«, log Thönnissen.

»Noch besser«, antwortete Feddersen. »Dann spiele ich erst recht nicht den Taxifahrer für diesen Festlandsbullen.« Der Bürgermeister hatte aufgelegt.

Thönnissen versuchte es bei den Ipsen-Brüdern. Vergeblich. Auch andere Insulaner weigerten sich.

Hundt trommelte mit seinem Zeigefinger auf dem Ziffernblatt seiner Armbanduhr. »Sie sind die Unfähigkeit in Person. Eine geschlagene Viertelstunde hocken Sie hier und bringen nichts zustande. Absolut nichts.«

Thönnissen war der Verzweiflung nahe. Es gab nur noch einen Ausweg.

Es dauerte exakt sechs Minuten, dann näherte sich mit rotierendem Blaulicht der Rettungswagen.

Die beiden Rettungsassistenten sprangen aus ihrem Fahrzeug. Einer hatte den Notfallrucksack über die Schulter geworfen.

»Wo ist der Patient?«

»Er da«, sagte Thönnissen und zeigte auf den verdattert dreinblickenden Hauptkommissar. Dann schwang er sich auf sein Fahrrad und versuchte, möglichst schnell davonzukommen. Er hörte nicht auf die Rufe, die ihm folgten.

Der Inselpolizist hatte gut zwei Drittel des Wegs über den Damm geschafft, als er vom Rettungswagen überholt wurde.

Wildes Hupen begleitete diesen Vorgang. Mit einem Seitenblick gewahrte er, wie Hundt zwischen den beiden Sanitätern auf der engen Bank im Fahrzeug hockte.

Als er am Tatort eintraf, herrschte geschäftiges Treiben. Die Spurensicherer in ihren weißen Anzügen stöberten in den traurigen Resten des Wohnmobils herum. Sie hatten das Areal weiträumig abgesperrt. Die Teilnehmer des Treffens bildeten einen dichten Ring von Schaulustigen. Hauptkommissar Hundt hatte sich unter sie gemischt. Als er Thönnissen sah, kam er näher.

»Sie sind der unfähigste Polizist, der mir je begegnet ist. Wann ist das geschehen?«

Thönnissen berichtete.

»Und warum werden die Ermittlungsarbeiten erst jetzt aufgenommen?«

Der Inselpolizist erzählte von seinen nächtlichen Bemühungen.

»Sie hätten mehr Druck machen müssen«, sagte der Hauptkommissar.

»Ich habe auch die ersten Zeugenbefragungen vorgenommen.«

»Und? Wo sind die Protokolle?«

»Es gibt keine. Niemand hat etwas gesehen.«

»Das kann nicht sein.«

Thönnissen zeigte auf Hundts Notizbuch. »Dafür waren Sie eben erfolgreich.«

Der Hauptkommissar knurrte etwas Unverständliches. »Wer ist das Opfer?«

»Das wissen wir noch nicht.« Thönnissen berichtete, dass er am Vortag Karl-Friedrich Hodlbacher dort angetroffen hat.

»Wer ist das?«

»Der arbeitet hier als Yogi«, erklärte Thönnissen.

Hundt trat einen Schritt zurück. »Wollen Sie mich für dumm verkaufen?«

»Hodlbacher ist hier als hauptberuflicher Yogi tätig. Außerdem ist er Geschäftsführer der ›Kinder der Erleuchtung – Kultur- und Gesundheits GmbH‹.«

»Berichten Sie einmal zusammenhängend«, forderte ihn der Hauptkommissar auf.

»Diese GmbH hat die Veranstaltung organisiert.«

»Suchen Sie diesen Yogi. Aber fix. Und dann bringen Sie ihn zu mir. Klar?«

Thönnissen drängte sich durch den Ring der Neugierigen und schlenderte gemächlich bis zum Rand des Geländes. Dort lehnte er sich mit dem Rücken gegen einen Wohnwagen und setzte sich ins Gras. Es war wieder eine der stumpfsinnigen Aufgaben zur Beschäftigungstherapie, die Hundt erteilt hatte. Sollte er von Wohnmobil zu Wohnmobil laufen, klopfen und fragen, ob Hodlbacher da sei? Vermutlich kannte ihn niemand unter diesem Namen.

Nach einer halben Stunde erhob er sich und ging zum Pagodenzelt mit dem Empfangstresen. Heute war nur noch eine Hostess anwesend.

»Ich möchte mit Herrn Hodlbacher sprechen?«

»Moment.« Sie sah in ihren Computer. Dann schenkte sie ihm ein Lächeln. »Der ist nicht als Teilnehmer gemeldet.«

»Der ist hier beschäftigt.«

Erneut lächelte die junge Frau. »Sorry, ich bin für diesen Job von einer Agentur gemietet. Ich kenne die Leute nicht.«

»Er hat den Künstlernamen Yogi Prabud'dha.«

»Ach so. Sie meinen den Dingsbums …«

»Genau. Ich möchte mit dem Dingsbums sprechen.«

»Nach dem haben schon mehrere gefragt. Der ist nicht da.«

Das war keine gute Nachricht. Thönnissen kehrte zu Hundt zurück.

»Dann wäre eine erste Vermutung, dass es sich bei dem Toten um Hodlbacher handelt«, sagte der Hauptkommissar und wedelte mit der Hand. »Schaffen Sie endlich einen kompetenten Ansprechpartner herbei. Das ist doch keine One-Man-Show hier.«

»Doch. Alles ist auf den Guru ausgerichtet.«

»Guru. Yogi. Ist Hodlbacher ein Verwandlungskünstler?«

Es war ein schwacher Trost, dass Hundt offensichtlich auch kein Esoterik-Experte war. Thönnissen klärte ihn auf.

»Dann soll der Guru hier antanzen. Und mit ihm die ganze Mannschaft. Ich will in einer Viertelstunde eine Liste mit dem Personal haben.«

Thönnissens Magen knurrte laut und vernehmlich. Er hatte heute noch nichts gegessen. Nach seinem überhasteten Aufbruch war auch das Frühstück ausgefallen.

Hundt musterte ihn von der Seite.

»Solange ich Sie kenne, knurrt Ihr Magen, oder Sie gähnen. Gibt es einen Grund dafür?«

Thönnissen schwieg. Würde er das offenbaren, säße er künftig für lange Zeit im Gefängnis. Wortlos drehte er sich um und suchte den Sattelschlepper auf. Auch bei Tageslicht erwies sich das Monstrum als respektables Mobilheim. Dem Guru würde es in der Unterkunft sicher an nichts mangeln.

Eine Treppe führte zu einem vorgebauten Podest, das mit einem überdachten Vorbau sogar einen Witterungsschutz bot. Thönnissen klopfte heftig gegen die Tür. Es dauerte eine Ewigkeit, bis sie geöffnet wurde und der Chauffeur seinen Kopf herausstreckte.

»Was wollen Sie?«

»Ich möchte den Guru zu einer Vernehmung bitten.«

Hubertus Filsmair sah ihn entgeistert an.

»Sie wollen – was?«

Thönnissen wiederholte die Aufforderung.

»Unmöglich. Außerdem meditiert der Raja gerade.«

»Dann stören Sie ihn in seinem Mittagsschlaf.«

Filsmair wollte sich nicht wieder beruhigen. Er öffnete den Mund und schloss ihn wieder. Er war sprachlos.

»Sie haben wirklich keine Ahnung«, stieß er dann hervor. »Die ganze Welt sehnt sich danach, den Raja zu treffen. Nur wenigen Auserwählten ist es vergönnt. Was glauben Sie, wie glücklich die Menschen sind, die hierherkommen durften? Sie können doch einen Raja nicht zu irgendetwas auffordern.«

Thönnissen reichte es. »Ich gebe ihm fünf Minuten. Dort hinten, an der Absperrung des Tatorts. Sonst lasse ich ihn durch meine Männer holen. Verstanden?« Er wartete die Antwort nicht ab, drehte sich um und kehrte zu Hundt zurück.

»Haben Sie den Oberboss nicht mitgebracht?«, empfing ihn der Hauptkommissar.

»Er ist noch in der Maske.«

Hundt schüttelte den Kopf. »Jedes Mal, wenn ich hierherkomme, habe ich es mit merkwürdigen Typen zu tun.« Sein Finger wies auf Thönnissen. »Sie eingeschlossen.«

»Weshalb sind Sie überhaupt nach Pellworm gekommen, wenn es Ihnen bei uns nicht gefällt?«, fragte der Inselpolizist. »Und wo bleiben die anderen Beamten des Ermittlungsteams?«

»Welche anderen?« Der Hauptkommissar sah Thönnissen erstaunt an. »Habe ich nicht jeden Fall, der mich bisher nach Pellworm führte, im Alleingang gelöst? Dafür ist keine große Truppe erforderlich. Erfahrung und Cleverness ersetzen eine ganze Mannschaft.«

»Sie wollen ohne jede Unterstützung …?« Thönnissen hatte Mühe, ein Grinsen zu unterdrücken. »Dann kann ich gehen.«

»Halt«, befahl der Hauptkommissar. »Sie brauche ich noch. Irgendjemand muss schließlich die Botengänge erledigen.«

Sie wurden durch einen kleinen dicken Mann abgelenkt, der wie eine Kopie des verstorbenen Komikers Dirk Bach aussah und auf Plattfüßen heranwatschelte.

»Ist das etwa der Guru?«, fragte Hundt.

»Ich habe ihn auch noch nicht zu Gesicht bekommen«, erwiderte der Inselpolizist.

Schnaufend blieb der Mann vor Ihnen stehen.

»Sie haben nach mir gefragt?«

»Wird auch Zeit, dass Sie hier antanzen«, schnauzte Hundt. »Wie heißen Sie?«

»Jupp Schmutzler.«

Thönnissen hatte den Hauptkommissar noch nie lachen hören. Umso erstaunter war er, als Hundt in ein dröhnendes Gelächter ausbrach und die Aufmerksamkeit der Umstehenden auf sich zog. Sogar Hauptkommissar Ahlbeck in seinem weißen Schutzanzug wurde angelockt.

»Geht es nicht ein wenig pietätvoller? Da drüben ist ein Mensch ums Leben gekommen.«

»Machen Sie Ihren Job«, wies Hundt den Leiter der Spurensicherung zurecht. Dann zeigte er glucksend auf Schmutzler. »Einen Guru habe ich mir anders vorgestellt.«

»Ich? Ein Guru?« Schmutzler war irritiert. »Ich bin der Pressesprecher des Raja.«

»Ist das hier ein Irrenhaus?«, brüllte Hundt. »Ich will den Chef sprechen. Stattdessen erscheint sein Pressesprecher. Gibt es diesen Guru überhaupt? Oder ist das ein Phantom? Nichts weiter als ein Marketing-Gag? Ich werde noch verrückt.«

Wieso werde?, dachte Thönnissen.

»Der Raja ist kein Mensch wie Sie und ich. Er ist die Inkarnation des Außergewöhnlichen und steht davor, aus Samsara auszubrechen.«

»Daran werde ich ihn hindern«, fluchte Hundt. »Zur Not durch Anwendung des unmittelbaren Zwanges.«

Schmutzler hatte die Hände gegeneinander gelegt. Er sprach mit salbungsvoller Stimme.

»Im ewigen Kreislauf des Lebens werden wir wiedergeboren. Allerdings in unterschiedlichen Daseinsformen. Mal als Tier, mal als Pflanze. Die höchste Daseinsform ist die des Menschen. Ein Tier hat nicht den nötigen Verstand, um aus Samsara auszubrechen.«

Hundt lachte höhnisch auf. »Samsara ist also dieses Dings … Und wo kommt man hin, wenn man aus diesem Kreislauf ausbricht?«

»Es ist das höchste Glück, Nirwana zu erreichen.«

»Da gehe ich mit Ihnen konform. Wenn jemand stirbt, ist er im Nirwana.«

Schmutzler verdrehte die Augen. »Sie wollen es nicht verstehen. Das liegt an Ihrem mangelnden Glauben. Es ist so. Sie …«

Hundts Hand fegte durch die Luft. »Schluss jetzt mit diesem Zirkus.« Er zeigte auf den abgebrannten Wohnwagen. »Da ist ein Mensch gestorben. Sozusagen ins Nirwana abgefahren. Ich will wissen, wer es war, warum das passierte und ob jemand nachgeholfen hat.«

»Wenn jemand seine irdische Hülle verlässt, geht die Seele auf Wanderschaft. Dann ist er nicht unbedingt im Nirwana. Dazu bedarf es eines langen Weges.«

Der Hauptkommissar stampfte entschieden mit dem Fuß auf. »Sofort bekomme ich eine Liste mit allen Leuten, die hier im Camp angemeldet sind, ganz gleich, ob Gäste oder Angestellte. Und dann will ich mit Hodlbacher sprechen, der in dem Wohnmobil gehaust hat. Ist das zutreffend?«

Schmutzler nickte kaum vernehmlich. »Der Yogi war Gast in dem Fahrzeug.«

»Ist das seine Leiche, die dort verkohlt liegt?«

Der Pressesprecher zuckte entsetzt zurück. »Um Gottes willen! Was ist das für eine Sprache?«

»Deutsch, verflixt noch mal. Ist Hodlbacher verheiratet? Lebt er mit jemandem zusammen? Ist er schwul?«

»Oh.« Schmutzler entgleisten die Gesichtszüge. »So dürfen Sie nicht sprechen. Der Yogi ist eins mit der Lehre.«

»Beantworten Sie meine Frage.«

»Ich sagte es schon. Wer einen solchen Rang erreicht hat, ist gelöst von irdischen Unzulänglichkeiten.«

»Gibt es signifikante Merkmale von Hodlbacher? Brille? Prothese? Schmuck? Bei welchem Arzt war er in Behandlung? Wie heißt sein Zahnarzt?«

Schmutzler hielt sich die Ohren mit den Händen zu. »Sie sind mit dem Ungeist gesegnet.« Er ließ seinen Arm kreisen. »Der Guru vermag mit seiner geistigen Kraft, aber auch dem Wissen aus der Einheit von Körper und Seele Kranke zu heilen. Die Menschen rund um den Erdball tragen ihm ihre Beschwernisse an. Die Ausstrahlung des Gurus und seine Hände, Gebet und Gesänge werden unterstützt durch die jahrtausendalten Heilmittel und Medizin nach den Regeln indischer Heilsgelehrter. Darauf baut auch die ayurvedische Medizin auf. Wo die Schulmedizin versagt, hilft der Guru.«

»Schluss mit dem Blödsinn.« Hundt zeigte auf Thönnissen. »Sie begleiten diesen Propheten und kommen erst zurück, wenn er Ihnen die Unterlagen ausgehändigt hat. Los jetzt.«

Der Inselpolizist zupfte Schmutzler am Ärmel. »Kommen Sie«, sagte er.

Das Büro war in einem eigenen Wohnmobil untergebracht. Thönnissen war erstaunt. Auf beengtem Raum war nicht nur

Platz für zwei kleinere Schreibtische, es fehlte auch nichts an moderner Infrastruktur. Rechner, Drucker, eine kleine Telefonanlage und andere Gegenstände, die in jedes kleine Unternehmen gepasst hätten.

»Haben Sie keine Ordner?«, fragte Thönnissen.

»Dafür ist hier kein Platz«, erklärte Schmutzler und wies auf ein Gerät, das Ähnlichkeiten mit einem modernen Multifunktions-Bürodrucker hatte. »Jedes Stück Papier wird digitalisiert und elektronisch aufbereitet.«

»Das ist aber sehr irdisch«, antwortete der Inselpolizist.

»Das eine hat nichts mit dem anderen zu tun.« Schmutzler ließ sich an einem der Arbeitsplätze nieder, schaltete den Rechner ein und sagte: »Können Sie bitte wegsehen. Ich muss jetzt das Passwort eingeben.«

»Ist das nicht *Halleluja*?«

»Spotten Sie nur. Das machen alle Unwissenden.«

»Und den ›Kindern der Erleuchtung‹ ist die Erkenntnis geschenkt?«

Schmutzler antwortete nicht, sondern hämmerte auf der Tastatur herum. Er beugte sich vor und starrte auf den Bildschirm. »Hier habe ich es.«

»Dann drucken Sie es aus.«

»Das geht nicht so einfach. Das sind die Anmeldungen, aber auch die Adressen.«

»Damit ersparen Sie uns die Mühe, durch das Lager zu laufen und diese aufzunehmen.«

»Der Ashram ist kein Lager«, beklagte sich Schmutzler. »Ich finde nur eine Liste, in der sind auch die Kursgebühren vermerkt.«

»Das stört mich nicht.«

»Aber uns. Das ist vertraulich.« Er drehte sich zu Thönnissen um. »Wie sieht es eigentlich mit dem Datenschutz aus?«

»Das klärt der Richter, der die Verfügung zur Herausgabe verhängt. Solange versiegeln wir dieses Büro.«

»Wir müssen aber hier arbeiten«, sagte Schmutzler. »Ohne unsere Daten können wir den Kursus nicht durchführen.«

»Eine Brandermittlung hat Vorrang. Wir wissen nicht einmal, ob es ein Unfall war oder Mord.«

»Mord? Sie wollen nicht unterstellen, dass …« Der Pressesprecher ließ den Satz unvollendet.

»Wir müssen alle Möglichkeiten in Betracht ziehen. Also? Die Liste!«

»Die ist höchst vertraulich.«

»Ich versichere Ihnen, dass wir sie erst nach der Aufklärung an die Presse weitergeben.«

Schmutzler starrte ihn mit weit aufgerissenen Augen an. »Sie wollen – was?«

»Glauben Sie wirklich, wir würden so arbeiten?«, antwortete Thönnissen.

Der Pressesprecher setzte den Drucker in Betrieb. Dann entnahm er das Papier dem Ablagefach und presste den Stapel gegen seine Brust. »Ich weiß nicht«, wiederholte er mehrfach.

Entschlossen griff Thönnissen zu. Schmutzler leistete keinen Widerstand.

Der Inselpolizist warf einen Blick auf den Ausdruck. Fast dreihundert Personen waren mit Namen und Kontaktdaten aufgeführt. Hinter den Namen standen Zahlen.

»Was bedeutet das?«, fragte Thönnissen und gab selbst die Antwort. »Sind das die Gebühren?«

Schmutzler bewegte kaum wahrnehmbar den Kopf.

»Dann kostet der Kursus einhundertfünfundneunzig Euro?«

»Das ist die Grundgebühr für Leute, die nur zu den Vorträgen kommen, aber nicht im Ashram wohnen.«

Thönnissens Finger wanderte weiter und blieb bei Hans-

Gundolf Vogeley hängen. Siebenhundertachtzig Euro ließ sich der Sonderling aus dem Unimog die Teilnahme kosten. Sein Partner Reiner-Maria bekam einen Partnererlass von fünfzig Euro.

»Das ist der All-in-Preis?«

»Das sind die Konditionen, dass Sie im Ashram die Nähe des Rajas erleben dürfen.«

»Und eine Audienz bei ihm bekommen?«

»Eine Begegnung in einer kleinen Gruppe wird extra berechnet.«

»Und wenn man unter vier Augen mit ihm sprechen will?«

»Das ist nur in Ausnahmefällen möglich. Oder bei einer intensiven Krankenbehandlung, einer Heilung.«

»Das gilt aber nur für Privatpatienten«, merkte Thönnissen an.

»Ich verstehe Sie nicht«, wich Schmutzler aus.

»Der Guru heilt nur Gutbetuchte«, übersetzte Thönnissen und überschlug das Ganze. »Das sind rund einhunderttausend Euro nur für die Grundgebühr. Wie viele Mitarbeiter haben Sie?«

»Das sind keine Mitarbeiter«, protestierte Schmutzler.

»Ich möchte auch die Liste. Also?«

»Wir haben drei Hostessen von einer Agentur.«

»Und Stammpersonal?«

Der Pressesprecher hauchte irgendetwas, das nicht zu verstehen war.

»Fünf?«, riet Thönnissen.

Ein knappes Nicken bestätigte ihn.

»Das ist nicht viel. Sie«, dabei zeigte er auf Schmutzler, »Hodlbacher und der Guru.«

»Der Raja ist doch kein Mitarbeiter. Damit ist Hubertus Filsmair …«

»Der Fahrer«, unterbrach Thönnissen.

»Das ist eine seiner Aufgaben. Außerdem ist er für alles zuständig, was die persönlichen Belange des Rajas betrifft.«

»So eine Art Kammerdiener?«

»Sie haben eine merkwürdige Ausdrucksweise«, beschwerte sich Schmutzler.

»Wer hier wohl eigenartig ist«, erwiderte Thönnissen. »Und wer sind die anderen beiden?«

»Das ist eine große Aufgabe. Da gibt es noch manch anderes zu verrichten.«

»Und wer kümmert sich um die Technik? Die Versorgung der Leute?«

»Das wird örtlichen Betrieben übertragen.«

»Die ganzen Stände und Buden da draußen?«

Schmutzler nickte.

»Das ist ja wie auf dem Jahrmarkt. Sie vermieten also die Stände?«

»Wir prüfen sorgfältig nach den verschiedensten Kriterien, wer würdig ist, am Ashram teilzuhaben. Außerdem gibt es zahlreiche Ehrenamtliche, die am Gedeihen des Ashrams großen Anteil haben.«

»Die erhalten eine geringe Vergütung?«

Schmutzler schüttelte entrüstet den Kopf. »Sie haben die Bedeutung der Institution ›Kinder der Erleuchtung‹ nicht verstanden. Es ist eine besondere Gnade, dabei sein dürfen. Sie finden die Nähe des Gurus. Seine Aura empfängt Sie. Menschen auf der ganzen Welt würden alles dafür geben, um mit den Auserwählten tauschen zu dürfen.«

»Wollen Sie damit andeuten, dass die Mitarbeit als Ehrenamtlicher kostenpflichtig ist?«

»Das richtet sich nach der Funktion. Die besondere Teilnehmergebühr …«

Thönnissen lachte laut auf. »So umschreiben Sie es, wenn jemand dafür Geld abdrücken muss, dass er hier arbeiten darf?«

»Das ist keine Arbeit, sondern ein ganz besonderer Akt. Wer als Ordner tätig wird, zahlt weniger als die Diener, die während der Zelebration die unmittelbare Nähe des Gurus erleben dürfen.«

»Und wer ist Ihr Vertragspartner auf Pellworm?«

Schmutzler tat, als hätte er es nicht gehört.

»Wir können auch den Computer beschlagnahmen«, drohte Thönnissen.

»Die Betreiber der Stände kommen von auswärts.«

»Alle?«

Der Pressesprecher wand sich ganz offensichtlich.

»Jesper Ipsen hat Ihnen seine Wiese zur Verfügung gestellt. Kümmert er sich auch um Wasser, Müll und Strom?«

Nur mit viel Fantasie konnte man Schmutzlers Geste als Zustimmung interpretieren.

»Und wer hat die Versorgung übernommen? Kooperieren Sie mit dem Hotel Feddersen?«

Auch in diesem Punkt hatte Thönnissen richtig vermutet. Sein Freund, der Bürgermeister. Kein Wunder, dass Feddersen sich so vehement für diese Veranstaltung ausgesprochen hatte. Er war wie ein Trüffelschwein. Wenn er Geld roch, war er nicht mehr zu halten.

Mit der Liste unterm Arm kehrte Thönnissen zum Brandherd zurück. Hundt erwartete ihn ungeduldig.

»Waren Sie zum Kaffeetrinken?«, schnauzte er ihn an. »Selbst wenn ich einbeziehe, dass auf den Inseln alles länger dauert, hätten Sie schon lange zurück sein müssen.«

»Ich habe die Teilnehmerliste und eine Übersicht über die Mitarbeiter.«

»Wo ist die zweite Liste?« Der Hauptkommissar entriss Thönnissen den Papierstapel und blätterte ihn über den Daumen durch.

»Die habe ich wörtlich aufgenommen.«

»Obermeister Thönnissen. Ich stelle amtlich fest, dass Sie ein Versager sind«, sagte Hundt wütend. Dann zeigte er auf das Gerippe des Wohnmobils. »Während Sie ewig für die lausige Übersicht benötigt haben«, dabei wedelte er mit dem Papierstapel, »habe ich elementare Erkenntnisse gewonnen. Hier liegt ein Mord vor.«

»Wie kommen Sie dazu?«, fragte Thönnissen.

»Die Tür des Wohnmobils war von außen durch eine stabile Eisenstange verrammelt. Anschließend wurde das Fahrzeug an zwei Stellen durch Benzin in Brand gesetzt.«

»Ist das sicher?«

»Ohne jeden Zweifel. Außerdem wurde der Benzinkanister gefunden. Er lag neben dem Wrack.«

»Dann kann man daran Fingerabdrücke oder DNA-Spuren feststellen?«, wollte Thönnissen wissen.

»Leider nicht. Sie wurden ebenfalls ein Raub der Flammen. Es liegt eindeutig Mord vor.«

»Das bedeutet, wir müssen die Mordkommission anfordern.«

Hundt lachte auf. »Was soll eine Herde Beamter bezwecken? Wesentliche Dinge habe ich schon ermittelt.«

»Und wer ist das Opfer?«, fragte Thönnissen und bemühte sich, keine Häme durchdringen zu lassen.

»Mit hoher Wahrscheinlichkeit dieser Hodlbacher. Dafür sprechen die Zeugenaussagen. Sie haben es nicht für nötig befunden, gründlich zu recherchieren.«

»Wie sind Sie darauf gekommen?« Thönnissen tat erstaunt.

»Ganz einfach. Ich habe die Leute befragt. In dem abgebrannten Wohnwagen lebte Hodlbacher, den man hier den Yogi nannte.«

Großartig, dachte Thönnissen. Das habe ich schon gestern gewusst. Und man nannte ihn nicht den Yogi, Hodlbacher *war* der Yogi.

War? Wer sagte, dass er sich auch im Wagen befand, als es brannte? Der Hauptkommissar schien die gleiche Idee zu haben. Er drückte Thönnissen die Teilnehmerliste in die Hand.

»Fertigen Sie Kopien an. Dann haken Sie die Liste ab und prüfen, ob jemand fehlt. Das gilt auch für die Mitarbeiter.« Hundt tippte sich an die Stirn. »Die Liste haben Sie angeblich da drinnen gespeichert. Na ja. So ist der Raum nicht vollends leer.«

»Du mich auch«, formte Thönnissen unhörbar mit den Lippen und schwang sich auf das Fahrrad.

»Halt! Wo wollen Sie hin? Schon wieder Pause machen?«, rief ihm Hundt hinterher.

Der Inselpolizist tat, als hätte er es nicht gehört, und steuerte sein Haus an, in dem auch die Polizeidienststelle untergebracht war. Sie befand sich in einem Sekretär mit Schreibklappe, der in seinem Wohnzimmer stand.

Unterwegs winkten ihm mehrere Insulaner zu.

»Eh, Frerk, erzähl mal. Was ist da los? Stimmt es, dass nicht nur ein Wohnmobil, sondern auch einer der Irren abgefackelt wurde?« So oder ähnlich lauteten die Sprüche, die er alle unbeantwortet ließ.

Das war nicht der Grund für seinen Ärger. Hundt behandelte ihn wie gewohnt. Er machte keinen Hehl aus seiner Überzeugung, Thönnissen wäre dumm, unfähig und faul. In der Vergangenheit hatte er ihm auch unterstellt, er würde Beweise fälschen oder die Ermittlungsarbeit behindern. Manchmal war es klüger, der Dümmere zu sein. Immerhin hatte ihn diese Erkenntnis schon zwei Mal nach Tuvalu geführt. Er ließ Hundt die vermeintlichen Triumphe. Natürlich hatte nicht der Hauptkommissar, sondern sein Erzfeind Ahlbeck und dessen Leute von der Spurensicherung die tödliche Blockade der Tür des Wohnmobils entdeckt und auch festgestellt, dass der Wagen mit Benzin angezündet worden war.

Thönnissen schlug noch einen Haken und fuhr bei seiner Tante Auguste vorbei. Dort traf er die Helferin des ambulanten Pflegedienstes an.

»Sie ist wach«, sagte die Frau, »und hat auch nach dir gefragt. Es geht ihr aber nicht gut. Man muss mit dem Schlimmsten rechnen.«

Thönnissen nahm die Mütze ab und ging in das Schlafzimmer. Es sah aus, als wäre es eines der beliebten Heimatmuseen, in denen man die Lebensweise der Landbevölkerung in früheren Jahrhunderten nachstellte.

Das bleiche faltenreiche Gesicht mit den dünnen schlohweißen Haaren war kaum von den weißen Kissenbergen zu unterscheiden, in denen die alte Dame gebettet war. Sie streckte ihm müde die zartgliedrige Hand entgegen.

»Moin, mein Junge«, sagte sie mit brüchiger Stimme. »Schön, dich zu sehen.«

»Moin, Tante Guste.« Er küsste sie vorsichtig auf die Stirn. »Alles klar bei Schiff?«

Sie versuchte ein Lächeln. »Der Lebensdampfer ist noch voll in Fahrt, auch wenn der Wind nicht mehr direkt von hinten kommt und die Segel nicht mehr so straff blähen.« In den müden Augen blitzte es kurz auf. »Dafür bläht es jetzt woanders.«

Thönnissen schwenkte den Zeigefinger. »Tante Guste«, sagte er mit einem gespielten Vorwurf in der Stimme. »Wie geht es dir?«

»Als alle jungen Männer Pellworms hinter mir her waren, ging es mir besser. Ist ganz schön schiet, wenn man alt ist und die Lichter des letzten Hafens auf sich zukommen sieht.«

»Davon bist du noch weit entfernt«, erwiderte Thönnissen, obwohl er selbst nicht daran glaubte. Tante Auguste war achtundneunzig. Eigentlich war sie seine Großtante, die Schwester seines Großvaters. Trotz ihrer drei Ehen und zahlreichen Liebschaften, von denen man noch heute sprach, war sie kinderlos geblieben. Thönnissen war schon ein Teenager gewesen, als man ihn damit aufzog, dass seine Tante noch diesen oder jenen jüngeren Mann auf der Insel verführte. Erfolgreich. Damals war sie schon über siebzig Jahre alt gewesen.

»Nee, nee. Ich spüre, dass es nicht mehr lange dauert. Ist vielleicht auch ganz gut so. Noch eineinhalb Jahre, dann würde ich hundert werden. Stelle dir vor, was das kosten würde! Alle würden kommen und müssten beköstigt werden. Wie soll ich das von meiner schmalen Rente bezahlen? Da müsstest du als einziger Verwandter mir zur Seite springen. Verdient man als Polizist genug?«

Die Besoldung reicht nie, dachte Thönnissen. Schon gar nicht für die Reisekosten nach Tuvalu. Laut sagte er: »Tante Guste, ich lebe von Margarine und Leitungswasser und verpfände meine Zweituniform, um für dich zu sorgen.«

»Du bist ein guter Junge.« Sie drückte seine Hand, soweit es ihr möglich war. »Ich will jetzt schlafen. Keine Sorge.« Ein Lächeln huschte über das faltenreiche Antlitz. »Ich wache wieder auf.«

Mit einem erneuten Kuss auf die Stirn verabschiedete er sich und radelte zu seinem Haus. Während das Kaffeewasser kochte, begann er, die Liste zu kopieren. Er legte vorsichtshalber eine weitere Kopie für sich zurück.

Zwischendurch klingelte das Telefon. Zuerst war Meta Hansen am Apparat.

»Das hat es noch nie gegeben«, beklagte sich die schwergewichtige Frau aus Tammensiel. »Du weißt, Frerk, bei uns wird nie abgeschlossen. Auch nicht die Hintertür zur Küche. Jetzt ist tatsächlich jemand eingebrochen.«

»Das nennt man Diebstahl, Meta«, belehrte sie Thönnissen. »Wenn nichts aufgebrochen wurde, ist es Diebstahl.«

»Nein«, beharrte Meta Hansen auf ihrer Meinung. »Du hast nicht zugehört. Es ist eingebrochen worden. Jemand ist hinten durch die Tür und hat den Kühlschrank leergeräumt. Nicht alles. Wurst, Käse, Bier und meine angebrochene Flasche Inselaquavit. Du musst dich sofort darum kümmern, Frerk. Hast du mich verstanden? Sofort!«

Er versprach es. Kurz darauf meldete sich Hundt.

»Wo bleiben Sie mit der Liste? Sie blockieren – wieder einmal – den Fortgang der Ermittlungsarbeiten. Ich überlege, ob ich ein Verfahren wegen Dienstvergehens gegen Sie einleiten soll«, drohte der Hauptkommissar.

Thönnissen verbrühte sich den Mund am heißen Kaffee, pustete in die Tasse und nahm noch ein paar Schlucke zu sich, bevor er sich wieder auf das Dienstfahrrad schwang. Natürlich hatte er Gegenwind. Leicht außer Atem erreichte er den Tatort. Er ignorierte den Schwall von Vorwürfen.

Anschließend versuchte Thönnissen, die genannten »Mitarbeiter« ausfindig zu machen. Mit Schmutzler hatte er gesprochen. Er fand nach einigem Suchen auch die beiden Mitarbeiter, die ihm bisher nicht begegnet waren. Das Gespräch mit den indischen Arbeitern war unergiebig. Sie verstanden kein Deutsch. Mit ein paar Brocken Englisch erklärten sie, dass sie in ihrer Unterkunft gewesen seien. Thönnissen ließ sich den heruntergekommenen Wohnanhänger zeigen. »Arme Teufel«, murmelte er dabei. Dann ging er zum mobilen Büro und traf dort den Pressesprecher an. Schmutzler wirkte abgehetzt.

»Der Mitarbeiterstab wurde immer bewusst klein gehalten«, stöhnte er. »Aber dass ich jetzt alles allein machen muss, ist doch eine Zumutung. Die Leute stehen Schlange und beschweren sich, weil die angekündigten Seminare ausfallen. Yogi Prabud'dha ist nicht aufzufinden.«

»Sie behaupten, Karl-Friedrich Hodlbacher ist verschwunden? Wann haben Sie ihn das letzte Mal gesehen?«

»In der Stunde der Besinnung. Zuvor hat er im großen Zelt mit den Kindern der Erleuchtung gesungen.«

Das musste das wiederholte »Ooommm« gewesen sein, das Thönnissen bei seiner abendlichen Spähaktion gehört hatte, als er mit dem Pastor zusammengestoßen war.

»Und danach?«

»Der Yogi hat noch einen kleinen Kurs mit besonderen Gästen abgehalten.«

»Wann war das? Wer war daran beteiligt? Und wie lange hat das gedauert?«

Statt zu antworten, tätigte Schmutzler ein paar Eingaben am Computer, der Drucker ratterte los, und er reichte Thönnissen die Liste. Der Inselpolizist zählte zwölf Namen.

»Wie kommt diese Auswahl zustande?«

»Die Teilnehmer haben sich dazu angemeldet.«

»Gib es ein Losverfahren?«

»Dafür wird eine Extragebühr erwartet«, sagte Schmutzler kleinlaut. »Siebzig Euro pro Person.«

»Und wie lange dauerte das Seminar?«

»Eine Stunde.«

»Das ist viel Geld.«

»Wir sprechen hier nicht über materielle Güter, sondern über den Gewinn an Erkenntnis«, erklärte der Pressesprecher.

»Wer die gewinnt, wird reich für das Leben beschenkt. Es fördert die Wahrnehmung über die Grenzen des Allgemeinen hinaus und ist auch der Gesundheit dienlich.«

»Dann müssen wir mit diesen Leuten sprechen«, sagte Thönnissen. »Die Polizei möchte auch an Erkenntnis gewinnen.«

»Das ist nicht erforderlich. Nach diesem Seminar haben Yogi Prabud'dha und ich noch eine Stunde hier im Büro zusammengesessen und über Geschäftliches gesprochen.«

»Ganz profan über weltliche Dinge?«

»Wir haben die Abrechnung gemacht, und dann ist der Yogi mit dem Geld gegangen.«

»Mit welchem?«

»Kursgebühren, Sonderbeiträge für Extras und die Einnahmen aus dem Verkauf der ayurvedischen Medizin, Kosmetik und Nahrungsmittel.«

»Wie hoch war der Betrag?«

»Etwas über dreißigtausend.«

»Donnerwetter. Und die hat er in bar mit sich herumgetragen?«

Schmutzler nickte.

»Wer wusste davon?«

»Niemand. Nur ich. Und Filsmair, der Fahrer.«

»Wo ist der?«

Der Pressesprecher atmete tief durch. »Den suche ich auch. Verzweifelt.«

»Hat Hodlbacher das Geld zum Guru gebracht?«

»Sind Sie von allen guten Geistern verlassen? Der Raja kümmert sich nicht um solch irdische Dinge.«

»Immerhin akzeptiert er die hohen Preise. Und weder sein Wohnmobil noch der Bentley zeugen davon, dass er ein Armutsgelübde abgelegt hat.«

»Sie wollen einfach nicht verstehen, dass es um etwas viel Größeres geht. Wenn Sie durch den Ashram gehen, werden Sie das Lebensrad sehen, das aus Steinen gebaut ist. Im Zentrum um die Nabe finden sich die Triebkräfte des Rads wieder. Das sind die drei Geistesgifte Gier, Hass und Verblendung, symbolisch dargestellt als Hahn, Schlange und Schwein. Das Schwein steht für die Unwissenheit.«

»Sie wollen damit sagen, dass ich ein Schwein bin?«, unterbrach Thönnissen.

»Jemand wie Sie will es nicht verstehen«, klagte Schmutzler. »Können Sie den Geistesgiften nicht widerstehen, folgen Sie dem absteigenden Weg, der schwarz ist. Überwinden Sie die Geistesgifte, führt Sie der weiße Pfad auf die nächste Ebene der Wiedergeburtsbereiche. Weiß steht für die Bereiche Menschen und Götter, Schwarz für Tiere, hungrige Geister und Höllenwesen. Das Ausmaß des Leidens nimmt logischerweise vom Götterbereich abwärts kontinuierlich zu. Ganz extreme Leidenserfahrungen widerfahren Ihnen in den Höllenbereichen, die wiederum in die kalte, die heiße und die große Hölle unterteilt werden.«

Thönnissen legte seine Stirn in Falten. »Die Sache mit der Wiedergeburt ist eine praktische Angelegenheit. Man trifft dann auf Leute, die das schon einmal am eigenen Leib erlebt haben. Die Polizei als Kleingeister begnügt sich derweil damit, denjenigen zu suchen, der einem anderen Menschen die heiße Hölle hier auf Erden beschert hat, indem er ihn ermordete. Durch Brandstiftung.«

»Wer tut so etwas?« Schmutzler war blass geworden. Das Entsetzen war ihm ins Gesicht geschrieben.

»Das versuchen wir herauszufinden«, sagte Thönnissen und kehrte zu Hundt zurück. In Kurzform berichtete er von seinen Ermittlungen.

Der Hauptkommissar nahm es ohne jede Regung zur Kenntnis. »Ich habe inzwischen wesentliche Erkenntnisse sammeln können«, erklärte er stattdessen und hielt sein Handy in die Höhe. »Die ganze Sache ist anrüchig. Dieser Zirkus – etwas anderes ist das nicht – stinkt zum Himmel. Von wegen Guru, Yogi und das ganze andere Brimborium. Formell wird diese ganze Geschichte von einer GmbH betrieben.«

»Deren Geschäftsführer Hodlbacher ist«, warf Thönnissen ein.

»Ein Geschäftsführer muss nicht auch Gesellschafter sein«, fuhr der Hauptkommissar in belehrendem Ton fort. »Und die Gesellschafter streichen den Profit ein. Wissen Sie, wem die GmbH gehört? Dahinter steckt die ›Health and Collect Foundation‹. Die hat ihren Sitz auf den Cayman-Inseln. Das ist nicht nur faul. Das stinkt zum Himmel. Allein diese Konstellation verrät mir, dass wir es mit krummen Geschäften zu tun haben. Dieses ganze Gehabe hier ist vergleichbar mit dem Biofleisch, das aus polnischer Massentierhaltung stammt, oder auch mit der Menge an *deutschem* Spargel zur Spargelzeit. Da müssen Sie die ganze Republik in eine einzige Anbaufläche verwandeln. Die Beispiele könnte ich beliebig fortsetzen.«

Lieber nicht, dachte Thönnissen. Er musste sich von Hundt nicht die Welt erklären lassen. Er sah sich um. »Wo sind die Spurensicherer?«

»Die sind abgezogen. Das sind Leute, die huschen einmal kurz über den Tatort. Das war's. Die Arbeit bleibt wieder bei mir hängen.«

»Das heißt, Sie benötigen mich nicht mehr?«, fragte Thönnissen hoffnungsvoll.

»Das könnte Ihnen passen, sich zurückziehen und einen ruhigen Lenz schieben. Sie können sich nützlich machen und ein paar Erkundigungen einziehen. Gehen Sie die Liste durch und prüfen Sie, ob jemand vermisst wird.«

»Das sind dreihundert Namen«, protestierte Thönnissen.

»Wenn Sie bald anfangen, sind Sie schneller fertig.«

Missmutig machte sich Thönnissen an die Arbeit. Er ging von Wohnwagen zu Wohnwagen, hielt Leute an, die ihm unterwegs begegneten, und hakte sie auf seiner Liste ab. Wer sich mit einem Ausweis legitimieren konnte, bekam zwei Haken. Wer jemanden kannte, den er nach dem Brand gesehen hatte, bekam einen Kreis.

Es war ein mühsames Unterfangen. Thönnissen hatte den Eindruck, er würde mit dieser Aufgabe die nächsten Jahre beschäftigt sein. Es ging nur schleppend voran, da er jedem ausführlich erklären musste, was dort passiert war, wie der Ermittlungsstand war und wann man mit den eigentlichen Veranstaltungen fortsetzen könne. »Wir haben viel Geld bezahlt. Nicht nur die Kursgebühr, auch die Fahrtkosten und die Stellplatzmiete«, schimpfte eine hagere Frau. Thönnissen musterte sie. Die Frau musste nichts erklären. Man sah ihr an, dass sie Veganerin war.

»Wenden Sie sich an das Büro. Dort gibt Ihnen Herr Schmutzler nähere Auskünfte«, war seine Standardantwort.

Ein Besucher hielt Thönnissen am Ärmel fest und tippte immer wieder auf dessen Liste. »Schreiben Sie«, forderte er den Inselpolizisten auf. »Schreiben Sie! Eine Anzeige. Das ist Betrug. Ich will mein Geld zurück.«

Merkwürdig, dass mancher erst jetzt zu dieser Erkenntnis gelangt, dachte Thönnissen und zog weiter. Immer weiter. Nur etwa die Hälfte der Leute, die er aufsuchte, war anwesend. Der Rest verteilte sich irgendwo im Ashram oder erkundete die Insel.

Thönnissen sah auf, als ihm Rolf Kruse entgegenkam.

Kruse und Frau waren Hamburger und hatten irgendwann Pellworm als Urlaubsziel entdeckt. Nach vielen Jahren als Gast hatten sie sich ein Haus gekauft und waren hierhergezogen.

»Herr Thönnissen«, sagte Kruse kurzatmig. »Das gibt es nur hier, dass man als Bürger der Polizei hinterherlaufen muss. Sorgen Sie dafür, dass dieses fahrende Gesindel sofort abzieht. Das ist wie früher, wenn die Gaukler in die Stadt kamen. Dann hat man schnell die Wäsche von der Leine geholt. Ich trinke ja nicht, bestimmt nicht. Aber ein Bierchen zum Feierabend, das ist wohl erlaubt. Bei diesem Wetter stelle ich den Kasten hinterm Haus auf die Terrasse. Und? Was soll ich sagen? Er ist weg. Einfach weg. Das ist aber noch nicht alles. Ich bin über vierzig Jahre mit Waltraut verheiratet. Wir hatten gute und normale Zeiten. Nach so langer Zeit wird es in der Ehe irgendwann ruhiger. Sie verstehen?« Er kniff ein Auge zusammen und stupste Thönnissen vertraulich an. »Und plötzlich fängt Waltraut an, von der Macht der Liebe zu reden, von der freien Liebe. Was ist, wenn die sich von diesen Typen hat infizieren lassen und sich von denen verführen lässt? Tun Sie was, Herr Thönnissen! Schließlich zahle ich meine Steuern. Und das nicht zu wenig.«

Der Inselpolizist kannte Frau Kruse. Er unterdrückte, dem aufgebrachten Mann zu versichern, dass er sich um das Wohl *dieser* Frau keine Sorgen machen müsse. Viel mehr berührte ihn, dass wieder ein Diebstahl gemeldet wurde. Das gab es sonst nicht auf Pellworm. Die Insel war eine verbrechensfreie Zone. Na ja – fast.

»Ich kümmere mich darum«, versprach er Kruse.

»Wann denn? Warum nicht gleich?«

»Ich habe noch andere Aufgaben zu erledigen.«

Kruse tippte wieder auf die Liste. »Steht da drin, wer wie

viel Steuern bezahlt? Verfolgen Sie meinen Diebstahl deshalb erst später? Und was ist mit meiner Frau?«

Thönnissen erklärte ihm, dass sie mitten in einer Brandermittlung seien. Den Mord ließ er unerwähnt.

»Der Tote läuft Ihnen nicht mehr weg«, zeigte sich Kruse gut informiert. »Aber der Dieb ist da draußen unterwegs.«

Irgendwie gelang es Thönnissen, Kruse abzuwimmeln. Dann setzte er seine Aktion fort und näherte sich dem Unimog. Er klopfte an die Tür des Fahrzeugs. Hans-Gundolf Vogeley öffnete und sah vom hochbeinigen Gefährt auf Thönnissen herab.

»Ach, Sie schon wieder.«

»Ich kontrolliere die Anwesenheit der für diese Veranstaltung angemeldeten Personen.« Thönnissen machte einen Haken hinter Vogeley. »Wo ist Ihr Partner?«

»Was geht das Sie an?«

Der Inselpolizist wiederholte, dass er eine Prüfung vornahm.

»Sie kennen Reiner-Maria doch.«

»Ich möchte wissen, wo er steckt.«

»Ist das nicht ein freies Land, in dem sich jeder dort aufhalten kann, wo er möchte?«

»Bei dem Brand ist ein Mensch ums Leben gekommen. Nun untersuchen wir, wer fehlt.«

Hans-Gundolf Vogeley lachte gekünstelt auf. »Sie glauben, Reiner-Maria wäre dort verbrannt? Lächerlich. Dann würde ich hier nicht herumstehen, sondern nach ihm suchen. Ich wäre schon bei Ihnen gewesen und hätte Vermisstenanzeige erstattet.«

Thönnissen zeigte auf die Türöffnung. »Ist er da drinnen?«

»Nein.«

»Wo finde ich ihn?«

»Es geht ihm gut.«

»Sie sagen mir sofort, wo Ihr Partner ist.«

»Suchen Sie ihn doch«, antwortete Vogeley schnippisch.

»Und wo ist Kevin? Geht es ihm gut?«, hakte Thönnissen nach und dachte an das Kinderbett, das er bei seinem heimlichen Besuch im Unimog entdeckt hatte.

»Kev…«, ließ sich Vogeley überrumpeln, stutzte dann aber mitten im Wort. »Wer soll das sein?«

»Bei dem kleinen Auflauf in Tammensiel, zu dem ich gerufen wurde, hat Ihr Partner Sie zum Abschluss erinnert, dass Sie noch gemeinsam Kevin suchen müssten. Wo ist er?«

»Sie müssen sich verhört haben«, behauptete Vogeley. »Ich kenne keinen Kevin.«

»Und Reiner-Maria? Kennt er ihn?«

»Lassen Sie mich zufrieden«, sagte Vogeley und knallte die Tür mit Schwung zu.

Merkwürdige Leute, dachte Thönnissen. Er würde Hundt von dieser Begebenheit unterrichten, dabei aber die nächtliche Beobachtung verschweigen, als jemand aus dem Unimog in die Nacht davongelaufen war. Der Hauptkommissar würde wissen wollen, was Thönnissen zu seinem Ausflug bewogen hatte. Diese unangenehmen Fragen wollte er sich sparen.

Er beschloss, eine Pause einzulegen, und überschlug das Ergebnis seiner Recherche. Etwa einhundert Personen hatte er angetroffen und abgehakt.

»Fertig?«, rief ihm Hundt von weitem entgegen.

»Wissen Sie, wie aufwendig das ist?« Bevor der Hauptkommissar antworten konnte, berichtete ihm Thönnissen von seiner Begegnung mit Hans-Gundolf Vogeley.

»Wo bin ich hier eigentlich?«, schnauzte Hundt. »Sie kommen mit der Arbeit nicht voran. Und jetzt fehlen uns noch mehr Leute. Der Fahrer ist verschwunden, Hodlbacher ist nicht greifbar, und nun bringen Sie diese seltsamen Figuren ins Spiel.«

»Wir haben auch Teilnehmer auf der Liste, die nicht im Ashram wohnen.«

»Sprechen Sie nicht vom Ashram, wenn Sie dieses Lager meinen«, sagte Hundt belehrend. »Sie fahren jetzt mit Ihrem Rad zur Dienststelle und holen den Streifenwagen. Ich werde mir diesen geheimnisvollen Guru vorknöpfen.«

»Für Pellworm wurde nur ein Dienstfahrrad zur Verfügung gestellt«, erklärte Thönnissen.

»Holen Sie den Golf.«

»Das ist mein Privatwagen. Als der Golf als Streifenwagen ausgemustert wurde, habe ich ihn von der Fahrbereitschaft gekauft.«

»Seien Sie nicht so schwer von Begriff. Irgendwie müssen wir beweglich sein. Wollen Sie mich auf dem Gepäckträger über die Insel schaukeln?«

Thönnissen kapitulierte. Schweigend machte er sich auf den Weg nach Hause.

Fünf

Als Thönnissen mit dem Golf zurückkehrte, stieg Hundt ein und knallte die Tür zu.

»Was ist aus Ihrem Gespräch mit dem Guru geworden?«, wollte der Inselpolizist wissen, als sie über die holprige Wiese rollten.

»Kümmern Sie sich um Ihre eigenen Sachen«, brüllte der Hauptkommissar. »Wenn Sie gewissenhaft erledigen würden, was man Ihnen aufträgt, wären wir ein ganzes Stück weiter.«

Thönnissen grinste. Sein Beifahrer musste Pate gestanden haben für das Sprichwort vom »Armen Hund«. Vermutlich war es auch dem nassforsch auftretenden Festlandskriminalisten nicht gelungen, mit dem Guru Kontakt aufzunehmen. Warum schottete sich der Mann ab?, fragte sich Thönnissen. Laut sagte er: »Niemand hat bisher mit dem sogenannten Guru gesprochen. Er ist ein Phantom. Vielleicht gibt es ihn gar nicht.«

»Sie haben ihn doch angehalten bei Ihrer Wahnsinnsaktion auf dem Damm von der Fähre zur Insel.«

»Ich habe das Auto angehalten, in dem er saß. Angeblich. Gesehen und gesprochen habe ich nur mit dem Fahrer.«

»Können Sie nicht bis drei zählen? Sie hätten seinen Pass verlangen sollen.«

»Es war eine allgemeine Verkehrskontrolle. Da gab es keine Legitimation, alle Insassen zu prüfen.«

Hundt schlug sich mit der flachen Hand auf die Oberschenkel. »Aber den Typen hätten Sie checken müssen.«

72

»Sie haben selbst gesagt, wir liegen hier am Rande der Welt. Weshalb gab es keinen Hinweis von Ihrer Dienststelle? Dann hätte ich einen Grund gehabt.«

»Einen Grund gehabt – einen Grund gehabt.« Hundt äffte Thönnissens Sprechweise nach. »Es gibt keine Dienstvorschrift, in der Ihnen das Denken verboten wird.« Der Hauptkommissar zog verächtlich klingend die Nase hoch. »Haben Sie eigentlich schon den stets betrunkenen Medizinmann zum Tatort bestellt?«

»Was sollte er dort?«

»Da liegt ein Toter! Grrrrh. Sie bringen mich noch an den Rand des Wahnsinns.«

Thönnissen unterstellte, dass Hundt zunächst den Inselarzt aufsuchen wollte, und steuerte dessen Praxis an. Er wunderte sich, dass der Parkplatz vor dem Haus leer war. Auch innen herrschte gähnende Leere. Die Frau des Arztes, die als Sprechstundenhilfe tätig war, saß gelangweilt hinterm Tresen.

»Frerk«, sagte sie erstaunt, als die Polizisten eintraten. »Bist du dienstlich hier? Oder plagen dich irgendwelche Beschwerden?«

»Ist Fiete da?«, antwortete Thönnissen mit einer Gegenfrage und zeigte auf die Tür des Behandlungszimmers.

»Dem geht es nicht gut«, sagte Annemieke Johannsen.

Wenn sie so etwas andeutete, hatte Dr. Johannsen oft dem Durst mit dem falschen Getränk Abhilfe schaffen wollen. Trotz seiner Vorliebe für Hochprozentiges hatte er sich seit Jahrzehnten als fähiger Mediziner bewährt. Insulaner und Gäste konnten sich auf seine Erfahrung und seine Einsatzbereitschaft verlassen. Er war nicht nur für die körperliche Gesunderhaltung zuständig, sondern auch Ansprechpartner für sonstige Probleme, die manchen seiner Patienten trafen.

»Nicht dass du glaubst, er hätte …« Annemieke umschloss

einen imaginären Becher und führte ihn mehrfach zum Mund.

Thönnissen klopfte pro forma an und trat in das Behandlungszimmer, das noch genauso aussah wie zu Beginn der Tätigkeit von Dr. Johannsen auf der Insel. Thönnissen war noch Kind gewesen, als der Mediziner hier begonnen hatte.

»Moin, Fiete«, grüßte er, gefolgt von Hundt, der keinen Ton von sich gab.

»Wie oft soll ich dir noch sagen, du sollst mich nicht Fiete nennen. Für dich bin ich Herr Dr. Johannsen.«

Thönnissen winkte ab. »Mein Kollege hat eine Bitte an dich.«

»Ich?« Hundt schien sich hinter Thönnissen verstecken zu wollen. Der Inselpolizist registrierte mit Genugtuung, dass der »Kollege« dem Kripobeamten gar nicht schmeckte. »Es geht um das Brandopfer auf dem Veranstaltungsgelände«, fuhr Hundt zögerlich fort.

»Sie meinen den Toten?«

»Wir benötigen in dieser Sache medizinische Expertise.«

Dr. Johannsen schüttelte den Kopf. »Das verstehe ich nicht. Der ist doch schon tot. Fragen Sie doch diesen indischen Wunderheiler. Vielleicht kann der ihn wieder zum Leben erwecken. Oder der Tote taucht als Reinkarnation wieder auf. Schön aufpassen, Herr Kommissar. Irgendwo muss er geblieben sein. Wenn Sie ihn finden, kann er aus erster Hand über seinen Mörder berichten. Es sei denn, er kommt als Ameise wieder zurück.«

»Sparen Sie sich diese Worte«, sagte Hundt. »Wenn ein Toter gefunden wird, muss ein Arzt hinzugezogen werden.«

Dr. Johannsen lachte schallend. »In Ordnung.« Er öffnete seine Schublade und zog ein Formular hervor. »Ich stelle Ihnen einen Totenschein aus. Dass das Opfer tot ist, kann ich auch aus der Distanz beurteilen, ohne ihn gesehen zu haben. Sie sagen mir jetzt, wie der Tote heißt, wann er geboren ist, ergänzt um weitere persönliche Angaben. Ich bestätige dann, dass er ins Nirwana hinübergewechselt ist. Todesursache: eine Brandwunde.« Dr. Johannsen musterte den Hauptkommissar über den Rand seiner Brille hinweg. »Brandwunde großflächig. Ganzkörper«, ergänzte er. »Wenn Sie möchten, kann ich auch schreiben ›Herzversagen‹. Das trifft auf einhundert Prozent aller Todesfälle zu.«

»Wollen Sie mich für dumm verkaufen?« Der Hauptkommissar war sichtlich erregt.

Wenn Hundt jetzt Schnappatmung bekommt, kann Fiete ihm helfen, kam es Thönnissen in den Sinn. Er hütete sich, einen eigenen Beitrag zum Dialog der beiden beizusteuern.

»Zeigen Sie mal Ihre Hand«, forderte Dr. Johannsen den Hauptkommissar auf, der dem natürlich nicht nachkam. »Wenn Sie bis zum kleinen Finger richtig zählen können, also bis zehn, wissen Sie selbst, dass meine Anwesenheit am Tatort überflüssig ist.« Der Arzt lehnte sich zurück. »Wenn es nach mir ginge, hätte ich dieses Lager an allen vier Ecken angezündet.«

»Dann wärst du der Nero von Pellworm geworden«, mischte sich Thönnissen ein. »Der hat – angeblich – Rom angezündet.«

»Wollen Sie damit andeuten, Sie wären an der Tat beteiligt gewesen?«, fragte Hundt.

Dr. Johannsen sah demonstrativ den Inselpolizisten an.

»Ist der immer so oder nur, wenn er gekifft hat?«

»Ihre Beleidigungen werden Folgen haben«, drohte der Hauptkommissar.

Thönnissen versuchte, die Situation zu beruhigen.

»Fiete, was stört dich am Treffen der ›Kinder der Erleuchtung‹?«, fragte er.

75

»Da werden die Leute für dumm verkauft. Ist dir aufgefallen, dass das Wartezimmer leer ist? Heute waren eine Handvoll Kassenpatienten bei mir. Kein einziger Privatpatient. Jemand hat das Gerücht in Umlauf gesetzt, dass dort ein Wunderheiler wirkt. Der könne alles. Einige alte Patienten haben sich sogar getraut, es mir ins Gesicht zu sagen. Soll der indische Zauberdoktor doch den Diabetes der fetten Grobmeyer heilen. Sie müsste sich nur darauf beschränken, nicht täglich Sahnetorte in sich hineinzustopfen. Sie nennt es Lebensqualität, die ich ihr nicht gönnen würde. Ob der Guru mit seinem Singsang die Inkontinenz von …« Im letzten Moment stoppte der Arzt, ohne den Namen zu nennen. »Der läuft auch weiterhin mit nasser Hose aus dem Krug nach Hause, weil er zu viel Bier in sich hineingeschüttet hat. Heinrich Schlappkohl hatte Pech. Er ist einen Tag zu früh gestorben. Gestern. Sonst hätte ihn der Inder möglicherweise auch davor bewahrt.« Dr. Johannsen sah den Hauptkommissar grimmig an. »Da habe ich einen Totenschein ausgestellt, nachdem ich mich vergewissert hatte, dass Schlappkohl nicht geplatzt ist. Das wäre bei seiner Körperfülle nicht überraschend gewesen.«

»Du hältst nichts von der ayurvedischen Medizin?«, fragte Thönnissen.

»Was ist Medizin? Westliche Ärzte in der Schulmedizin studieren lange, und bevor sie auf die ersten Patienten losgelassen werden, müssen sie ihre Qualifikation noch als Assistenzarzt im Krankenhaus unter Beweis stellen. Es ist ein langer und dorniger Weg, bevor man einem Kranken allein gegenübersteht. Zu recht. Was will unsere moderne Leistungsgesellschaft? Gesundheit, Fitness und ein langes und beschwerdefreies Leben. Wie bei allen Dingen: Wer etwas möchte, muss investieren. Das läuft aber nicht über Zauberei, sondern durch

einen angepassten Lebenswandel. Wir alle kennen die Schlagwörter. Es ist aber viel bequemer, Raubbau mit sich selbst zu
treiben und dann auf das Wunder zu hoffen. Boombranche
Gesundheit. Da möchten solche Scharlatane auch mitmi-
schen.«

»Und diesen Teil des Kuchens wollten Sie sich nicht nehmen lassen?«, fragte Hundt.

Dr. Johannsen tat, als wäre der Hauptkommissar gar nicht
anwesend. Er ignorierte ihn.

»Wellness ist sicher gut und steigert das Wohlbefinden. Ein
Bad mit ätherischen Ölen kann Wohlbehagen auslösen. Aber
niemand wird ernsthaft behaupten wollen, dass damit auch
Gallenkoliken oder eine akute Blinddarmentzündung geheilt
werden kann. Wer glaubt, dass ein wuchernder Krebs durch
eine Klangschale, die auf den Bauch gestellt wird, beseitigt
wird? Kann man einen Schlaganfall durch eintöniges Singen
therapieren? Das ist doch hirnrissig. Solche Figuren verkünden, in Indien würde bereits jeder Dritte im Krankheitsfall
durch die traditionelle Heilkunst behandelt. Angeblich erfolgreich. Man behauptet, Ayurveda sei ein komplexes medizini-
sches System. Warum, so frage ich mich, lassen sich reiche
Inder und die Spitzen der dortigen Gesellschaft und Politik
im Ernstfall in unseren Krankenhäusern behandeln? Niemand
hat bisher vernommen, dass das indische Gesundheitssystem
unserem überlegen ist und die Menschen dort ein besseres
Leben führen.«

Thönnissen sah den Hauptkommissar an. »Müsste hier
nicht geprüft werden, ob eine verbotene Ausübung eines Heil-
berufes stattfindet?«

Hundt fühlte sich unbehaglich. »Wir konzentrieren uns
jetzt auf das Wesentliche.«

»Frerk hat recht«, bewies Dr. Johannsen seinen nordfriesi-

77

schen Sturkopf. »Das ist alles Humbug, was die dort veranstalten. Es muss etwas unternommen werden. Diesem Spuk muss ein Ende bereitet werden, bevor allen respektablen Institutionen der Insel das Vertrauen geraubt wird.«

»Wer sind diese?«, fragte Hundt mit lauerndem Unterton.

»Viele leiden darunter. Die Kirche wird zum Gespött, weil der Guru eine andere Art des Seligwerdens verheißt. Haben Sie schon mit dem Pastor gesprochen? Der ist stinksauer darüber, mit welchen Methoden dieser Heilsbringer die Seelen umgarnt. Die Apotheke hat Umsatzeinbrüche, weil plötzlich keiner mehr die Chemiekeule, wie Arzneimittel verunglimpft werden, einsetzen will. Und wenn die ihren Spökerkram weiter verbreiten, werden noch Teile der Insulaner zu Grasfressern. Wenn der alte Doktor sagt, eine ausgewogene Ernährung ist unverzichtbar, glaubt ihm niemand mehr. Nein! Ich bin sauer auf diese Typen. Und auf Feddersen, der uns diesen Blödsinn eingebrockt hat. Sehen Sie zu, dass wir diese verschrobenen Typen wieder loswerden. Aber fix.«

»Auch durch überzogene Aktionen?«, fragte der Hauptkommissar.

»Wie – das ist mir egal. Aber weg sollen sie. Die können ihren Zirkus woanders veranstalten.«

»Wie überstehen Sie als Einwohner diesen Arzt?«, fragte Hundt, als sie wieder im Auto saßen.

»Fiete ist ein hervorragender Mediziner, noch mehr aber Menschenkenner. Wenn es ihn nicht gäbe, müsste man ihn für Pellworm erfinden. Welcher Festlandindianer versteht es, dass unser Doktor in allen Fällen auf sich allein gestellt ist? Er kann nur selten einen Patienten zu einem Facharzt überweisen. Ein auswärtiger Arztbesuch ist immer mit einer Übernachtung auf dem Festland verbunden. Es gibt Dinge, die kann Fiete nicht behandeln. Er ist zum Beispiel kein Augenarzt. Aber sein sonstiges Spektrum ist beachtenswert. Auf unseren Doktor lassen wir nichts kommen.«

Der Hauptkommissar schwieg. Ein schneller Seitenblick zeigte Thönnissen jedoch, dass Hundt seine Auffassung nicht teilte. »Fahren Sie mich zum Hotel, sonst behauptet Ihr Freund wieder, es wäre alles ausgebucht«, forderte er stattdessen.

»Ich versuche es allein«, sagte Thönnissen, als sie das Hotel erreichten. »Ich habe einen guten Draht zum Bürgermeister.«

Der Hotelparkplatz war vollständig belegt. Das Bild setzte sich im Inneren fort. Das Servicepersonal pendelte hektisch zwischen Küche und Gastraum, ein undurchdringbares Stimmengewirr hing in der Luft. Boy Feddersen stand hinterm Tresen und zapfte Bier. Zwischendurch dirigierte er professionell seine Mannschaft. Man mochte manch kritisches Wort über den Hotelier verlieren – sein Geschäft beherrschte er. Als er aufsah und den Inselpolizisten erblickte, verfinsterte sich seine Miene.

»Jetzt geht es nicht«, zischte er unfreundlich. »Du siehst, ich bin beschäftigt.«

»Wir kommen als Kunden«, sagte Thönnissen. »Genauso wie die anderen.« Er nickte in Richtung des Gastraums. »Wir möchten außerdem ein Zimmer buchen.«

»Alles ausgebucht.« Feddersen sah nicht auf, drehte das Glas in der Hand, auf dem sich eine sehenswerte Blume bildete, und stellte es auf ein Tablett. Ohne hinzusehen, griff er zum nächsten halbvollen Glas und wiederholte die Handbewegungen. »Außerdem könnt ihr das ohnehin nicht bezahlen.«

»Ich kenne deine Wucherpreise«, antwortete Thönnissen.

»Im Augenblick ist es etwas anderes. Wir haben einen Sondertarif.«

»Ist dein Hotel nicht ausgebucht, dass du mit Angeboten locken musst?«

»Angebote?« Feddersen nannte den Übernachtungspreis.

»Für eine ganze Etage?«

»Das Einzelzimmer. Ohne Frühstück«, schob er hinterher.

»Bist du verrückt?« Thönnissen war sprachlos.

Feddersen schüttelte den Kopf. »Das sind Messepreise. Das kennst du sicher von der Hannover-Messe, der Kieler Woche und anderen Veranstaltungen.«

»Mensch, das ist doch etwas anderes. Dies hier ist Pellworm.«

Der Hotelier nickte selbstzufrieden. »Richtig. Und hier findet im Augenblick ein besonders großes Ereignis statt. Fragt doch mal herum. Alle sind ausgebucht. Der Meister zieht die Massen an.«

»Das ist doch irre«, staunte Thönnissen.

Feddersen grinste und bewegte Daumen und Zeigefinger gegeneinander. »Das ist nicht irre. Man nennt es Business.« Er packte Thönnissen an den Schultern und schob ihn Richtung Ausgang. »Sag deinem Hundt, er soll im November kommen. Dann gibt es leere Zimmer. Allerdings nicht bei mir. Was ihr mir in der Vergangenheit angetan habt, das vergesse ich euch nie.«

»Boy! Wir sind doch Freunde!«

»Nächstes Jahr wieder«, sagte Feddersen mit Bestimmtheit. »Vielleicht«, ergänzte er.

Thönnissen kehrte zum Golf zurück.

»Und? Was ist?«, empfing ihn Hundt.

»Nichts. Alles ausgebucht. Überall sind die Rishi-Jünger eingezogen. Die Insel befindet sich in einem Ausnahmezustand.«

»Dann werde ich wieder bei Ihnen übernachten müssen.«

»O nein«, protestierte Thönnissen. »Ganz bestimmt nicht.«

»Doch.« Hundt ließ keinen Widerspruch zu. »Und die Gastfreundschaft gebietet es, dass Sie mich nicht wieder auf das Sofa im Wohnzimmer abschieben.«

»Sie kennen meine Wohnung. Ich habe nichts anderes.«

»Doch. Ihr Schlafzimmer!«

»Sie wollen mit mir zusammen in einem Bett übernachten?« Thönnissen hatte das Entsetzen gepackt.

»Nein«, versicherte ihm der Hauptkommissar. »Dieses Mal schlafen Sie auf dem Sofa.«

»Unter keinen Umständen!«

Hundt klopfte auf das Lenkrad. »Fahren Sie endlich. Sonst übernachten wir beide hier im Auto.«

»Niemals«, sagte Thönnissen und wiederholte sich immer wieder auf der Fahrt zu seinem Haus. Unterwegs fiel ihm eine Lösung ein. »Sie bekommen ein Privatquartier. Sehr individuell«, ergänzte er und lächelte vergnügt, als Hundt das alte Haus von Tante Auguste kritisch beäugte.

Die alte Dame lag im Bett und blinzelte ihm entgegen, als er das Schlafzimmer betrat. Er gab ihr einen Kuss auf die Stirn und berichtete von der angespannten Situation auf dem Hotelsektor.

»Hat dieser indische Zauberkünstler so viele Leute angelockt?«, zeigte sich Tante Guste gut informiert.

Thönnissen nickte.

»Ich dachte, die heutige Generation wäre aufgeklärter. Ihr kommt doch in der ganzen Welt herum. Wo fährst du im Urlaub immer hin?«

Immer! Thönnissen schmunzelte. »Ich war zweimal auf Tuvalu.«

»Gibt es da noch Häuptlinge? Menschenfresser?«, wollte die Tante wissen und ließ die trüben Augen aufblitzen.

Der Inselpolizist streichelte ihre Greisenhand. Dann unterbreitete er ihr seinen Plan, dass er Hundt bei ihr einquartieren wolle.

»Wie alt ist der junge Mann?«, wollte Tante Guste wissen.

»Bestimmt schon über fünfzig.«

Sie kicherte. »Also noch sehr jung aus meiner Sicht. Als der geboren wurde, hatte ich schon reichlich Erfahrung. Du meinst, ich soll so leichtsinnig sein und mich mit einem Mann unter meinem Dach einlassen?«

Thönnissen zupfte an seiner Uniform. »Du stehst unter ständigem Polizeischutz.« Er kehrte zum Golf zurück.

»Hier können Sie in Ruhe übernachten. Bei mir geht es nicht«, betonte er nachdrücklich. »Wenn es Ihnen nicht passt, müssen Sie sich selbst eine Unterkunft suchen.« Thönnissen war mit sich zufrieden. Er hatte sich durchgesetzt. Endlich einmal.

Der Hauptkommissar zog die Stirn kraus, als sie in das Haus traten. »Hier riecht es wie in einer Leichenhalle.«

»Dann sind Sie damit bestens vertraut.« Thönnissen stöberte in den Schränken, bis er sorgfältig zusammengelegte Bettwäsche fand. Er sortierte eine Garnitur zusammen, ergänzte sie um zwei Handtücher und führte Hundt in eine enge Kammer.

»Hier ist ja nichts fertig«, beklagte sich der Hauptkommissar. »Und alles so …« Er suchte nach den richtigen Worten.

Thönnissen zeigte auf den Wäschestapel. »Da ist alles, was Sie benötigen. Ich hole Sie in zwei Stunden zum Essen ab.« Er wartete nicht auf die Antwort, sondern beeilte sich, das Haus zu verlassen. Anschließend fuhr er zum Pfarrhaus und traf Pastor Bertelsen in dessen Büro an.

»Ich arbeite an der Predigt«, zeigte sich der Geistliche gereizt.

»Über das Teufelswerk, das der Guru verbreitet?«

»Das ist reiner Spökerkram. Diese Mischung aus Zirkus- und Aberglaube – das darf man nicht auf Pellworm dulden. Leider fallen sehr viele darauf herein. Fiete Johannsen sagt das auch. Ich begreife nicht, wie die Leute diesen Quatsch glauben können. Nicht nur die, die der Inder hierhergelockt hat. Auch ein Teil der Einheimischen zeigt plötzlich Interesse für diesen Hokuspokus. Gestern fragt mich jemand, ob die Wiederauferstehung des Christentums mit dem ewigen Kreislauf des Wiedergeborenwerdens vergleichbar sei. Rummels hat mich gestern Abend im Krug angemacht. Er hatte schon ordentlich was intus und sprach undeutlich. Zur Erheiterung seiner Saufkumpane meinte er, der Guru hätte recht. Rummels könne das bestätigen. Seine Schwiegermutter sei die Inkarnation des Bösen. Die Hälfte der Anwesenden haben darüber gelacht.«

»Immerhin nur die Hälfte«, warf Thönnissen ein.

»Willst du mich jetzt auch hochnehmen?« Pastor Bertelsen musterte den Inselpolizisten mit einem kritischen Blick. »Der andere Teil hat nur deshalb nicht gelacht, weil er es nicht verstanden hat. Was meinst du, wie viele Insulaner wissen, was eine Inkarnation ist?«

»Ich möchte etwas anderes wissen«, wechselte Thönnissen das Thema. »Als wir uns hinterm Hauptzelt trafen …«

»Das war reiner Zufall«, beeilte sich Bertelsen zu versichern.

»Mensch, Hannes, Pastor! Da lag ein Benzinkanister. Und in der Nacht ist ein Wohnwagen abgebrannt. Er wurde an verschiedenen Stellen angezündet. Der Täter hat dazu Benzin benutzt. Hast du das Benzin mitgebracht?«

Bertelsen fuhr in die Höhe. »Das ist nicht dein Ernst! Du glaubst doch nicht, ich hätte die Brandstiftung begangen?«

»Es geht nicht um das Glauben. Das ist deine Domäne. Die

Polizei sammelt Fakten.« Thönnissen hielt die linke geöffnete Handfläche hoch. »Hier ist der volle Benzinkanister.« Es folgte die rechte Handfläche. Der Inselpolizist nickte in die Richtung. »Dort brennt ein Wohnwagen ab. Darüber kann man nicht hinwegsehen.«

»Das ist albern.« Bertelsen war sichtlich verärgert. »Verdächtigst du mich wirklich einer solch schändlichen Tat?«

»Meine Meinung zählt nicht. Nur die Fakten sind ausschlaggebend.«

»Thönnissen, du übersiehst dabei, dass ich Geistlicher bin.« Der Inselpolizist schüttelte den Kopf. »Geistliche haben gemordet, ihre Ehefrauen betrogen, Kinder geschändet, gelogen, betrogen. Es gibt nichts Böses unter der Sonne, das nicht auch schon von einem Geistlichen getan worden wäre.«

»Das ist etwas anderes. Ein Pellwormer Pastor als Brandstifter.« Bertelsen tippte sich gegen die Stirn.

»Nicht nur das. Dabei ist ein Mensch ermordet worden.«

»Kann das nicht ein Unfall gewesen sein? Auch das ist schlimm genug.«

Thönnissen schwieg einen Moment, bevor er erklärte: »Das war Mord. Die Tür des Wohnwagens war blockiert. Das Opfer hatte keine Chance zu entkommen.«

Der Pastor notierte sich etwas auf seinem Spickzettel, der vor ihm lag. »Das werde ich in die Predigt aufnehmen.« Dann sah er auf. »Diese Esoteriker sind eine Geisel für die Menschheit. Sie verbreiten eine Irrlehre, betreiben Scharlatanerie und vergiften Herz und Verstand der Menschen.«

»Du meinst, so etwas muss ausgerottet werden?«

»Das sind nicht meine Worte. Aber man muss etwas dagegen unternehmen.«

»Wer war der Erzengel mit Feuer und Schwert?«, fragte Thönnissen.

»Du meinst Uriel. Der wird aber nicht als Erzengel aner-
kannt, nur die Ostkirchen verehren ihn als solchen.« Der Pastor stutzte. »Christliche Freikirchen in den USA erkennen
Uriel an. Manchen unterstellt man, dass sie einem esoterischen Einfluss unterliegen.«

»Heißt das, es gibt eine theologisch fundierte Verbindung
zwischen der evangelischen Kirche und der Lehre des Gurus?«

Bertelsen zeigte mit ausgestreckter Hand auf die Tür. »Raus!
Bist du so bekloppt, oder versuchst du hier Fjodor Dostojews-
ki Konkurrenz zu machen?«

Thönnissen sah den Pastor ratlos an.

»Dessen bekanntestes Werk ist ›Der Idiot‹.«

»Die Sache mit dem Benzinkanister ist noch nicht geklärt«,
sagte Thönnissen über die Schulter, als er ging.

Sechs

Der Hauptkommissar hockte auf der Bettkante und sah dem Inselpolizisten grimmig entgegen.

»Hier funktioniert nichts. Das Fenster lässt sich nicht öffnen, es riecht muffig. Aus dem Wasserhahn kommen nur vereinzelte Tropfen. Und«, dabei schlug er mit der flachen Hand auf das Notebook, das er auf den Knien hielt, »im Internet gibt es hier keine Antwortzeiten, sondern Lieferfristen. Mich wundert es, dass man hier die Nachrichten nicht mit Brieftauben austauscht.«

»Briefmöwen«, korrigierte ihn Thönnissen mit einem Grinsen. »An der Küste sind die besser einsetzbar.« Er zeigte auf den mobilen Rechner. »Wir Inselbewohner sind bescheiden und leben in Demut. Wir arrangieren uns mit dem, was wir haben.«

»Das ist nicht viel. Besonders bei Ihnen habe ich noch keine herausragenden Gaben feststellen können.«

»Ich wollte Sie zum Abendessen abholen.« Thönnissen ging nicht auf den erneuten Vorwurf ein. Er hatte sich im Laufe der Zeit daran gewöhnt, dass Hundt stets am Rande der Beleidigung lavierte.

Der Hauptkommissar folgte ihm zum Golf und schlug die Tür so heftig zu, dass Thönnissen fürchtete, sie würde aus dem Scharnier brechen.

Sie fuhren zu Feddersens Hotel.

»Muss das sein?«, empfing sie der Hotelier. »In Uniform? Der Briefträger und die Handwerker kommen auch nicht in Arbeitskleidung ins Restaurant.«

»Möchtest du uns als Gast? Oder sollen wir sagen, dass wir in offizieller Mission hier sind?«

Feddersen drehte sich um und murmelte etwas, das nach dem letzten Stück des Darmausgangs klang.

Der Gastraum war gut besucht, aber sie fanden einen Zweiertisch kurz vor dem Ausgang zu den Sanitärräumen.

Eine junge Frau tauchte an ihrem Tisch auf, grüßte »Moin« und nickte Thönnissen freundlich zu. »Wisst ihr schon, was ihr trinken wollt?«

»Zwei Bier«, bestellte Thönnissen, ohne Hundt zu fragen. »Und die Karte, Ilka.«

Die junge Frau lächelte. »Die Hälfte der Gäste, die heute hier sind, trinken Wasser. Solange ich hier aushelfe, habe ich das noch nicht erlebt. Das sind sonst Urlauber. Da fließen das Bier und der Wein. Aber Wasser? Das ist eine Ausnahme.« Sie beugte sich über den Tisch und flüsterte. »Zwei wollten sogar Leitungswasser haben. Der Chef ist gallig. ›Wir sind keine Badeanstalt‹, hat er vorhin gemurrt.« Ilka zupfte an einem Blatt Papier, das auf dem Tisch lag. »Unsere Sonderkarte. Extra für die Festivalbesucher.«

»Sag nicht Festivalbesucher. Das sind die ›Kinder der Erleuchtung‹«, korrigierte Thönnissen sie.

Die junge Frau kicherte. »Erleuchtung? Das ist nur eine trübe Funzel, die ihnen da entgegenleuchtet. Die Extrakarte wurde mit Unterstützung dieser Typen zusammengestellt. Als Kind hatte ich Kaninchen. Die hätten sich geweigert, so etwas zu futtern.«

Thönnissen lachte. »Ich möchte ein Friesenschnitzel. Mit Bratkartoffeln und Speck.«

Überraschend schloss sich der Hauptkommissar diesem Vorschlag an.

Es dauerte lange, bis die Speisen kamen. Ilka war aufmerksam genug, sie in der Zwischenzeit mit weiterem Bier zu versorgen. Thönnissen hatte darauf verzichtet, zusätzlich Inselaquavit zu bestellen, während Hundt es sich munden ließ.

Das Essen war gut. Es schien sogar den Hauptkommissar zu besänftigen. Nachdem die Teller abgeräumt worden waren, leerte sich das Restaurant langsam. Die meisten anderen Gäste hatten vor ihnen gegessen. Schließlich fand Feddersen Zeit, sich zu ihnen zu setzen, nachdem Hundt mehrfach versucht hatte, ihn heranzuwinken.

»Da ist dir ein guter Fischzug gelungen«, sagte Thönnissen schmeichelnd. »Pellworm ist in aller Munde. Kompliment an den Bürgermeister. Oder muss ich es an den Hotelier richten?«

»Höre ich da Zwischentöne?«, fragte Feddersen lauernd.

»Im Augenblick ist ordentlich etwas los auf unserer Insel«, erwiderte Thönnissen zweideutig. »Hast du nicht die Verhandlungen geführt? Oder steht das Verdienst, etwas für den Tourismus getan zu haben, einem anderen zu?«

»Das war ein hartes Stück Arbeit«, warf sich der Hotelier in die Brust. »Obwohl es immer wieder Leute gibt, die daran etwas auszusetzen haben. Undank ist der Welten Lohn.«

»Du partizipierst aber auch von dieser Veranstaltung. Dein Haus ist voll, und du hast das Catering für diesen sogenannten Ashram übernommen.«

»Was verstehst du davon?« Es klang eine Spur aggressiv. »Für Leute wie dich ist Umsatz stets gleich dem Gewinn. Die Vorgaben der Guru-Leute waren sehr eng. Es durften nur ganz bestimmte Gerichte angeboten werden. Und das zu einem erdrückend niedrigen Preis.« Feddersen drehte sich um, ob ihnen jemand zuhörte. »Da kann man nur an der Qualität sparen. Ich war überrascht, dass das Zeug von den Veranstaltern auf ihrem Gelände als ayurvedische Kost zu einem sündhaft teuren Preis verkauft wird. Ich würde vor Scham im Erdboden versinken bei einem solchen Geschäftsgebaren.«

Thönnissen grinste. »Wie gut, dass das nur ein Sprichwort ist. Sonst würde Pellworm nur aus lauter Löchern bestehen, weil du überall versunken wärest.«

»Du als Beamter hast gut lachen. Du stehst nicht im täglichen Überlebenskampf. Ich muss jeden Tag erneut antreten und das Gehalt für meine Mitarbeiter verdienen, nicht zu vergessen die Steuern, die man mir abpresst und von denen du alimentiert wirst.«

»Warum machst du das überhaupt?«

»Das ist gut für Pellworm. Perspektivisch. Wir ziehen damit eine andere Gruppe von Gästen an.«

»Eben hast du noch behauptet, die bringen keinen Umsatz. Vegetarier und noch schlimmer Veganer sind …«

»… der Sargnagel jedes Gastronomen«, ergänzte Feddersen. »Als Bürgermeister bin ich auch dem Gemeinwohl verpflichtet, selbst wenn es auf meine Kosten geht.« Der Hotelier zeigte auf sich, dann auf Thönnissen. »Unter uns«, flüsterte er, »ich bin in Vorleistung getreten. Ich habe von den Guru-Leuten noch keinen Cent gesehen. Die Rechnung über die Anzahlung haben sie ignoriert.«

Sie sahen auf, als sich ein Mann mit unsicherem Gang näherte. Herbert, der Mercedesfahrer von der Verkehrskontrolle.

»Guten Abend«, sagte der Mann mit belegter Stimme. »Darf ich mich zu Ihnen setzen?«

Bevor Hundt ihn abweisen konnte, hatte Thönnissen einen Stuhl zurückgeschoben und »Bitte, gern« gesagt. »Wie heißen Sie?«, fragte er, als der Mann Platz genommen hatte.

»Herbert Theile.« Er sah Feddersen an. »Sind Sie der Wirt? Drei Bier. Ich gebe eine Runde aus. Nee. Vier. Für Sie auch.«

Feddersen verschwand Richtung Tresen.

»Wie geht es Ihrer Frau?« Thönnissen unterdrückte die Versuchung, nachzufragen, ob sie die Folgen des Einnässens gut überstanden hatte.

»Die schläft.« Theile unterdrückte ein Rülpsen, das nur unzureichend gelang, und starrte Thönnissen an. »Sind Sie verheiratet?« Als der Polizist nicht antwortete, fuhr Theile fort: »Ich ja. Aber Sie kennen meine Frau. Das war eine Nette, ein schnuckeliges Mädchen. Lehrerin. Dann hat ihr irgendeine von den Sumpffottern etwas von Reiki und so einem Scheiß erzählt. Seitdem glaubt Rothilde an diesen Blödsinn. Sie unterrichtet seit ein paar Jahren an einer Waldorfschule. Sie ist immer mehr in diesen Esoterikblödsinn hineingeschlittert. Bei uns zu Hause hängen überall diese Staub-, äh Traumfänger. Indianersymbole sind an die Wand gemalt. Die Möbel wurden umgestellt, und es gibt nur noch Grünfutter. Glauben Sie, das ist auszuhalten?«

»Warum machen Sie das mit?«, wollte Thönnissen wissen.

Theile breitete die Hände in einer hilflosen Geste aus.

»Warum? Warum?«, sagte er mehr zu sich selbst. Dann trank er ein halbes Glas des Biers, das Feddersen inzwischen gebracht hatte, in einem Zug aus. »Weil ich meine Rothilde liebe. Immer noch.« Er rieb Daumen und Zeigefinger gegeneinander. »Außerdem wäre ich dann pleite. Ich habe einen kleinen metallverarbeitenden Betrieb im Sauerland. Grundsolide. Wirft auch ganz gut etwas ab. Bei einer Scheidung würde alles den Bach runtergehen. Was soll aus meinen Arbeitern werden? Die nimmt niemand mehr, obwohl es die besten an der ganzen Lenne sind. Lenne? Kennen Sie? Das ist ein Nebenfluss der Ruhr. Deshalb mache ich diesen Scheiß mit. Was hat man davon, wenn man so lebt?« Er stürzte den Rest aus seinem Glas hinunter. »Das kann ich auch nur trinken, wenn Rothilde schläft. Zum Glück hat sie oft Migräne.

Das verschafft mir ein paar Freiheiten.« Er bestellte die nächste Runde. Thönnissen zeigte auf das halbvolle Glas vor sich und lehnte ab, während der Hauptkommissar bereitwillig nickte.

»Frau Theile …«

Herbert Theile hob die Hand und gebot Thönnissen zu schweigen.

»Falsch. Sie hat einen Doppelnamen. Wie das bei Waldorflehrerinnen so üblich ist.« Der Mann bekam zunehmend Artikulationsprobleme.

»Sie ist eine geborene Lohse«, sagte er und verschluckte sich, als er grinsen wollte.

»Dann heißt Ihre Frau …« Thönnissen stockte. Er wollte es nicht aussprechen.

Herbert nickte. »Genau. Sie hat sich zum allgemeinen Gespött gemacht. Rothilde Lohse-Theile. Aber es gibt Schlimmeres.« Plötzlich schien ihm etwas einzufallen. Er wies auf Feddersen. »Sie sind doch nicht nur Bierzapfer, sondern auch Bürgermeister. Oder?«

Der Hotelier nickte.

»Also sein Chef.« Theile zeigte auf Thönnissen.

»Nein«, widersprach Thönnissen. »Das ist der da.« Er nickte in Hundts Richtung.

»Ein Zivilist?«

»Ein Hauptkommissar.«

»Ich wollte mich noch beschweren über die Schik… Hups – Schikane bei unserer Ankunft. Darf er«, dabei stupste Theile Thönnissen an, »das überhaupt?«

»Was denn?«, fragte Hundt, dem der Alkohol inzwischen auch anzumerken war.

»Ich meine, das mit dem Auto.«

»Ach so«, erwiderte der Hauptkommissar.

Thönnissen registrierte mit Vergnügen, dass Hundt dem Gespräch nicht mehr konzentriert folgen konnte.

»Wenn der mir noch einmal im Suff das Auto kaputt fährt«, wisperte Feddersen und blickte in Hundts Richtung, »dann brennt hier aber die Hütte.«

»So wie die auf dem Festivalgelände? Trotz aller Beteuerungen bist du nicht mehr glücklich damit, diese Leute nach Pellworm geholt zu haben. Du hattest dir unter den zahlungskräftigen Gästen etwas anderes vorgestellt.« Thönnissen hob die Hände über den Kopf und drehte sie im Handgelenk. »Walle, walle manche Strecke.«

»Hast du auch zu viel getrunken?«, wollte Feddersen wissen.

»Du kannst nur deinen Bierpreis hochrechnen«, warf ihm der Inselpolizist vor. »Von Kultur hast du keine Ahnung. Goethe. Der Zauberlehrling, der die Sache nicht mehr in den Griff bekommt, die er losgetreten hat. Deine Untertanen, Bürgermeister«, die Amtsbezeichnung sprach Thönnissen überbetont aus, »beschweren sich schon über das Spektakel.«

»Fragen wir ihn da«, schlug Feddersen vor.

»Mich?« Theile saß teilnahmslos daneben und hatte nicht zugehört. »Noch eine Runde«, verlangte er.

»Auch für ihn?« Feddersen zeigte auf Hundt, der mit geschlossenen Augen am Tisch saß.

»Für alle«, bestätigte Herbert Theile. »Ich muss sonst immer allein und heimlich trinken. Das macht keinen Spaß.«

»Was fasziniert Ihre Frau besonders am Guru?«

»Der macht alle gesund. Er ist ein Wunderheiler. Auch sonst macht er … äh.« Theile hatte erhebliche Wortfindungsstörungen. »Wunder«, fiel ihm ein. »Hat Rothilde gelesen. Ihr wird immer geholfen, wenn der Guru ihr Reiki schickt.«

»Wie funktioniert das? Ist das eine Medizin, die per Post kommt?«

Herbert Teile begann, hysterisch zu lachen. »Bist du blöd?«, fragte er und ging dazu über, Thönnissen zu duzen. »Das ist Energiearbeit. Der Reikimeister legt dir die Hände auf. Dadurch wird positive Energie auf dich übertragen. So wirst du wieder gesund.«

»Und das geht auch auf Distanz?«

»Klar. Der Guru kann das auch aus der Ferne.«

»Und das hilft?«

Theile nickte heftig. »Bei Rothilde. Bei mir nicht.« Er drehte das neue Bierglas, das Feddersen vor ihm hingestellt hatte. »Ich brauche am nächsten Tag Alka Seltzer. Das hilft. Bei mir. Prost.« Er hob das Glas und trank.

Sie schafften noch zwei Runden. Thönnissen ließ sie allerdings ausfallen.

»Wie soll ich den jetzt auf sein Zimmer bekommen?«, fragte Feddersen den Inselpolizisten und sah nachdenklich auf Theile, der wie ein nasser Sack auf dem Stuhl zusammengesunken war.

»Versuch es doch mal mit Reiki«, schlug Thönnissen vor. »Ich habe mit dem hier«, er tippte Hundt auf die Stirn, »genug zu tun.«

Es war ein mühsames Unterfangen, den schlafenden Hauptkommissar zum Auto zu schleppen, ihn auf dem Beifahrersitz zu platzieren, zu Tante Augustes Haus zu fahren und ihn in das Bett zu verfrachten. Dann fuhr Thönnissen nach Hause.

Sieben

Ob Straftäter zu den Frühaufstehern gehören?, überlegte Thönnissen, als er aus dem Bad kam und einen Blick auf die Uhr warf. Die Polizei, zumindest auf Pellworm, gehörte nicht dazu. Es war halb elf. Die nächste Kontrolle galt dem Handy. Hundt hatte sich noch nicht gemeldet. Das überraschte Thönnissen nicht. Nach dem Alkoholkonsum am gestrigen Abend hatte der Hauptkommissar den Schlaf bitter nötig.

Er nahm sich die Zeit, ausgiebig zu frühstücken. Dann fuhr er zu seiner Tante. Als er die Haustür öffnete, kam Hundt die Treppe herunter. Der Hauptkommissar sah verkatert aus.

»Wo kommen Sie jetzt …« Die Stimme versagte ihm. Er räusperte sich und setzte erneut an. »Wo kommen Sie jetzt erst her?«

»Ich war schon zweimal hier«, log Thönnissen. »Sie haben geschlafen wie ein Murmeltier und waren nicht dazu zu bewegen aufzuwachen.«

»Sie waren … in meinem Schlafzimmer?« Dieser Gedanke schien Hundt peinlich zu sein. Thönnissen verzichtete auf eine Antwort.

»Ich wundere mich, dass überhaupt noch ein Urlaubsgast nach Pellworm kommt. Sind alle Quartiere so wie dieses?«

»Keines ist so individuell«, erwiderte Thönnissen.

»Aus der Dusche kommt nur kaltes Wasser.«

»Sind Sie Warmduscher?« Zum Glück überhörte Hundt die Ironie. »Sie müssen den Boiler anschalten, der unter dem Waschtisch angebracht ist«, erklärte der Inselpolizist. »Der speichert zehn Liter Wasser. Wenn Sie kurz und knackig duschen, reicht es.« Mit einem solchen Kater benötigt man eine lange und ausführliche Dusche, überlegte er dabei.

»Das ist noch nicht alles«, beklagte sich der Hauptkommissar. »Was ist das für ein Haus? Als ich aus der *eisigen* Dusche kam, war mein Handtuch verschwunden. Dafür war die Tür vom Bad geöffnet, und ein Geist hatte davor Platz genommen und mich ungeniert angestarrt.«

»Ein Geist?« Trotz aller Mühe konnte Thönnissen den Lachanfall nicht unterdrücken. »So, wie Sie aus der Dusche kamen? Ohne … äh … Dienstkleidung?«

»Was ist komisch an dieser Situation?«

Thönnissen versuchte mehrfach, mit einer Erklärung anzusetzen, blieb aber jedes Mal beim Lachanfall stecken. »Der Geist ist Tante Auguste. Sie ist achtundneunzig.«

»Und wenn sie hundertfünfzig ist – das gehört sich nicht. Sie hat unentwegt auf … auf … Nun – sie hat mir nicht ins Gesicht gesehen.«

Wäre ich eine Frau, überlegte Thönnissen, würde ich mir an Tantes Stelle etwas Attraktiveres als Hundt suchen. Aber mangels Gelegenheit tat es auch der Hauptkommissar. Im Stillen schwenkte er mahnend den Zeigefinger. »Tante Guste, Tante Guste«, murmelte er dabei vergnügt. Laut sagte er: »Ich würde vorschlagen, zu Jesper Ipsen, den Bestatter, zu fahren. Der hat seine Wiese für die Veranstaltung zur Verfügung gestellt.«

Hundt knurrte etwas Unverständliches. Es klang nicht wie eine Ablehnung.

Sie fuhren Richtung Leuchtturm, einem der Wahrzeichen der Insel. Das Seezeichen war seit Langem als beliebter Ort für Trauungen entdeckt worden. Unweit davon lag das stattliche Anwesen Jesper Ipsens, der eine Tischlerei und das Bestattungsinstitut betrieb.

Die breite repräsentative Tür war unverschlossen. Der melodische Gong kündigte ihr Kommen an. Die kurze Wartezeit nutzte Thönnissen, um auf das große Aquarium zu sehen, das die Diele prägte.

Lieschen Ipsen, die Frau des Bestatters, trocknete sich die feuchten Hände an einem Küchenhandtuch ab, als sie schwungvoll eintrat. Sie blieb abrupt stehen.

»Ach, ihr seid das.« Es klang enttäuscht.

»Wir möchten mit Jesper sprechen. Ist er …?«, fragte Thönnissen.

Sie nickte.

Seit Jahren war der Tischler damit beschäftigt, den Innenausbau des Ferienhauses fertigzustellen. Lund, den noch niemand gesehen hat, hatte es bauen lassen, um repräsentative Ferienwohnungen zu vermieten. Der Inselpolizist wunderte sich, dass der Eigentümer schier unerschöpfliche Geduld aufbrachte. Ipsen wurde mit den Reklamationen nicht fertig. Die ganze Insel lachte schon darüber. Wenn irgendein Einheimischer fragte: »Wo ist …?«, kam unaufgefordert die Antwort: »Bei Lund.«

Die beiden Polizisten wandten sich dem Ausgang zu.

»Wer kümmert sich um die Beerdigung des Toten aus dem Indianerlager bei den Verrückten?«, fragte Lieschen Ipsen.

Die Beamten blieben stehen.

»Wollt ihr den Auftrag haben?«, fragte Thönnissen erstaunt.

»Sonst gibt es keinen Bestatter auf Pellworm.«

Der Inselpolizist runzelte die Stirn. »Mit der Leiche würdet ihr keine Freude haben. Das ist nur noch ein Häuflein Asche.«

»Gut. Dann muss man auf das Waschen und Ankleiden des Leichnams verzichten«, dachte die Frau praktisch.

»Der muss zur Rechtsmedizin nach Kiel«, mischte sich Hundt ein.

»Anschließend kommt die Asche in die Eieruhr«, ergänzte Thönnissen.

»Frerk!«, rief ihn Lieschen Ipsen zur Ordnung.

»Ihr könnt euch gern um den Auftrag bemühen«, fuhr Thönnissen schmunzelnd fort. »Freude bereitet er euch nicht. Wir wissen nicht, wer der Tote ist. Wem wollt ihr die Rechnung schicken?«

»Der Polizei«, schlug die Frau vor.

Die Beamten verließen das Haus ohne weiteren Kommentar. Sie standen noch auf der Schwelle, als Hundt den Inselpolizisten anblaffte. »Dies ist eine offizielle Verwarnung, Obermeister. Wenn Sie noch einmal dienstliche Geheimnisse ausplaudern, werde ich dafür sorgen, dass Sie umgehend suspendiert werden.«

Thönnissen sah den Hauptkommissar ratlos an.

»Sie Trottel merken es nicht einmal.« Hundt schüttelte heftig den Kopf, kniff dabei schmerzhaft die Augen zusammen und sagte unvermittelt: »Aua.«

Sein Kater musste sich bemerkbar gemacht haben. »Sie können keine Ermittlungsergebnisse ausplaudern. Wie kommen Sie dazu, zu sagen, dass uns die Identität des Opfers noch unbekannt ist?«

»Das stand heute Morgen in der Zeitung«, erwiderte Thönnissen.

»Ich werde noch wahnsinnig auf dieser Insel«, stöhnte Hundt.

Werde?, dachte Thönnissen. Laut sagte er: »Die Zeitung kommt von drüben. Vom Festland. Also von Ihnen.«

»Hören Sie auf«, sagte der Hauptkommissar übel gelaunt und knallte wütend die Tür des Golfs zu.

Die Fahrt zu Lund verlief schweigend. Thönnissen sah, wie Hundt abwechselnd seine Fingergelenke knacken ließ und sich die Schläfen massierte.

Vor der Tür des ansprechenden Hauses stand Ipsens Firmenwagen, ein kleiner Fiat. Die Tür war angelehnt. Im Haus war es still.

»Jesper?«, rief Thönnissen laut. Es dauerte einen Moment, bis Ipsen auf dem oberen Treppenabsatz erschien.

»Was ist los?«, rief er erschrocken.

»Wir kommen hoch«, sagte der Inselpolizist, aber der Tischler war schneller. So schnell, dass er auf den beiden unteren Stufen ausrutschte und ins Stolpern geriet.

»Habt ihr wieder einen Verdacht gegen mich? Was soll ich diesmal verbrochen haben?«

»Reg dich nicht auf«, erklärte Thönnissen. »Es geht um den esoterischen Event.«

»Lass mich damit zufrieden«, knurrte der Tischler. »Da hat uns dein Freund Feddersen etwas Schönes eingebrockt.« Ipsen breitete die Arme aus, als würde er anzeigen wollen, dass er einen großen Fisch gefangen hatte. »Solche Sprüche und nichts dahinter.«

»Wieso? Da sind viele Leute auf die Insel gekommen.«

»Und zertrampeln meine Wiese. Abgesehen vom sonstigen Dreck, den die machen. Ich bin stinksauer.«

»Du bekommst doch etwas dafür«, riet Thönnissen.

»Theoretisch – ja. Ich habe mich auch um die ganze Infrastruktur gekümmert. Strom. Wasser. Müllabfuhr. Toiletten. Hast du eine Vorstellung, was das kostet?«

»Ich denke, du wirst diese Kosten mit einem Aufschlag weiterreichen«, sagte Thönnissen.

»Habe ich gemacht. Aber bis jetzt warte ich vergeblich darauf, dass die zahlen.«

»Ähnliches hat Feddersen auch erzählt.«

»Warum erfahre ich davon nichts?«, mischte sich Hundt ein.

Der Inselpolizist musterte ihn erstaunt. »Sie waren dabei, als Feddersen davon berichtete.«

»Nein!«, behauptete der Hauptkommissar. »Wann soll das gewesen sein?«

»Gestern Abend, in der Gaststube im Hotel.«

»Davon wüsste ich.«

Offenbar nicht, dachte Thönnissen.

»Und wie kommen wir jetzt an unser Geld?«, wollte Ipsen wissen.

»Das ist nicht Aufgabe der Polizei.«

»Das ist doch Betrug. Oder Unterschlagung«, versuchte Ipsen den Hauptkommissar zu überzeugen.

»Das ist Zivilrecht. Damit haben wir nichts zu tun«, belehrte ihn Hundt.

»So ist es richtig. Wie oft bin ich von euch schon drangsaliert worden. Sogar verhaftet habt ihr mich. Und wenn man die Polizei benötigt ... Dann ist sie nicht zuständig. Typisch.«

»Dein Bruder hat ein Motorrad?«, fragte Thönnissen.

»Das weißt du doch.«

»Hast du es dir ausgeliehen?«

Ipsen schüttelte heftig den Kopf. »Nee. Ich bin doch nicht blöde, nachdem ihr mir damals unterstellt habt, ich hätte die Sparkasse ausgeraubt.«

»Hast du einen Benzinkanister auf deinem Grundstück?«

»Was soll ich damit? Mit den Autos fahre ich zur Tankstelle. Und der Rasenmäher ist elektrisch.«

Thönnissen sah Hundt an. »Haben Sie noch eine Frage, Herr Hauptkommissar?«

»Was? Wie?«, fragte Hundt geistesabwesend und nahm die Fingerspitzen beider Hände von den schmerzenden Schläfen.

Anschließend fuhren sie zur Tankstelle, die der Werkstatt

angeschlossen war. Der Mechaniker kam aus dem Hintergrund heran und sah auf den Golf.

»Ein Fingerhut Billigbenzin? Und einmal in den Reifen husten?«, lästerte er.

»Wir sind amtlich hier, Herr äh …«, ergriff Hundt das Wort. »Wem haben Sie in den letzten zwei Wochen Benzin im Kanister verkauft?«

»Niemandem.«

»Das ist nicht wahr.«

Lutz grinste und fuhr sich mit der ölverschmierten Hand über die Wange. »Beweisen Sie das Gegenteil. Das dürfte Ihnen schwerfallen, weil es den Tatsachen entspricht. Wer kommt heute noch mit einem Kanister zur Tankstelle?«

»Sie sind sich bewusst, dass Sie sich mit einer Unwahrheit zum Komplizen eines Mörders machen.«

»Habe ich jemanden mit einem Benzinkanister erschlagen?«

»Ein Mensch ist verbrannt worden.«

Lutz wurde ernst. »Davon haben wir alle gehört. Niemand kann das gutheißen. Es ist ein schlimmes Verbrechen. Und so etwas muss hier bei uns passieren, auf unserem friedlichen Eiland. Sehen Sie zu, dass Sie den Täter erwischen. Aber fix.«

»Wollen Sie mir Vorschriften machen?«, zeigte sich Hundt empört.

»Ja«, erwiderte Lutz kühn. »Ich bin der Bürger. Und ich bezahle Sie. Es ist Ihr Job, das aufzuklären. Und das hurtig. Klar?«

Der Hauptkommissar öffnete den Mund. Es fehlten ihm aber die Worte.

»Ich muss jetzt wieder arbeiten«, sagte Lutz und tauchte in das Dunkel der Werkstatt ab. »Schließlich muss ich mein Geld selbst verdienen und bekomme es nicht aus den Taschen anderer Leute.«

»Der ist dreist«, stellte Hundt fest.

Thönnissen schwieg lieber.

»Irgendjemand muss das Benzin doch dorthin geschleppt haben«, sagte der Hauptkommissar.

»Und wenn der Täter es mitgebracht hat?«, gab Thönnissen zu bedenken.

»Damit unterstellen Sie, dass es kein Einheimischer war.«

»Warum sollte ein Insulaner den Wohnwagen anzünden?«

Hundt fuhr mit der Hand durch die Luft. »Weil es hier genug merkwürdige Leute gibt. Außerdem sind wir auf einige gestoßen, die mittlerweile gar nicht begeistert sind von dieser Veranstaltung.«

»Deshalb wird man nicht gleich zum Mörder«, sagte Thönnissen.

»So? Hat sich das Opfer selbst verbrannt? Und wie ist es in den Wohnwagen gekommen, nachdem es zuvor die Tür von außen verbarrikadiert hat?«

»Es kann jemand aus dem Kreis der Besucher sein.«

»Dann machen Sie sich an die Arbeit. Verhören Sie die Leute. Jeden Einzelnen.«

»Und Sie?«, wollte Thönnissen wissen.

»Ich mache die Führungsarbeit.«

»Wäre es nicht sinnvoll, Verstärkung vom Festland anzufordern?«

»Nein«, entschied Hundt.

Thönnissen wusste, dass Widerspruch zwecklos war. Achselzuckend fuhr er zu Tore Ipsens Lagerhalle. Der Bruder des Bestatters verteilte mit seinem Lkw die Güter, die vom Festland bezogen und von den Lieferanten an der Fähre abgeliefert wurden. So musste nicht jeder seine kleineren Waren und Gegenstände mit der Fähre über das Watt transportieren.

Die Halle und der Schuppen waren offen.

»Hier lernt man auch nicht dazu«, murrte Hundt.

»Es ist ein jahrhundertealter Erfahrungsprozess, dass man seinen Mitbürgern vertrauen kann«, entgegnete der Inselpolizist.

»Wenn hier wirklich alles so wäre, wie Sie es immer darstellen wollen, frage ich mich, weshalb man Ihren Dienstposten noch auf Pellworm belässt.«

»Um Ihnen behilflich zu sein.«

Der Hauptkommissar lachte meckernd auf. »Sie sind eher ein Hemmnis als eine Hilfe.«

Im Schuppen stand Ipsens Motorrad. Daneben ein voller Benzinkanister.

»Der Tankwart hat gelogen, als er versicherte, niemand würde mehr mit einem Kanister an der Zapfsäule erscheinen.«

»Lutz meint es symbolisch«, verteidigte Thönnissen seinen Mitbewohner.

»Und der Tote? Ist das auch ein symbolischer Akt?«

Thönnissen stutzte. »Das ist ein gutes Stichwort. Wir haben uns noch gar keine Gedanken über ein mögliches Tatmotiv gemacht.«

»Sie nicht«, antwortete Hundt.

»Doch. Es gibt viele Gründe, auch wenn die Besucher der Veranstaltung mit großen Versprechungen hierhergelockt wurden. Wir ahnen inzwischen, dass es falsche sind. Nicht jeder scheint von der Fähigkeit des Gurus angetan zu sein.«

»Vergessen Sie nicht Ihre Mitbürger, denen man die Bezahlung schuldig blieb. Es wurde schon für weniger Geld gemordet.«

»Das war mit Sicherheit kein Insulaner«, behauptete Thönnissen. »Wir haben aber gehört, dass es Unzufriedenheit im engeren Führungszirkel der ›Kinder der Erleuchtung‹ gab. Es ist offensichtlich, dass mit der Masche Gesundbeterei, Heilsversprechen und Seelenfrieden viel Geld gescheffelt wird. An diesen Fleischtrog möchte vielleicht mancher aus der zweiten Reihe auch heran. Uns hat noch niemand bestätigt, dass die Beute – nennen wir sie einmal so – angemessen unter den Mitwirkenden verteilt wird. Außerdem wissen wir immer noch nicht, wer das Opfer ist.«

»Das sollten Sie herausfinden«, schob Hundt ihm den Schwarzen Peter zu. »Sie sind aber noch nicht weit gekommen.«

»Tore Ipsen scheidet als Tatverdächtiger aus«, wechselte Thönnissen das Thema. »Sein Benzinkanister steht hier. Außerdem ist er aus Kunststoff und nicht aus Metall. Welches Motiv sollte Tore haben?«

Das konnte auch Hundt nicht beantworten. Seine nächtliche Begegnung mit dem Pastor und dem Benzinkanister verschwieg Thönnissen lieber.

»Arbeiten Sie die Teilnehmerliste ab, damit wir endlich herausfinden, wer das Opfer ist«, wies ihn der Hauptkommissar an.

Eine bessere Idee hatte der Inselpolizist auch nicht, war aber froh, als sich sein Telefon meldete.

»Thönnissen. Komm schnell zum Aschdingsbums. Da dreht einer durch. Mach fix. Es geht um Leben und Tod«, meldete sich eine aufgeregt klingende Stimme, ohne einen Namen zu nennen. Es musste ein Einheimischer sein, der ihn dem Inselbrauch entsprechend geduzt hatte.

»Bin unterwegs«, sagte Thönnissen. »Kommen Sie«, rief er Hundt zu. »Ein Notfall.« Unterwegs berichtete er in Stichworten vom Anruf.

»Warum fahren Sie nicht mit Blaulicht?«, fragte der Hauptkommissar.

»Ich habe keins«, erinnerte ihn Thönnissen. »Dieses ist ein

Privatwagen. Aber jeder auf Pellworm kennt mein Auto und macht auch so Platz.«

Sie fuhren über die holprige Wiese bis an eine Menschentraube, die sich in der Mitte des Areals gebildet hatte. Nur mühsam konnten sie sich einen Weg durch die Schaulustigen bahnen. Als Thönnissen eine Frau an den Schultern packte und zur Seite schieben wollte, beklagte sie sich.

»Das ist mein Platz. Ich will auch etwas sehen. Wo gibt es so was, dass hier gedrängelt wird?«

»Bei der Polizei«, antwortete Thönnissen unfreundlich und drückte ein wenig kräftiger zu.

»Au«, beschwerte sich die Frau. »Ich bekomme so leicht blaue Flecken. Wie sieht das in der Sauna aus?«

Die Ashrambewohner hatten einen großen Kreis gebildet. In der Mitte stand ein Mann. Er trug eine Stoffhose und einen Pullover und war damit für die Jahreszeit unzureichend bekleidet. Auf der linken Seite hing das Hemd aus dem Hosenbund heraus. Die dunklen Haare fielen ihm ins Gesicht. Sie waren klitschnass und klebten auf der Haut. Aus rotgeränderten Augen stierte er wie in Trance auf die Zuschauer. In Zeitlupe drehte er sich im Kreise. Ein Raunen ging durch die Menge, wenn er einen Trippelschritt in Richtung der Gaffer machte. Sofort wich der Ring an dieser Stelle erschrocken zurück.

Die Arme des Mannes hingen kraftlos an beiden Seiten herunter. Beeindruckend war allerdings die Axt, die er in der rechten Hand hielt und die in Höhe seines Knies sachte hin- und herpendelte.

»Los, Obermeister, unternehmen Sie etwas. Sie sind hier die Polizei«, forderte ihn Hundt auf, der einen halben Schritt hinter ihm Deckung gefunden hatte.

»Sie sind auch Polizist«, erinnerte Thönnissen den Hauptkommissar.

»Ich bin von der Kripo. Sie sind von der Schutzpolizei. Das ist Ihre Aufgabe. Und Ihre Insel«, ergänzte er leise.

»Hallo«, rief Thönnissen dem Mann zu. »Legen Sie die Axt zur Seite.«

»Verschwindet. Alle«, brüllte der Mann mit heiserer Stimme.

Hinter seinem Rücken hörte Thönnissen, wie Hundt einen Zuschauer befragte, ob jemand verletzt worden sei.

»Der ist wie ein Berserker mit seiner Axt durch den Ashram«, antworte eine Stimme und erntete mehrfache Zustimmung.

»Den müsst ihr abknallen, bevor er uns alle umbringt. Das wäre Massenmord«, ließ sich ein anderer hören.

»Gehen Sie nach Hause!«, forderte Hundt die Zuschauer auf. »Zu Ihrer eigenen Sicherheit.«

»Ich will aber was sehen«, protestierte die Stimme, die zuvor von einem Massaker gesprochen hatte.

»Wenn Sie nicht augenblicklich verschwinden, gibt es eine Anzeige«, drohte der Hauptkommissar.

Jemand aus der zweiten Reihe johlte. »Das Spektakel ist mir die fünf Euro wert.«

Thönnissen konzentrierte sich wieder auf den Mann.

»Was wollen Sie?«, fragte Thönnissen laut.

Der Mann machte einen Ausfallschritt auf den Inselpolizisten zu. Ein »Ahhh« ging durch die Menge. Die können nicht nur »Ooommm« singen, schoss es Thönnissen durch den Kopf.

»Ich bin Nemesis«, behauptete der Mann.

Thönnissen hatte den Namen schon einmal gehört. Er konnte ihn im Augenblick aber nicht zuordnen. »Wissen Sie, wer das ist?«, fragte er Hundt über die Schulter.

»Das kommt davon, wenn man eine Zwergenschule auf

105

einem Eiland besucht«, antwortete der Hauptkommissar bissig, blieb aber die Antwort schuldig.

»Welche Forderungen stellen Sie?«, fragte Thönnissen.

»Ich bin Nemesis«, wiederholte der Mann als Antwort und machte einen weiteren Schritt auf den Inselpolizisten zu.

»Verdammt, wer ist Nemesis«, fluchte Thönnissen.

»Das ist griechisch und ist der Name der Göttin des gerechten Zorns«, hörte Thönnissen eine Stimme neben sich. Er musste nicht hinsehen, um Pastor Bertelsen zu erkennen.

»Hannes, geh zurück! Keiner weiß, was der Mann will und wie er reagiert.«

»Nemesis ist auch als Rachegöttin bekannt«, setzte der Pastor seine Erklärung fort. »Sie bestraft in der Mythologie vor allem die Selbstüberschätzung. Heute wird ihr eine ausgleichende und vergeltende Gerechtigkeit zugesprochen. Manche bezeichnen sie auch als den ewigen Gegenspieler.«

»Danke«, gab der Inselpolizist zurück. »Das hilft uns weiter. Offensichtlich behagt es Mr. Axtman nicht, was der Guru von sich gibt. Nemesis tritt gegen die Selbstüberschätzung an. Aber muss es gleich mit einer Axt sein?«

»Eine Axt im Haus erspart den Zimmermann«, ließ der Pastor wissen.

»Darüber lache ich, wenn ich vor einem großen Bier in Feddersens Krug sitze«, knurrte Thönnissen. »Oder dich das nächste Mal mit einem Benzinkanister in der Hand erwische.«

»Psst. Bist du verrückt?«, raunte der Pastor. »Nicht so laut. Sonst kommt noch jemand auf dumme Gedanken.«

»Du meinst, es reicht, wenn ich allein darauf komme?« Er wurde abgelenkt, weil der Mann erneut einen Schritt in ihre Richtung machte.

Hundt stand jetzt hinter Thönnissen und dem Pastor und sah zwischen den Köpfen der beiden auf den Unbekannten.

»Ziehen Sie Ihre Waffe«, forderte er den Inselpolizisten auf. »Eigenschutz. Und das der Leute.«

»Haben Sie Ihre Pistole im Anschlag?«

»Sie sind hier die Polizei. Das habe ich Ihnen schon einmal gesagt.«

»Schleichen Sie sich von hinten heran. Ich lenke den Mann ab.«

»Sind Sie von allen guten Geistern verlassen? Der ist mordsgefährlich.«

»Wollen Sie, dass es hier zu einem Blutbad kommt?«

»Das hat der Attentäter schon angerichtet. Sie haben es selbst gehört, was die Leute gesagt haben.«

»Dann fordern Sie das SEK an«, schlug Thönnissen vor.

»Mach ich …« Der Hauptkommissar hielt mitten im Satz inne. »Das geht nicht«, fiel ihm ein. »Das dauert eine Ewigkeit, bis die hier sind.«

Thönnissen sah den Mann mit der Axt an. Er ließ ihn nicht aus den Augen.

»Nemesis. Wie heißen Sie? Ich bin Frerk Thönnissen. Mich nennen alle Frerk. Und Sie?«

Es folgte ein erneuter Trippelschritt in Thönnissens Richtung.

»Josef«, antwortete der Mann. »Josef von Hünerbein. Ohne ›h‹.«

Die Umstehenden brachen in ein schallendes Gelächter aus. Zum ersten Mal erhob von Hünerbein die Hand mit der Axt bis in Schulterhöhe. Sofort erstarb das Gelächter und ging in ein Raunen über.

»Sie haben sich über etwas geärgert?«, riet Thönnissen.

»Geärgert? Diese Lügner haben mein Leben zerstört.«

»Dann vergelten Sie es nicht mit gleicher Münze«, rief Thönnissen zurück.

»Ich werde auch alles zerstören. Fortsetzen, was ich begonnen habe.«

»Sie haben schon Hand angelegt?«

»Sicher«, schrie von Hünerbein und ließ den Arm mit der Axt kreisen. Augenblicklich wich die Menge zurück. »Warum fragen Sie? Das haben doch alle gesehen.«

»Lassen Sie uns in Ruhe darüber sprechen. Sie mögen den Guru und seine Lehre nicht.«

»Das ist ein Bauernfänger. Und ein Mörder.«

Ein lautes Pfeifkonzert tat sich auf. Buhrufe erfüllten das Rund. Auf den verwirrten Mann mit der Axt hatten die Leute es abgesehen. Er wurde mit hämischen Rufen und Verwünschungen bedacht.

Von Hünerbein kniff die Augen zu schmalen Schlitzen zusammen. Aus den zusammengepressten Lippen war das Blut gewichen. Er drehte eine Pirouette und ließ dabei die Hand mit der Axt wie einen Petticoat schweifen.

»Lass mich mal«, sagte Hannes Bertelsen und rief: »Eh. Josef. Ich bin der Inselpastor.«

Von Hünerbein blieb stehen, torkelte ein wenig, weil ihn das schnelle Drehen aus dem Gleichgewicht gebracht hatte, und atmete schwer.

»Sind Sie Christ?«, fragte der Pastor.

»Was soll die Frage?«

»Ich bin es«, ließ sich der Pastor nicht aus der Ruhe bringen. »Gott hat uns seinen Sohn geschickt, um uns zu erlösen. Christus hat die Sünden der Menschen auf sich geladen und durch seinen Opfertod gesühnt.«

Thönnissen hatte die biblische Geschichte anders in Erinnerung. Aber das war Bertelsens Metier. Er ließ den Pastor gewähren.

»Weißt du, wie die Mutter von Jesus hieß?«

Von Hünerbein starrte den Pastor fassungslos an. »Was soll der Blödsinn?«

»Weißt du es?«, wiederholte Bertelsen.

»Maria«, sagte der Mann mit der Axt.

»Richtig. Und ihr Mann, der sie in den Stall von Bethlehem begleitet hat?«

»Josef.« Von Hünerbein lauschte aufmerksam den Worten des Pastors.

»Auch richtig. Erinnerst du dich, was für einen Beruf Josef ausübte?«

Der Mann dachte nach. »Ich glaube, er war Zimmermann.«

»Josef, du bist ein kluger Mensch«, fuhr der Pastor mit sanfter Stimme fort und machte einen Schritt auf den Mann zu. Thönnissen folgte ihm. Im Unterbewusstsein registrierte der Inselpolizist, dass atemlose Stille im Rund herrschte.

»Und das typische Werkzeug des Zimmermanns ist die Axt. Josef hat sie nur als Werkzeug benutzt, aber nie gegen einen Menschen erhoben. Mach du das auch nicht! Lass sie fallen!«

Von Hünerbein schnaufte mehrfach. Dann öffnete sich seine Faust, die um den Stiel der Axt geklammert war, und das Werkzeug fiel auf den Rasen.

»Prima, Pastor«, lobte Thönnissen den Geistlichen. »Dafür hast du etwas gut bei mir.«

»Das nehme ich in Anspruch«, erwiderte Bertelsen. Gemeinsam näherten sie sich von Hünerbein, der mit hängenden Schultern auf seinem Platz verharrte. Er rührte sich auch nicht, als ihm Thönnissen die Hand um die Schulter legte und sagte: »Komm, Josef. Wir gehen.«

Langsam gingen sie dem Zuschauerring entgegen. Dort bildete sich eine Gasse. Als sie bei Hundt vorbeikamen, sagte Thönnissen zum Hauptkommissar: »Kümmern Sie sich um die Axt.« Mit Genugtuung registrierte er, wie Hundt vor Verblüffung den Mund öffnete, als er vom Inselpolizisten eine Anweisung erhielt.

»Warum hat der nicht eingegriffen?«, wollte der Pastor wissen.

»Der Hundt ist ein feiger Hund«, erklärte Thönnissen und wurde abgelenkt durch eine Kinderstimme.

»Warum haben die nicht geschossen, Papa?«

»Weil wir nicht in Amerika sind«, antwortete eine Männerstimme.

»Schade«, erklang es enttäuscht aus dem Kindermund.

Von Hünerbein zeigte keinen Widerstand und ließ sich zum Golf führen.

»Soll ich mitkommen?«, fragte der Pastor.

Thönnissen schüttelte den Kopf. »Das geht nicht. Jetzt folgt reine Polizeiarbeit. Trotzdem – vielen Dank.«

Er wartete, bis Hundt eintraf und erstaunt stehenblieb.

»Warum ist der Täter nicht gefesselt?«

»Ich habe auf Sie gewartet.«

»Das ist Ihre Aufgabe.«

Zumindest widersprach der Hauptkommissar nicht, kroch umständlich zum Rücksitz und legte von Hünerbein Handfesseln an. Der Mann wirkte apathisch und ließ alles mit sich geschehen.

»Zur Dienststelle«, befahl Hundt.

»Nein«, widersprach Thönnissen. »Da können wir ihn nicht verhören. Bei mir im Wohnzimmer?« Er startete den Motor und fuhr zu Feddersen.

Der Hotelier sah ihnen entgeistert entgegen. »Was ist das?«

»Herr von Hünerbein«, antwortete Thönnissen.

»Willst du mich verarschen?«

»Sonst ja. Liebend gern. Aber heute nicht. Wir brauchen einen kleinen Raum.«

»Bist du närrisch? Warum hat er Handschellen an?«

»Willst du, dass er deinen Laden zerlegt?« Thönnissen grinste.

Entsetzt wich Feddersen zurück.

»Ist er …?«, setzte er an.

»Keine Sorge. Dafür bin ich da. Also?«

»Nein«, entschied Feddersen.

»Dann setzen wir uns ins Restaurant«, sagte der Inselpolizist.

»Du bist der größte Arsch von Pellworm«, warf ihm der Hotelier vor und führte sie zu einem kleinen Besprechungsraum.

Thönnissen löste die Handfesseln.

»Der ist gemeingefährlich. Lassen Sie das«, wies ihn der Hauptkommissar an, aber der Inselpolizist ignorierte es.

»Möchtest du etwas trinken?«, fragte er und blieb beim Du.

Von Hünerbein nickte. »Ein Bier«, bat er.

»Möchte der Herr auch noch rasiert werden? Oder sollen wir ein Kissen besorgen, weil der Stuhl so hart ist? Schluss jetzt! Ich übernehme das Kommando«, schrie Hundt aufgebracht.

»Gut. Sehr gut«, sagte Thönnissen. »Dann kann ich gehen.« Er wandte sich zur Tür.

»Wo wollen Sie hin?«

»Mich um die polizeilichen Aufgaben auf Pellworm kümmern. Diebstahl. Belästigung. Verkehrsüberwachung. Es gibt genug zu tun.«

»Wollen Sie mich mit dem Attentäter allein lassen?«

»Sie können Verstärkung vom Festland anfordern«, empfahl Thönnissen. »Mir reicht es jetzt.«

»Das wird schwerwiegende Folgen für Sie haben«, drohte der Hauptkommissar.

»Glauben Sie, Sie kommen ungeschoren davon? *Ich* kenne

mich hier aus und finde sofort einen Job als Wattführer. Und Sie?«

Hundt stampfte wie ein kleines Kind auf den Boden. »Thönnissen«, rief er. Es klang aber eher verzweifelt als aggressiv oder gar drohend.

»Ich werde den Beschuldigten jetzt untersuchen«, sagte der Inselpolizist förmlich, »und dann verhören wir ihn. Einverstanden?«

Hundt nagte einen Moment an seiner Unterlippe. Dann nickte er resigniert.

Thönnissen forderte von Hünerbein auf, sich hinzustellen. Zunächst tastete er den Mann nach Waffen ab. Danach leerte er den Inhalt der Taschen. Viel kam nicht zum Vorschein. In einer Geldbörse fanden sich etwas über einhundert Euro, die Karte einer Sparkasse aus Frankfurt, der Mitgliedsausweis einer Krankenversicherung, der Personalausweis und eine Kreditkarte. Alles war auf Josef von Hünerbein ausgestellt. Thönnissen studierte die Legitimation. Sein Gegenüber war knapp über fünfzig Jahre alt.

In der anderen Hosentasche fand sich noch ein Feuerzeug.

»Hast du keine Schlüssel? Auto? Hotel? Du musst doch irgendwo wohnen«, fragte Thönnissen.

»Ein Bier«, forderte von Hünerbein.

Thönnissen sah zum Hauptkommissar. »Ich besorge eins.«

»Wollen Sie mich mit dem da allein lassen? Kommt nicht infrage. Ich gehe.« Bevor jemand antworten konnte, war Hundt verschwunden. Thönnissen nutzte die Zeit, um den Mann von den Handfesseln zu befreien. »Setz dich, Josef«, forderte er ihn auf. »Darf ich du sagen?«

Von Hünerbein nickte schwach und rieb sich die Handgelenke.

»Ich heiße Frerk und bin der Polizist auf Pellworm. Der einzige. Warum bist du ausgerastet?«

»Ich bin völlig normal«, antwortete von Hünerbein. »Zumindest war ich es bis vor kurzem.«

»Was hat dich geärgert?«

»Geärgert? Man hat mein Leben zerstört.«

Sie blickten zur Tür, als der Hauptkommissar zurückkehrte und sich still ans Ende des Tisches setzte.

»Wir hören zu. In aller Ruhe nach Friesenart«, versicherte Thönnissen.

»Sieh mal ins Innere der Geldbörse. Dort ist eine Lasche, an der kann man ziehen.«

Hundt übernahm es. Er förderte eine Klarsichthülle hervor und legte sie auf den Tisch. Darin steckte das Foto einer aparten Frau mit schulterlangen dunklen Haaren. Sie lächelte.

»Das ist Inge.« Von Hünerbein schluckte. »Neunzehn.«

Das konnte nicht sein. Die Frau war attraktiv, aber sicher älter.

»Neunzehn Jahre waren wir verheiratet«, erklärte von Hünerbein nach einer längeren Pause.

»Dann ist sie mit einem der Guru-Leute durchgebrannt?«, fragte Thönnissen vorsichtig.

Von Hünerbein schlug mit der flachen Hand auf die Tischplatte. »So eine war sie nicht.« Der Speichel troff aus seinem Mundwinkel.

»Sie ist – tot?«, fragte Thönnissen. »Du sagtest: *War* sie nicht.«

»Der indische Verbrecher hat sie umgebracht.«

»Dann muss es doch eine polizeiliche Ermittlung geben«, fuhr Hundt dazwischen.

»Bist du bescheuert?«, schrie ihn von Hünerbein an. »Ich habe alles versucht. Niemand glaubt mir. ›Da war nichts zu machen««, äffte er eine unbekannte Stimme nach und legte dabei den Kopf schief. »Es kam ganz plötzlich. Wissen Sie, wie einen die Diagnose Krebs treffen kann? ›Machen Sie sich keine Sorgen. Wir werden alles erdenklich Mögliche für Sie tun.‹ Man hat vieles getan, ja. ›Es braucht seine Zeit.‹ Mein Gott, wie oft habe ich das gehört. Aber die Therapie schien anzuschlagen. Chemo. Immer wieder Chemo.« Von Hünerbein schlug mit dem Knöchel des Zeigefingers auf das Bild. »Können Sie sich vorstellen, wie es im Inneren dieses Wesens zugegangen ist? Eine bildhübsche Frau. Plötzlich fielen die Haare aus. Die Haut warf Falten. Das zerstört auch das Innere.«

Sie wurden durch eine Bedienung unterbrochen, die drei Glas Bier brachte. Erstaunt sah Thönnissen zuerst auf die Getränke, dann auf Hundt. Der zuckte nur mit den Schultern, schob von Hünerbein ein Glas zu und nahm sich selbst eins. Der Hauptkommissar hob das Glas kurz an in Richtung von Hünerbein und stürzte es in einem Zug hinunter. Der Beschuldigte tat es ihm gleich und wischte sich anschließend mit dem Ärmel über die Lippen. Thönnissen war vorsichtiger und beließ es bei einem Schluck. »Weiter«, forderte er den Mann auf.

»Ich bin Angestellter in der Verwaltung der Frankfurter Universitätsklinik. Dadurch hatte ich einen besonders guten Draht zu den Ärzten. Mit Besorgnis sah ich, wie meine Frau immer mutloser wurde. Wir alle haben ihr zugeredet, durchzuhalten. Ich habe mich sogar von der Arbeit freistellen lassen. Aber sie hat auf den Rat einer Freundin gehört. Ich mochte die Frau nie. Die war immer etwas seltsam. In der Wohnung stank es nach Räucherkerzen. Sie trug Walla-Walla-Kleider und hing in magischen Zirkeln herum, meinte auch, mit Verstorbenen sprechen zu können. Sie hat meine Frau überredet, zu Schwitzhütten und Feuerläufen mitzukommen. Inge saß zu Hause, war entrückt und summte immerzu ›Oooommm‹ vor sich hin. Plötzlich ging sie zu einer Klangschalentherapie und begleitete ihre Freundin zu einem sogenannten Konzert des Gurus. Das war aber noch nicht alles.« Von Hünerbein hob sein Glas kurz an. »Darf ich noch eins haben?«

Zu Thönnissens Überraschung stand Hundt auf und verließ den Raum. Sie warteten, bis der Hauptkommissar mit zwei neuen gefüllten Gläsern zurückkehrte.

Dieses Mal beschränkte sich der Beschuldigte darauf, einen großen Schluck zu trinken. Hundt war etwas vorsichtiger geworden.

»Bei einer dieser Veranstaltungen hat sie den indischen Wunderdoktor getroffen. Der hat ihr erzählt, die westliche Schulmedizin sei von der Pharmamedizin gesponsert und habe gar kein Interesse daran, die Kranken zu heilen. Die Ärzte und auch ich haben Inge beschworen, nicht auf diesen Blödsinn zu hören, aber es half nichts. Wenn man verzweifelt ist, denkt man nicht mehr rational. Sie wurde mit irgendwelchen Kräutern versorgt, die ihr inneres Gleichgewicht wiederherstellen sollten. Es kommt darauf an, so sagte sie, dass die energetischen Kräfte im Körper geweckt werden. Angeblich hat der Guru die Kräuter an den Hängen des Himalajas selbst gepflückt. Sie hat sich schließlich von allen lebenserhaltenden Maßnahmen der Schulmedizin losgesagt.« Von Hünerbein schluchzte. Er verbarg sein Gesicht in den Händen. Sein ganzer Körper vibrierte. Mit stockender Stimme fuhr er schließlich fort: »Man kann es nicht in Worte fassen, wie Inge starb. Es war … es war … Nein. Ich will es nicht erzählen.« Er streckte seine Arme vor. »Hiermit habe ich sie gehalten. Ich habe gebetet, dass es bald vorbei sein sollte. Können Sie es sich vorstellen, dass man Gott inständig anfleht, dem geliebten Menschen den Tod zu schenken?« Sein tränenverschleierter

Blick streifte zunächst Thönnissen, dann den Hauptkommissar. Er griff zum Bierglas und kippte den Rest in sich hinein. »Noch eins«, forderte er.

»Jetzt ist genug …«, sagte Hundt bestimmt, aber Thönnissen war aufgestanden und besorgte ein weiteres Bier. Zusätzlich brachte er zwei Inselaquavit mit.

»Trink erst einmal den«, ermunterte er von Hünerbein.

Der Mann schüttete den Inhalt der beiden Gläser in sich hinein und verzog das Gesicht zu einer Grimasse.

»Du warst ganz schön sauer auf den Guru«, fragte Thönnissen.

»Sauer? Das ist harmlos.« Der Alkohol begann Wirkung zu zeigen. Von Hünerbein ballte die Faust. »Ich wollte dem Inder den Hals umdrehen, um meine Frau zu retten. Ich bin zur Polizei gelaufen, aber die haben gesagt, sie können nichts unternehmen. Es stehe im alleinigen Ermessen meiner Frau, was sie macht. Diese komische Freundin hat meine Frau mit Reiki behandelt. *Behandelt!*« Die Faust krachte auf die Tischplatte. »Als alles hoffnungslos war, hat Inge mir unter Tränen gestanden, dass der Yogi mit ihr intim gewesen ist. Er hat behauptet, die in ihm wohnende Kraft auf meine kranke Frau übertragen zu wollen. Dadurch sollte sie wieder gesund werden. Dafür hat sie auch noch bezahlt.« Er trommelte mit beiden Fäusten auf die Tischplatte, dass die Gläser in die Höhe hüpften.

»Hast du deine Frau gerächt?«

»Hundert Mal. Tausend Mal. Ich habe dem Guru den Hals umgedreht. Ich bin hierhergekommen, um dem Spuk ein Ende zu bereiten.«

»Was hast du mit der Axt gemacht?«

»Ich wollte die Burg Satans vernichten. Ich habe sie zerstört. Alles.« Er wollte erneut auf den Tisch schlagen, verfehlte die Tischplatte aber und kam ins Straucheln. Fast wäre er vom Stuhl gerutscht.

»Haben Sie den Wohnwagen angezündet?«, fragte Hundt.

»Jawohl«, erwiderte von Hünerbein zögernd und mit belegter Stimme.

»Womit?«

»Angezündet.«

»Ich möchte wissen, was Sie dazu benutzt haben.«

»Ist doch egal.« Von Hünerbein bekräftigte seine Aussage mit einem gewaltigen Rülpser.

»Sie gestehen also«, stellte der Hauptkommissar fest.

»Ich gestehe alles«, lallte der Mann. »Und noch mehr, wenn ich noch ein Bier kriege.«

»Schluss«, sagte Hundt mit Nachdruck. »Sie werden vorläufig festgenommen und dem Haftrichter vorgeführt.«

»Mir egal.«

»Ich fordere die Entenpolizei an«, sagte Thönnissen.

»Die – was?«

»Die Wasserschutzpolizei. Die sollen mit einem Schiff von Husum aus rübersetzen und den armen Teufel abholen.«

»Das ist ein niederträchtiger Mörder.« Gedankenverloren sah Hundt auf sein Bierglas. Zögerlich streckte er die Hand vor. Dann trank er aus.

Gegen den erbitterten Widerstand des Hauptkommissars gelang es Thönnissen, von Hünerbein ein weiteres Bier und noch zwei Schnäpse einzufüllen. Sie mussten ihn zu zweit unterhaken und zum Golf schleppen. Dabei schleiften die Beine auf dem Boden hinterher.

»Und wer bezahlt die Zeche?« Feddersen war ihnen hintergelaufen.

Thönnissen nickte in Richtung Hundt. »Der Hauptkommissar führt die Dienstaufsicht. Er hat die Spesenkasse.«

»Kommt nicht infrage«, sagte Hundt bestimmt. »Das wäre noch schöner.«

»Das ist Zechprellerei«, klagte der Hotelier.

»An deiner Stelle würde ich die Polizei rufen«, empfahl ihm Thönnissen, bevor sie zum alten Hafen fuhren. Dort warteten sie, bis das Küstenschutzboot des Husumer Wasserschutzpolizeireviers einlief.

Hundt erklärte den Beamten den Sachverhalt. »Der Mann ist gemeingefährlich.«

Irritiert sahen die Beamten auf von Hünerbein, dessen Kopf auf die Brust gesunken war und der gleichmäßige Schnarchtöne von sich gab.

»So sieht er aber nicht aus.«

»Er hat nicht nur einen Menschen ermordet und dessen Wohnwagen in Brand gesetzt, sondern auch mit einer Axt im Lager inmitten einer friedlichen Menschenansammlung herumgewütet.«

Der Wasserschutzpolizist wedelte mit der Hand vor seiner Nase herum. »Haben Sie ihn wiederbelebt? Oder warum riechen Sie auch nach Alkohol?«

»Wollen Sie den Verdächtigen nicht begleiten«, schlug Thönnissen vor.

Hundt schüttelte heftig den Kopf. »Ich bin mit meinen Ermittlungen noch nicht fertig.«

»Schade«, sagte der Inselpolizist leise und sah dem Polizeiboot hinterher, das mit einer rasanten Bugwelle aus dem Hafen rauschte, nachdem die Beamten von Hünerbein an Bord gehievt hatten.

»Der hat den Wohnwagen angezündet«, behauptete Hundt. »Es gibt einen hundertprozentigen Beweis dafür.«

»Den habe ich nicht gesehen«, erklärte der Inselpolizist.

»Sehen Sie! Das ist der Unterschied zwischen Ihnen und

mir. Als Sie ihm die Taschen ausgeleert haben, kam ein Feuerzeug zutage. Aber keine Zigaretten. Weshalb trägt von Hünerbein ein Feuerzeug mit sich herum, wenn er nicht raucht?« Der Hauptkommissar zog das rechte Augenlid ein Stück herab. »Es kommt auf die Kleinigkeiten an, die den Täter verraten.«

»Ich schlage vor, wir fahren zum Zeltlager und sehen uns den Schaden an, den von Hünerbein dort angerichtet hat. Zumindest scheint niemand verletzt worden zu sein.«

Acht

Im Ashram herrschte eine merkwürdige Ruhe. Wenige Leute waren zwischen den Zelten und Wohnwagen unterwegs. Es fehlte die Geschäftigkeit der vergangenen Tage. Die Rezeption war verwaist.

»Merkwürdig«, stellte Hundt fest. »Ob die alle zur Meditation sind?«

»Das wäre eine Gelegenheit, dem Guru ein paar Fragen zu stellen«, schlug Thönnissen vor. »Noch haben wir ihn nicht gesehen.«

Der abgebrannte Wohnwagen stand unverändert an seinem Platz. Niemand schien sich für ihn zu interessieren.

»Man sieht häufig, dass die Menschen Blumen und Kerzen an den Ort bringen, an dem es Todesopfer zu beklagen gab«, sagte Thönnissen. »Hier ist nichts.«

»Aus Sicht der Leute gibt es nichts zu beklagen«, gab Hundt zu bedenken. »Wenn jemand stirbt, kehrt er nach deren Glauben in einer anderen Gestalt wieder.«

»Ein schlechter Tausch, wenn man die Gestalt einer Ameise annimmt.«

»Ist es nicht so, dass man mit jedem Tod eine Stufe emporsteigt?«, fragte der Hauptkommissar.

»So habe ich es nicht verstanden. Es hängt davon ab, wie man sich verhalten hat. Wenn ich bedenke, wie die ›Kinder der Erleuchtung‹ die Leute abgezockt haben, müsste es bald eine Krötenplage auf Pellworm geben.«

»Bisher gibt es nur einen Toten. So groß kann die Plage

nicht sein«, widersprach Hundt und blieb vor dem Wohnwagen mit der Verwaltung stehen. Er probierte den Türgriff. Verschlossen. Der Hauptkommissar pochte gegen die Wand.

»Das Büro hat nicht geöffnet«, erklang von innen die Stimme des Pressesprechers.

»Dann öffnen Sie«, sagte Hundt gereizt. »Hier ist die Polizei.«

Sie hörten, wie es im Wageninneren rumorte. Dann erscholl ein leiser Fluch, als ein Ordner zu Boden fiel. Schließlich wurde der Riegel umgelegt, und Schmutzler erschien in der Türöffnung. Er sah verschwitzt aus. Die Haare hingen ihm in die Stirn.

»Haben Sie viel zu tun?«, fragte Hundt.

»Wir sind nur wenige Leute. Da muss jeder Handschlag sitzen.«

Thönnissen sah sich um. »Ich sehe nur Sie. Wo sind die anderen?«

»Beschäftigt.«

»Dann sollen sie ihre Arbeit sofort unterbrechen. Alle. Rufen Sie sie zusammen. Wir müssen mit ihnen sprechen.«

»Ja – nein«, stammelte Schmutzler. Der Schweiß stand ihm auf der Stirn. »Das geht nicht.«

»Dann lasse ich sie durch ein großes Polizeiaufgebot suchen. Wir sperren das Gelände ab, und niemand verlässt es. Nicht einmal eine Maus kommt durch«, versprach Hundt.

»Ich weiß nicht, wo die sind«, sagte Schmutzler kleinlaut.

»Hodlbacher?«

»Ich nehme an, der meditiert.«

»Sollte er nicht bei Ihren Kunden sein? Schließlich haben die viel Geld bezahlt, damit er gemeinsam mit ihnen singt«, spottete der Hauptkommissar.

»Kunden?« Schmutzler sah die Polizisten irritiert an. »Das sind keine Kunden. Die Menschen suchen die Erleuchtung.«

»Dann entzünden Sie endlich das Licht.«

Schmutzler stöhnte theatralisch auf. »Ich bin nur der Pressesprecher. Und der Buchhalter«, schob er leise hinterher.

»Sind Sie noch etwas?«, fragte Hundt streng.

Der Mann ließ sich auf einen Bürostuhl fallen. »Wahrscheinlich ja«, sagte er leise. »Ich bin auch der Prügelknabe.«

»Wo ist der Fahrer?«

»Filsmair? Keine Ahnung. Der meldet sich nicht bei mir ab. Niemand sagt mir etwas. Filsmair ist der Adjutant vom Guru. Der Fahrer, der Leibwächter, der Diener. Er gehorcht nur dem Raja.«

»Und sonst gibt es keinen weiteren Ansprechpartner?«, fragte Thönnissen.

»Die Vorbereitung ist nicht optimal gelaufen. Es gibt zwei parallele Ashrams. Da mussten die Meister aufgeteilt werden. Man darf niemanden enttäuschen. Schließlich warten die ›Kinder der Erleuchtung‹ auf die Erfüllung. Sie wollen die Kraft spüren, die ihnen der Meister schenkt. Sie möchten die Energie, die er fließen lässt, aufnehmen, in seiner Spiritualität baden.«

»Die dreihundert Leute da draußen«, Hundt zeigte mit dem Daumen über die Schulter, »wollen Sie mit drei Köpfen selig machen? Der Guru, Hodlbacher und Sie?«

»Ich?« Schmutzler riss die Augen auf. »Ich verfüge über keine übernatürlichen Kräfte.«

»Dann soll der Guru zaubern«, schlug Thönnissen vor.

»Morgen kommen weitere Therapeuten.«

»Was für Therapeuten?«

»Ausgebildete und gesegnete Mitarbeiter, die Therapien durchführen.«

122

»Was verstehen Sie darunter?«

»Alles. Gespräche, Massagen ...«

»Wollen Sie hier ein großes Sexlager errichten?«, fragte Hundt entgeistert.

»Kopfmassagen. Ölduschen, Steinmassagen, Fußreflexzonenmassagen. Alles, was dem Wohlbefinden dienlich ist. Wir werden zusammen Schwitzhütten für die Reinigung bauen, Feuerläufe durchführen, Sonnenräder errichten und andere spirituelle Rituale starten.«

»Nicht nur mit Hodlbacher und dem Guru?«

»Sie meinen den Yogi? Yogi Prabud'dha ist der Stellvertreter des Rajas. Zumindest in Deutschland. Er hat aber alle Weisheiten im Stamm-Ashram in Indien studiert. Viele Jahre.«

»Wir möchten jetzt mit Hodlbacher sprechen. Und dem Guru. Augenblicklich.« Hundt war laut geworden.

»Ich sagte schon, ich weiß nicht ...«

»Genug«, unterbrach ihn der Hauptkommissar. »Haben Sie eine Idee, wer der Tote sein könnte?«

»Der Tote ...«, echote Schmutzler. Es schien, als hätte er jeden Gedanken an das Opfer verdrängt.

»Es war Hodlbachers Wohnwagen, der abgebrannt ist. So ist die Vermutung nicht abwegig, dass er darin verbrannt ist.«

»Der Yogi? Der war nicht in seinem Wohnwagen. Ganz sicher nicht.«

»Woher nehmen Sie Ihre Gewissheit?«

»Yogi Prabud'dha lebt. Er ist nicht tot.«

»Haben Sie ihn danach noch gesehen?«, wollte Hundt wissen.

»Ich schwöre Ihnen, dass der Yogi nicht verbrannt ist.«

»Wir gehören aber nicht zu denen, die dem Guru und seinen Mitgeistern alles glauben«, erklärte Thönnissen. »Für uns zählen nur Beweise.«

Schmutzler breitete die Arme aus. »Ich versichere es Ihnen.«

»Gibt es noch andere Zeugen?«

»Das weiß ich nicht. Möglicherweise haben ihn noch andere gesehen.«

»Hmh.« Der Hauptkommissar strich sich mit Daumen und Zeigefinger über die Mundwinkel. »Wobei wurde er beobachtet? Als er seinen Wohnwagen angezündet hat? Und wer ist dann das Opfer? Wen vermissen Sie noch?«

»Sie wollen nicht behaupten, jemand von uns hätte das getan? Der Guru verbreitet die Lehre von der reinen Liebe. Er und seine Jünger sind Gesandte des Friedens.«

»Ist die Liebe so groß, dass kranke Frauen sexuell genötigt werden?«, fragte Hundt.

»Um Himmels willen. Solche Gedanken gehören nicht in unsere Welt.«

»Hinter der verklärten Fassade steckt die ›Kinder der Erleuchtung – Kultur- und Gesundheits GmbH‹. Wer sind deren Gesellschafter?«

»In Deutschland muss alles formell zugehen.«

»Sie hätten auch einen Verein gründen können. Oder eine gemeinnützige Einrichtung.«

»Das ging nicht«, behauptete Schmutzler.

»Aus welchem Grund?« Hundt zeigte sich hartnäckig.

»Die Lehre ist international geschützt. Darauf ruhen fremde Rechte. Das gilt auch für Rezepturen.«

»Ein wohldurchdachtes Konstrukt, das auch noch Steuern spart. Die deutsche GmbH führt Lizenzgebühren ab und bleibt damit ohne nennenswerten Gewinn. Damit sind auch keine Steuern fällig.« Hundt nickte sich selbst zu. »Also. Raus mit der Sprache. Wer sind die Gesellschafter?«

»Es gibt nur einen«, sagte Schmutzler zaghaft. »Die Health and Collect Foundation.«

»Die Hintermänner haben auch noch Humor.« Hundt lachte bitter auf. »Collect Foundation. Für wen wird dort gesammelt?«

»Ich weiß es doch nicht.« Schmutzler klang fast ein wenig weinerlich. »Ich bin nur der kleine Buchhalter. Ich war lange arbeitslos und froh, als ich diesen Job bekam.«

»Haben Sie sich nie für die Hintergründe interessiert?«

»Doch. Schon.« Schmutzler sah sich ängstlich um, als fürchtete er, belächelt zu werden. »Ich habe zufällig mitbekommen, dass die Health and Collect Foundation ihren Sitz auf den Cayman-Inseln hat.«

»Das wird immer verworrener«, stöhnte Hundt. »Nennen Sie das alles seriös?«

»Ich habe mit all dem nichts zu tun. Ich bin nur ein kleines Licht.«

»Als Buchhalter müssen Sie doch wissen, wohin das Geld überwiesen wird?«, fragte Hundt.

»Das ist nicht meine Aufgabe. Die Kasse hat Yogi Prabud'dha stets an sich genommen.«

»Und was hat er damit gemacht?«

Schmutzler zuckte hilflos mit den Schultern. »Ich weiß es nicht.«

»Sie haben eine moderne Infrastruktur.« Thönnissen zeigte auf die Computer. »Man kann bei Ihnen auch bargeldlos zahlen. Sie akzeptieren Kreditkarten.«

Der Buchhalter nickte kaum merklich.

»Wohin fließen diese Gelder?«

»Das entzieht sich meiner Kenntnis.«

»Das sollten Sie als Buchhalter aber wissen«, erwiderte Thönnissen.

Schmutzler biss sich auf die Lippen. »Also – so ein richtiger Buchhalter bin ich nicht. Nicht so, wie Sie es sich vorstellen.

Ich erledige den Papierkram, aber Einblick in die Finanzen – das habe ich nicht.«

»Sie sind ein merkwürdiger Kauz«, stellte Hundt fest. Schmutzler widersprach ihm nicht.

»Jetzt gehen wir den Guru besuchen«, sagte der Hauptkommissar und packte den Buchhalter am Handgelenk. Der riss sich los und wich zurück.

»Das geht nicht. Niemand darf den Guru stören. Er ist dem Weltlichen komplett entrückt. Nur so kann er die Energie aufnehmen, die er in vielfältiger Weise seinen Anhängern weitergibt. Schließlich nimmt er den Menschen die Lasten, Krankheiten und Beschwernisse ab. Sie würden den Raja treffen, wenn er sie nicht in neue Energie umsetzt.«

»Ich gehe das Risiko ein«, sagte Hundt.

»Vielleicht stören wir ihn beim Geldzählen«, ergänzte Thönnissen.

Der Hauptkommissar zerrte den widerstrebenden Schmutzler hinter sich her zum übergroßen Wohnwagen des Gurus. Von weitem sahen sie einen Schatten hinter den Gardinen, der sich langsam hin und her bewegte. Als sie vor der Tür standen, drang von innen ein gemurmeltes »Oooommm« heraus. Unablässig wie in einer Endlosschleife wiederholte es sich.

»Klopfen«, befahl der Hauptkommissar.

Thönnissen pochte gegen die Tür. Nichts rührte sich. Er wiederholte es mehrfach und verstärkte die Schläge gegen die Wand. »Aufmachen! Polizei!«, rief er.

Das alles schien den Guru nicht zu beeindrucken. Ohne Unterbrechung setzte sich der monotone Singsang fort.

»Mir reicht es«, sagte Hundt entnervt. »Obermeister, öffnen Sie die Tür! Wir gehen da hinein.«

»Nein«, rief Schmutzler panisch. »Das dürfen Sie nicht.«

»Los, aufmachen!«, befahl der Hauptkommissar.

Thönnissen warf dem Buchhalter einen Blick zu. In dessen Gesicht hatte sich die Angst eingegraben.

»Ich kann doch nicht einfach …« Der Inselpolizist wollte sich nicht den Schwarzen Peter zuschieben lassen.

»Wie lange wollen Sie noch warten?«

»Ist das eine Anweisung?«

»Machen Sie auf!«, umging Hundt die Frage.

Thönnissen schüttelte den Kopf. »Ich möchte die Anweisung schriftlich.«

»Sie wollen sich widersetzen?« Hundt war aufgebracht. Das Blut schoss ihm in den Kopf. »Das ist die Höhe. Sie verweigern die Dienstausführung.«

»Nein«, entgegnete Thönnissen. »Ich führe alles aus, was Sie anordnen. Ich möchte es aber schriftlich haben, falls sich hinterher herausstellt, dass die Aktion nicht rechtens war.«

»Sie misstrauen mir?«

»Ich mache alles, was ich von Ihnen schriftlich vorgegeben bekomme«, blieb Thönnissen stur.

»Sie sind die längste Zeit Polizeibeamter gewesen«, fluchte Hundt, ließ den überraschten Schmutzler los und stapfte wütend davon. Der sah Thönnissen ebenso entgeistert wie ratlos an.

Thönnissen zuckte mit den Schultern, lauschte noch einmal dem »Ooommm« und ging in die andere Richtung. Er sprach die wenigen Leute an, die ihm begegneten, und fragte, welche Schäden der Mann mit der Axt angerichtet hatte. Er erntete ratloses Achselzucken.

»Der hat alle Anwesenden bedroht«, erklärte eine Frau mit tizianroten Haaren und körperbetonten Leggins. »Wir schwebten in Lebensgefahr.«

»Hat er sich Ihnen genähert?«

»Mir?« Sie wich einen halben Schritt zurück, als fürchte sie, Thönnissen würde die Bedrohung wiederholen. »Uns allen«, wich sie aus.

»Haben Sie Anzeige erstattet?«

»Ich?« Sie schüttelte ihren Kopf. »Damit will ich nichts zu tun haben.« Ihr Zeigefinger schoss vor und landete auf dem Knopf der Uniformjacke. »Das ist Ihre Sache. Sie waren doch dabei. Dann können Sie doch Anzeige erstatten.« Sie drehte sich um. »Das sind heute Polizisten«, schimpfte sie im Gehen. »Als Bürger wird man nirgendwo mehr geschützt. Man ist sich seines Lebens nicht mehr sicher.«

»Bitten Sie den Guru um seinen Segen«, rief ihr der Inselpolizist hinterher.

Sie blieb stehen, bewahrte aber die Distanz zwischen sich und Thönnissen. Dann stemmte sie die Fäuste in die Hüften. »Spotten Sie ruhig. Leute wie Sie werden nie die nächste Stufe erreichen.«

»Stimmt«, murmelte Thönnissen. »Ich werde bis zur Pensionierung Obermeister bleiben. Dafür sorgen Leute wie Hundt.«

»Kommen Sie mit«, sagte der Nächste, den er befragte. »Sinnlose Zerstörungswut. Alles ist zerfetzt. Der Schaden geht in die Zehntausende.« Der Mann mit der asketischen Figur und dem weißen Ziegenbart führte ihn zum großen Zelt, an dessen Rückseite Thönnissen den Pastor getroffen hatte.

»Da – da. Sehen Sie nur. Haben Sie das gesehen? Da. Da.« Der knochendürre Finger des Mannes stach in der Luft herum. Ob vor ihm ein Veganer stand?, überlegte der Inselpolizist. Mit einem solch mageren Finger wäre der Mann bei Hänsel und Gretel nie auf dem Teller der Hexe gelandet.

In der Zeltwand waren zwei Risse erkennbar, jeder etwa zwanzig Zentimeter lang.

»Und wo sind die anderen Stellen?«, fragte Thönnissen.

»Reicht das nicht?«, eiferte sich der Mann. »Was hätte diese Bestie alles anstellen können.«

»Hat er aber nicht.«

»Muss immer erst ein Blutbad stattfinden, bis die Ordnungsmacht einschreitet?«

»Der Raja hat mir versichert, er steht für den Schutz aller seiner Anhänger ein. Er garantiert, dass niemandem ein Leid geschieht.«

Der Mann riss die Augen auf. »Sie haben den Meister gesprochen?«

»In seinem Wohnwagen. Es ist gar nicht schwierig. Er empfängt dort alle Ratsuchenden. Und den Hoffnungslosen erteilt er seinen Segen. Er baut die Zweifelnden mit neuer Energie auf.«

»In seinem Wohnwagen?«, fragte der Mann ungläubig.

»Gehen Sie hin. Er wartet auf alle, die nach ihm dürsten.«

»Warum erfahre ich es erst jetzt? Ich habe für eine Kleingruppenaudienz bezahlt. Niemand konnte mir bisher einen Termin nennen. Hier ist alles ein einziges Chaos.«

»Vertrauen Sie nicht auf irdische Unzulänglichkeit. Das Ganze wird von oben gemanagt.« Thönnissen verdrehte die Augen und richtete sie gen Himmel. Amüsiert sah er dem Davoneilenden nach.

»Welch schlichte Geister hier hausen«, sagte er zu sich selbst, fotografierte die beiden Risse mit seinem Smartphone, schlenderte gemächlich zu seinem Golf und sah von weitem Hundt, der ungeduldig vor dem Wagen auf und ab ging.

»Ich habe eine Bestandsaufnahme der Sachschäden gemacht«, sagte Thönnissen, bevor der Hauptkommissar ihm Vorhaltungen machen konnte. Dann berichtete er von den Rissen im Zelt. Die Begegnungen mit den »Kindern der Erleuchtung« ließ er unerwähnt.

Der Hauptkommissar stieg in den Wagen ein, ohne einen Ton von sich zu geben. Er schwieg ebenso konsequent, als sie Thönnissens Haus erreichten und der Inselpolizist Kaffee kochte. Erst nach der zweiten Tasse berichtete Hundt: »Ich habe inzwischen die Ermittlungen vorangetrieben. Jupp Schmutzler ist vorbestraft. Es ist nicht verwunderlich, dass er lange arbeitslos war. Er hat als Buchhalter seine Vertrauensstellung missbraucht und in die Kasse gegriffen. Seine Verfehlungen hat er zu verdecken versucht, indem er die Bücher gefälscht hat.«

»Es spricht für den Guru und seine Großherzigkeit, dass er solchen Leuten eine Chance gibt.«

»Sie sind nicht von dieser Welt, Thönnissen. Solche Leute werden eingestellt, weil sie willfährig sind. Schmutzler weiß, dass er woanders nicht mehr angenommen wird. Er muss nach einem Strohhalm greifen. Damit befindet er sich in einer Position, die ihm kein Nein gestattet. Er muss alles tun, was man ihm aufträgt, und steht dadurch unter einem immensen Druck. Wo soll er sich beklagen? Es gibt keine Beschwerdestelle. So frisst er den Ärger in sich hinein. Wem verdankt er das?«

»Dem Guru?«

»Der ist nicht ansprechbar. Es gibt aber einen direkten Vorgesetzten. Der Geschäftsführer, um es einmal ganz weltlich zu sehen.«

»Hodlbacher.«

»Wessen Wohnwagen ist abgebrannt? Wen haben wir seitdem nicht mehr angetroffen?«

»Sie meinen, Karl-Friedrich Hodlbacher ist das Opfer?«, fragte Thönnissen. »Sind Sie sich sicher? Schließlich gibt es keinen Beweis dafür. Filsmair, der Fahrer, ist ebenfalls verschwunden. Und den Guru hat auch noch niemand gesehen.«

Hundt lächelte überheblich. »Der hat sogar zwei Zeugen.«

Nachdem Thönnissen ratlos mit den Schultern gezuckt hatte, zeigte der Hauptkommissar auf ihn.

»Wir beide haben den Guru in seinem Wohnwagen gesehen. Vorhin, als Sie den Dienst verweigert haben.«

»Ich habe nicht …«

Hundt schnitt dem Inselpolizisten mit einer Handbewegung das Wort ab. »Das ist jetzt nicht das Thema. Wenn jemand ständig drangsaliert wird, alles einstecken muss, sieht er möglicherweise irgendwann keinen Ausweg mehr. Dann läuft das Fass über. Die geschundene Kreatur wehrt sich.«

»Und das soll ausgerechnet hier auf Pellworm geschehen?«, zeigte sich Thönnissen skeptisch.

»Wer kann vorhersehen, wann der Tropfen fällt, der das Überlaufen bewirkt? Schmutzler ist für mich einer der Hauptverdächtigen.«

»Sie wollen ihn des Mordes bezichtigen?«

»Ja.«

»An wem?«

»Lassen Sie uns Schritt für Schritt gehen.«

Thönnissen öffnete den Mund, als wolle er etwas sagen. Dann musterte er den Hauptkommissar lange. Schließlich setzte er erneut an: »Wir fahren jetzt zum Ashram und holen Schmutzler zum Verhör.«

Hundt nickte.

»Und dann rufen wir die Entenpolizei und lassen ihn zum Festland bringen.«

»So ist es.« Der Hauptkommissar wirkte selbstzufrieden.

»Hmh.« Thönnissen stützte den Ellenbogen auf der Tischplatte ab und legte den Kopf in die Handfläche.

»Glauben Sie, Ihre Denkerpose führt zu einem Ergebnis?«, lästerte Hundt.

»Drüben sitzt Josef von Hünerbein in einer Zelle. Ihm wird nicht nur der Auftritt mit der Axt vorgeworfen, sondern Sie haben ihn auch verdächtigt, der Brandstifter zu sein. Als Motiv vermuteten Sie Rache.«

Schlagartig verfinsterte sich Hundts Miene. »Man muss flexibel denken.«

»Sie meinen, es liegt gemeinschaftlich begangener Mord vor?«

»Das ist es mit Sicherheit ni…« Der Hauptkommissar brach mitten im Wort ab. »Sind Sie so blöde? Oder wollen Sie mich für dumm verkaufen?«

Gern hätte Thönnissen gefragt, was man auf dem Festland sagen würde, wenn sie den dritten Mordverdächtigen rüberschicken würden. Es gab noch ein paar Kandidaten. Wie würde Hundt reagieren, wenn Thönnissen von seiner Begegnung mit dem Pastor berichtete? Hannes Bertelsen im Polizeigewahrsam – nein! Das war zu viel des Guten.

Sie tranken ihren Kaffee aus. Hundt ließ sich sogar noch eine dritte Tasse schmecken. Bevor sie zu Schmutzler aufbrachen, musste der Hauptkommissar allerdings noch dringend den Gang zur Entsorgung antreten.

Vor dem rollenden Büro hatte sich eine Menschentraube angesammelt, die lautstark forderte, dass sie mit einem »Verantwortlichen« sprechen wollte. Wortfetzen wie »Skandal«, »Betrug«, »wir lassen uns nicht für dumm verkaufen« waren aus dem Stimmengewirr herauszuhören.

»Was geht hier vor?«, fragte Hundt einen Bärtigen in der letzten Reihe.

»Haben Sie dich auch übers Ohr gehauen?«, antwortete der Mann, drehte sich um und erblickte Thönnissen. »Hallo, Leute«, rief er laut. »Die Polizei ist da.«

»Das wird aber auch Zeit«, pflichtete ihm sein Nachbar bei. »Verhaften Sie diese Betrüger endlich.«

»Hochstapler sind das«, meldete sich jemand zu Wort und verlangte, dass Thönnissen umgehend in das Büro gehen, die Kasse holen und die gezahlten Beträge an die Geschädigten zurückzahlen solle.

»Das müssen Sie zivilrechtlich klären«, versuchte der Inselpolizist den Leuten kundzutun.

»Da ist doch nichts zu holen«, rief jemand. »Der haut mit der Knete nach Indien ab. Wir sollen hier das Seelenheil finden. Dabei haben die uns nur geschröpft.«

»Das ist ein schneller Sinneswandel«, raunte Thönnissen dem Hauptkommissar zu. »Der Guru war ihnen heilig. Er hat ihnen alles versprochen. Die Leute sind ihm bis Pellworm nachgereist. Und plötzlich verteufeln sie ihn. Das Geld ist den Menschen immer noch heiliger als jeder Glaube.«

Thönnissen hob den Arm und brüllte: »Ruhe!« Erst beim zweiten Mal wurde es stiller.

»Ich verstehe Ihre Aufregung«, sagte er, nachdem er sich durch die Menge gedrängt und auf den Stufen des Bürowohnwagens eine erhöhte Position gefunden hatte. »Sie können hier aber keinen Mob starten.«

»Wir gehen da hinein und holen unser Geld wieder«, rief der Bärtige und erhielt den Beifall der Menschen.

»Wenn Sie sich betrogen fühlen, können Sie eine Anzeige erstatten. Hier ist ein Beamter der Kriminalpolizei, der Ihnen als kompetenter Ansprechpartner zur Verfügung steht.« Er zeigte auf Hundt.

Ihre Blicke trafen sich. Thönnissen spürte, wie der Hauptkommissar ihn durchbohrte. Na schön, dachte er. Dann schicken wir heute Abend den dritten Mörder aufs Festland. Seine kurze Ansprache hatte Wirkung gezeigt. Die Menschen wandten sich dem Hauptkommissar zu und umringten ihn.

Thönnissen schlug mit der flachen Hand gegen die Tür, nachdem er festgestellt hatte, dass die verschlossen war.

»Aufmachen, Schmutzler«, rief er. »Sonst gehe ich wieder und überlasse Sie der Meute vor Ihrer Tür.« Er hörte, wie der Verschluss betätigt wurde, dann öffnete sich die Tür einen Spalt. Thönnissen schlüpfte hindurch.

Der Buchhalter sah abgehetzt aus. Die Haare hingen ihm wirr ins Gesicht. Die Augen wanderten nervös hin und her. Er hatte die oberen Knöpfe seines Hemdes geöffnet. Sein Äußeres passte zur Unordnung im rollenden Büro. Papiere lagen scheinbar unsortiert herum. Ordner waren geöffnet, gleich mehrere lagen übereinander.

Der Inhalt war zum Teil herausgerissen.

»Suchen Sie etwas Bestimmtes?«

»Irgendwo muss es sein.« Schmutzler begann erneut, hektisch in den Papierstapeln zu suchen. Sein Vorgehen war ohne jede Systematik.

»Wollen wir vor die Tür gehen? Die Leute da draußen möchten eine Erklärung, wie es weitergehen soll.«

Der Buchhalter hielt inne. »Aber nicht von mir. Ich habe mit all dem nichts zu tun. Ich bin nur ein ganz kleines Licht.« Er hielt Daumen und Zeigefinger dicht beieinander.

»Ein vorbestraftes«, sagte Thönnissen beiläufig.

Schmutzler erstarrte, als hätte ihn der Schlag getroffen. »Woher wissen Sie?« Es war kaum wahrnehmbar.

Thönnissen legte die Fingerspitzen auf den Schriftzug »Polizei« auf der Vorderseite seiner Uniform.

»Das hat nichts mit meiner Tätigkeit beim Raja zu tun«, sagte Schmutzler mit bebender Stimme.

»Ist Ihr Arbeitgeber über Ihre Verfehlung informiert?«

»Der Guru ist voller Güte. Er verzeiht, übt Nachsicht und lässt die Menschen an seiner Gnade teilhaben.«

»Hören Sie mit diesem Senf auf«, fuhr der Inselpolizist den erschrockenen Mann an. »Ein Buchhalter, der die Kasse leerräumt, ist weg vom Fenster. Niemand will Sie haben. Dieser Laden hier … Da ist nichts mit Gnade und Güte. Das ist reine Abzocke. Da draußen droht eine Revolte. Ein Mensch ist ermordet worden. Niemand kümmert sich um die Teilnehmer der Veranstaltung. Abgesehen davon, dass es ohnehin ein Hohn ist, wie Sie mit zwei Leuten den ganzen Zirkus durchziehen müssen. Warum kommt der Inder nicht aus seinem Loch? Es wäre doch einfach, wenn er vor die Leute treten würde, ein paar salbungsvolle Sprüche absondert und sie beruhigt. Dann sind die glücklich. Damit könnte man sie vertrösten.«

»Morgen kommen weitere Therapeuten.«

»Heute brennt die Lunte«, sagte Thönnissen. Als er es aussprach, wurde ihm die Doppeldeutigkeit seiner Worte bewusst. »Wollen Sie, dass in der nächsten Nacht wieder etwas in Flammen aufgeht? Vielleicht Ihr Schlafplatz?«

Ein Beben erfasste den Körper des verängstigten Mannes. »Das gilt doch nicht mir«, hauchte er.

»Sie sind im Augenblick der Repräsentant des Vereins. Sorgen Sie dafür, dass der Guru auftritt. Das ist doch hirnrissig, dass der sich versteckt, wo alles den Bach runtergeht. Ist er so arrogant? Oder ist es schlichtweg Dummheit?«

»Der Raja beschäftigt sich nicht mit weltlichen Dingen«, versuchte Schmutzler eine letzte Verteidigung.

Thönnissen machte einen Schritt auf den Buchhalter zu. Der wich zurück und stieß mit dem Rücken gegen die Regalwand mit den Ordnern. »Sie werden hier schikaniert und ausgenutzt. Was Sie auch machen – es ist falsch. Man wird es

Ihnen ankreiden. Mensch, Schmutzler. Mich interessiert Ihre Vorstrafe nicht. Dafür haben Sie gesessen. Glauben Sie an den Blödsinn mit der Wiedergeburt und den anderen Scheiß?«

»Wessen Brot ich ess, dessen Lied ich sing. Ich werde dafür bezahlt, diese Dinge zu verbreiten.«

»Ist Ihr Salär so fürstlich, dass Sie dafür Ihre Gesundheit riskieren?«

Schmutzler schwieg. All seine Zweifel spiegelten sich in seiner Mimik wider.

»Ich muss das hier machen«, sagte er schließlich. »Ich bin völlig mittellos. Ich hab keine Wohnung, kein Geld. Nichts. Wo soll ich hin? Ich war so froh, als ich hier untergekommen bin.«

»Sie sind hier angestellt, bekommen Gehalt.«

Er schüttelte traurig den Kopf. »Theoretisch. Tatsächlich ist mir noch nie etwas ausgezahlt worden. Man zieht mir einen horrenden Betrag für die Unterkunft und die Verpflegung ab. Das Essen ist nicht genießbar. Ich verstehe nicht, wie sich Menschen freiwillig so etwas hineinschaufeln. Niemand glaubt mir, wenn ich sage, dass ich im Monat zwanzig Euro bar bekomme. Der Rest wird für mich angespart, so sagt man. Man nennt es Fürsorge. Ich soll, wenn ich hier ausscheide, ein unbekümmertes bürgerliches Leben führen. Der Yogi hat aber auch durchklingen lassen, dass von dem nicht ausgezahlten Gehalt eine Reise in den Stamm-Ashram nach Indien bezahlt werden soll. Ich soll mich freuen, dass mir dort die ganze Erfüllung zuteilwird.«

»Wollen Sie nach Indien?«

Schmutzler schüttelte den Kopf. »Nein«, sagte er leise. »Ich will weg von diesen Leuten. Mich widert alles an. Aber – ich kann nicht.«

»Haben Sie schon mit Hodlbacher gesprochen?«

»Ich habe meine Bedenken vorgetragen.«

»Wie hat Hodlbacher reagiert?«

»Gar nicht. Aber nach Einbruch der Dunkelheit hat mich Filsmair, der Chauffeur, zur Seite genommen und mir eindringlich erklärt, dass dieses keine Holzhandlung ist, in der man kündigen kann. Der Raja hat mir sein Vertrauen geschenkt. Das geht mit seiner Zuneigung einher. Ich bin – angeblich – in den inneren Zirkel aufgenommen. Der Guru würde es nicht verwinden, wenn ich mich von seiner Gnade abwenden würde. Das würde ihn traurig machen. Und in einem solchen Zustand könne der Guru nicht uneingeschränkt für die anderen Menschen da sein, die seiner Hilfe bedürfen. Ich sollte mir meiner Verantwortung gegenüber allen Verirrten, Kranken und das ewige Heil Suchenden bewusst sein.«

»Das klingt wie eine versteckte Drohung«, stellte Thönnissen fest.

»So habe ich es auch empfunden.«

»Wie wollen Sie weiter vorgehen?«

Schmutzler hielt sich die Ohren zu. »Ich weiß es nicht.« Seine Stimme klang weinerlich.

»Ihre Begeisterung für die ›Kinder der Erleuchtung‹ scheint nicht mehr ungebrochen zu sein.«

»Ich hasse sie. Abgrundtief«, kam es aus Schmutzler heraus. Erschrocken hielt er sich die Hände vor den Mund, als könne er das Gesagte wieder rückgängig machen.

»Wenn Sie sich aussprechen möchten oder wenn Sie etwas wissen, das für die Ermittlungen von Bedeutung ist, sollten Sie zu mir kommen. Der Guru und seine Leute mögen Drohungen aussprechen, aber die Gewalt liegt immer noch einzig beim Staat.«

»Was wird jetzt aus den Leuten da draußen?«

»Der Hauptkommissar spricht mit ihnen. Sie können unbesorgt sein.«

»Und wenn ich Polizeischutz beantrage?«

Thönnissen lächelte. »Dazu gibt es keinen Grund. Außerdem bin ich allein auf der Insel. Ich könnte das gar nicht übernehmen.«

»Aber wenn man meinen Wohnwagen auch anzündet? Wie den vom Yogi.« Gedankenverloren zog Schmutzler eine goldene Kette aus dem Halsausschnitt hervor und steckte das Kreuz, das daran hing, zwischen die Lippen.

»Wir wissen immer noch nicht, wer dort verbrannt ist.«

Ein erneutes Beben erfasste Schmutzler. »Ich habe Angst«, sagte er, als er Thönnissen hinausließ und sofort die Tür hinter ihm wieder abschloss.

Der Inselpolizist suchte Hundt. Der Hauptkommissar war umringt von einer kleinen Gruppe aufgeregt auf ihn einredender Menschen. Als Hundt ihn erblickte, zeigte er auf Thönnissen. »Kommen Sie morgen zur örtlichen Polizeidienststelle. Dort werden Ihre Anzeigen aufgenommen.«

Na prima, dachte Thönnissen. Das war die Retourkutsche. Immer noch erregt diskutierend, gingen die Leute auseinander.

»Sind Sie von allen guten Geistern verlassen?«, blaffte Hundt ihn an. »Wie kommen Sie dazu, die Massen aufzuwiegeln?«

»Ich?« Thönnissen tat überrascht. »Ich habe nur auf den Dienstweg verwiesen. Schließlich sind Sie der Chef. Sie haben die Leute mit Erfolg beruhigt. Niemand sonst hätte das gekonnt. Gratuliere, Herr Hauptkommissar.«

»Sparen Sie sich Ihre salbungsvollen Worte. Jetzt gehen wir zu Schmutzler und nehmen ihn fest.«

Thönnissen kratzte sich verlegen den Kopf. »Da war Gefahr

im Verzug«, erklärte er. »Einige der aufgebrachten Leute wollten das Büro stürmen. Ich habe sie davon abgehalten.«

»Sie haben eigenmächtig gehandelt?«

»Sie waren mit der Mehrheit der Leute beschäftigt.«

»Und? Weiter?«, fragte Hundt ungeduldig.

»Ich habe das Büro und den Buchhalter von innen verteidigt.«

»Sie sind kein Kriegsberichterstatter. Kommen Sie endlich zur Sache.«

»Bei der Gelegenheit hat der Buchhalter mir einiges erzählt.« Er berichtete von seiner Begegnung mit Schmutzler.

»Sind Sie des Teufels?«, rief Hundt. »Sie haben alles falsch gemacht. Wer hat Sie ermächtigt, den Verdächtigen auf eigene Faust zu vernehmen? Und das sicher stümperhaft. Schmutzler ist für mich der mutmaßliche Täter. Nun ist er gewarnt. Ich hätte ihm die Wahrheit entlockt. Dem Mann wäre nichts anderes übriggeblieben, als zu gestehen. Bei seiner kriminellen Vergangenheit kennt er jetzt unsere Mutmaßungen und kann sich in aller Ruhe ein Lügengebäude zurechtlegen. Ich kann ihn nicht mehr erfolgversprechend verhören. Thönnissen, Sie haben, wie so oft, alles versaut. So eine Niete wie Sie ist der größte Trumpf für jeden Straftäter.«

Thönnissen beließ es dabei, Hundt anzugrinsen. Was hätte er ihm antworten sollen? Das ließ den Hauptkommissar noch wütender werden. Die Adern an den Schläfen schwollen wie zwei pralle Gartenschläuche an, so dass der Inselpolizist fürchtete, sie könnten platzen. Er hörte nicht auf Hundts verbale Attacken, sondern überlegte, wie man in einem solchen Fall zu verfahren hätte. Einen Schlauch würde man vor der geplatzten Stelle abknicken. Und eine Ader? Er stellte es sich bildlich vor. Unbewusst musste er breit grinsen. Das Grinsen erstarb aber, als der Hauptkommissar sich mit beiden Händen ans Herz fasste und aufstöhnte. Thönnissen fasste ihn am Oberarm, stützte ihn ab und fragte: »Alles in Ordnung, Herr Kollege?«

Hundt röchelte, schnappte nach Luft und stand unsicher auf den Beinen.

»Soll ich den Rettungswagen holen?«

»Nein«, hauchte der Hauptkommissar. »Es geht wieder.«

Fürsorglich brachte er Hundt zum Golf. Erschöpft sank der Hauptkommissar in den Sitz.

»Ich fahre Sie zum Arzt«, beschloss Thönnissen.

»Nein!« Es klang wie ein Entsetzensschrei. »Lassen Sie mich hier in Ruhe arbeiten. Schaffen Sie endlich Hodlbacher und Filsmair herbei, nachdem Sie bei Schmutzler versagt haben.«

Thönnissen warf einen kritischen Blick auf den Kripobeamten vom Festland. Wenn es dich jetzt erwischt, dachte er, zu deiner Beerdigung komme ich garantiert nicht. Dann schlenderte er gemächlich über das Gelände. Er klopfte am Wohnwagen des Chauffeurs. Alles blieb still. Unterwegs fragte er Leute, die ihm begegneten, ob sie einen der beiden gesehen hätten. Filsmair war allen unbekannt. Yogi Prabud'dha? Den würden sie auch suchen, war die einhellige Meinung der Menschen. Kaum jemand unterdrückte einen Fluch oder gar eine Drohung, wenn der Name fiel. »Alles wirkte so seriös«, befand ein Mann. »Wir haben uns überzeugen lassen. Eine Abkehr von der Dekadenz unserer westlichen Denk- und Lebensweise, von Hektik und Schnelllebigkeit. Die Zuwendung zur inneren Ruhe und Kraft – das klang alles vielversprechend. Die Botschaft des Yogis flößte Vertrauen ein. Wir haben uns in die Literatur über ihn vertieft. Da war von der Heilung auch in Fällen die Rede, die die Schulmediziner aufgegeben hatten. Alles sollte friedlicher und besser werden. Wir sind zweihundert Kilometer zu einem Konzert vom Guru gefahren. Zunächst fand ich die indische Musik monoton und gewöhnungsbedürftig. Verraten Sie mich nicht«, flüsterte der Mann und näherte sich Thönnissens Ohr. »Aber die dünne Stimme ... So stelle ich mir Eunuchen vor. Jetzt wollten wir tiefer eintauchen, uns von der krankmachenden Hektik des Lebens verabschieden. Hier wollten wir mehr erfahren. Und? Was ist? Selbst in meiner Pfadfinderzeit habe ich nicht in einem so miesen Zeltlager gelebt. Das Essen ist eine Katastrophe. Man munkelt, ein hiesiges Hotel würde es liefern. So etwas Grottenschlechtes habe ich noch nie vorgesetzt bekommen. Und ich bin einiges gewohnt. Seit zwanzig Jahren verheiratet. Für jeden Furz sollst du löhnen. Und das nicht schlecht. Dabei bekommst du niemanden zu sehen. Kein Schwein lässt sich blicken. Wenn Sie einen erwischen, sagen Sie Bescheid. Schönen Gruß von Dietrich Wyczniwski. Ich will der Erste sein, der diesen Spinnern mit Anlauf in den Hintern tritt.« Wyczniwski zog zornig von dannen. Er zeigte dabei seinen gestreckten Mittelfinger. Plötzlich drehte er sich um und kam zurück. »Sie sind doch von hier. Mir reicht es jetzt. Wo bekomme ich ein richtig gutes Bier auf Pellworm? Schicken Sie mich nicht zu dem, der uns dieses vertrocknete Gras serviert. Bei dem schmeckt das Bier vermutlich auch wie Pipi.«

Ob Feddersen sich es so vorgestellt hatte?

Thönnissen gab auf. Es war sinnlos, umherzulaufen und nach Hodlbacher, Filsmair oder einem Unbekannten zu fragen, den man vermissen würde. »Entschuldigung«, sagte er mit verstellter Stimme zu sich selbst. »Vermissen Sie jemand, den Sie nicht kennen? So ein Schwachsinn. Typisch Hundt.« Er lenkte seine Schritte zum alten Unimog und fand Hans-Gundolf Vogeley auf einem Campingstuhl vor dem Fahrzeug sitzend.

»Moin.«

»Tach«, erwiderte der Frankfurter kurz angebunden.

»Alles in Ordnung?«

»Ich habe die Polizei nicht gerufen.«

»Wir sehen auch unaufgefordert nach dem Rechten.«

»Dann sehen Sie zu, dass hier endlich etwas passiert. Oder haben Sie noch nicht gemerkt, welches Pulverfass hier entstanden ist? Da muss nur einer die Lunte anlegen und … buff!«

»Es hat schon gebrannt«, stellte Thönnissen fest.

»Dann suchen Sie den Täter.«

»Ich habe nicht den Eindruck, dass die Leute hier im Lager beunruhigt sind.«

Vogeley protestierte nicht gegen die Bezeichnung »Lager«.

»Wundert Sie das? Es wird offen darüber spekuliert, dass jemand so unzufrieden und enttäuscht war, dass er zu diesem Mittel gegriffen hat.« Vogeley klopfte sich gegen die Brust. »Ich kann es nicht gutheißen, wenn ein Mensch stirbt. Dafür gibt es keine Rechtfertigung. So denken fast alle hier. Aber was man mit den Gästen, den *zahlenden* Gästen«, betonte er, »macht, ist zu viel des Guten. Wäre es nicht denkbar, dass jemand den Wagen des Yogis angezündet hat, ohne zu wissen, dass sich dort ein Mensch aufhielt? Vielleicht war es nur ein Unfall und kein Mord.«

»Mich irritiert, dass Sie von Mord sprechen«, erwiderte Thönnissen. »Das habe ich noch von keinem anderen Teilnehmer gehört.«

»Es ist Ihre Sache. Ich habe damit nichts zu tun.«

»Denkt Ihr Partner genauso darüber? Ich würde gern mit ihm sprechen.«

»Das geht im Augenblick nicht.«

»Ist er mit Kevin beschäftigt?«

142

»Das geht Sie nichts an«, sagte Vogeley unfreundlich und stand auf. »War noch was?«, fragte er über die Schulter und verschwand ins Innere des Unimogs.

Reiner-Maria Vogeley war eine weitere Person, die Thönnissen lange nicht mehr zu Gesicht bekommen hatte. Er kehrte zum Golf zurück und fand den Hauptkommissar im Auto sitzend. Die Tür war geöffnet, und Hundt telefonierte.

»Waren Sie erfolgreich«, fragte er unfreundlich, als er sein Gespräch beendet hatte.

»Leider nicht. Sie wissen selbst, dass es die berühmte Nadel im Heuhaufen ist, nach der wir suchen.«

»So geht das nicht. Sie kommen stets mit Ausreden, aber Erfolge können Sie keine vorweisen.«

»Wir untersuchen hier einen diffizilen Mord und kennen nicht einmal den Namen des Opfers. Gibt es schon Ergebnisse der KTU? Der DNA-Abgleich könnte uns weiterführen.«

»Ich halte Ihnen Ihre Unerfahrenheit zugute.« Der Tonfall drückte die ganze Geringschätzung aus, die Hundt ihm entgegenbrachte. »Zu einem DNA-Vergleich – *Vergleich!* Thönnissen – benötigen Sie eine Gegenprobe. Womit wollen Sie es abgleichen?«

»Hodlbacher muss doch irgendwo gewohnt haben. Wir könnten im Rahmen der Amtshilfe bitten, dass man uns Vergleichsmaterial schickt.«

»Uns wäre damit gedient, wenn Sie Ihre Aufgaben vor Ort erledigen würden, anstatt Sherlock Holmes zu spielen. Diese Rolle passt nicht zu Ihnen. Die Schuhe sind zu groß, in die Sie hineinschlüpfen wollen. Vergessen Sie nie, weshalb man Sie auf diesem Dienstposten am Rande der Welt versteckt hat.«

»Weil er der schönste Ort ist, den man sich vorstellen kann. Ich möchte nicht woanders leben.« Außer auf Tuvalu, setzte der den Gedanken unausgesprochen fort. Nein. Es war schön, dorthin zu reisen. Aber leben? Nichts war mit Pellworm vergleichbar.

»Finden Sie es nicht merkwürdig, dass alle Verantwortlichen abgetaucht sind? Und der Guru lässt sich trotz der Unruhe im Ashram nicht blicken.«

»Sie wollten mit ihm reden, um zu klären, weshalb er sich so eigentümlich verhält.«

»Fangen Sie schon wieder damit an? Wer hat seine Dienstpflichten verletzt? Haben Sie sich geweigert, die Tür zu öffnen?«

Thönnissen war mittlerweile mit Hundts Auftreten vertraut. Der Hauptkommissar war ein schwieriger Charakter, sehr von sich eingenommen und unfähig, auch andere Meinungen gelten zu lassen. Seine Selbstüberschätzung hatte schon in der Vergangenheit enorme Probleme bei den Ermittlungen bereitet.

»Ich habe eine Anfrage gestartet, ob es Methode bei den ›Kindern der Erleuchtung‹ ist, die Rechnungen offen zu lassen. Die Kollegen in der Dienststelle prüfen, ob sie an anderen Orten, an denen sie ihre Zelte aufgeschlagen haben, auch verbrannte Erde hinterlassen haben.«

»Das müsste doch auffallen, wenn überall ein Mensch verbrennt«, sagte Thönnissen.

Hundt tippte heftig mit dem Zeigefinger gegen die Stirn, dass sich dort ein weißer Fleck bildete.

»Thönnissen, Sie sind einmalig blöd. Das ist symbolisch gemeint. Bringen Sie mich jetzt zu meiner Unterkunft«, forderte Hundt den Inselpolizisten auf und ließ sich zum Haus der Tante fahren.

»Soll ich noch einmal mit Tante Guste sprechen, damit Sie morgen nicht behelligt werden? Die alte Dame wäre überrascht, wenn Sie sie der sexuellen Nötigung bezichtigen würden.«

»Befreien Sie mich jetzt von Ihrer Gegenwart«, erwiderte Hundt. »Kein Wunder, dass Sie unverheiratet sind. Jemanden wie Sie kann man nicht um sich haben.« Erhobenen Hauptes verschwand der Hauptkommissar in das alte Haus der Tante.

Mit einem Achselzucken kehrte Thönnissen zu seinem Golf zurück und beschloss, Feierabend zu machen.

Neun

Es war nicht so spät wie an den Vortagen. Thönnissen frühstückte in aller Ruhe und fuhr dann zum Haus der Tante. Er traf den Hauptkommissar vor der Haustür an. Hundt war fertig angezogen und hatte seine Morgentoilette absolviert.

»Haben Sie heute Morgen beim Duschen wieder Damenbesuch gehabt?«, fragte Thönnissen.

»Ich habe der Alten gestern ein paar unfreundliche Worte gemurmelt«, erwiderte Hundt. »Das hat gewirkt. Ich habe von ihr noch nichts gehört.«

»Wie sprechen Sie von Tante Guste? Wissen Sie, wie alt sie ist? Achtundneunzig.«

»Dann hatte sie genug Zeit, um Anstand zu lernen.«

»Ich sage ihr schnell guten Morgen.«

Der Hauptkommissar hielt Thönnissen am Ärmel fest. »Sie sind im Dienst. Jetzt ist keine Zeit für Verwandtenbesuche.«

»Trotzdem« beharrte Thönnissen, entwand sich Hundts Haltegriff und ging ins Haus.

Nur das Ticken der großen Standuhr war zu hören. Als Kind hatte er oft davorgestanden und gewartet, dass der Westminsterschlag den Raum erfüllte. Der Gong war abgeschaltet, aber das Uhrwerk lief immer noch präzise. Thönnissen schien es, als würde sich der Herzschlag dem Rhythmus der Uhr anpassen. Solange die Uhr tickte, war alles in Ordnung.

Von Tante Guste war nichts zu hören.

»Moin«, rief er laut und öffnete die knarrende Tür.

Tante Guste lag im Bett. Die Decke war bis zum Kinn hochgezogen. Die Hände hatte sie gefaltet. Sie schlief friedlich. Thönnissen wollte sich leise wieder zurückziehen, als ihm auffiel, dass die Augen geöffnet waren und zur Zimmerdecke starrten. Bedächtig trat er an das Bett heran. Die alte Dame rührte sich nicht. Sie blieb auch unbeweglich, als er sich über sie beugte und in die matten Augen sah. Der Blick war gebrochen. Tante Guste war tot.

Ihn beschlich ein seltsames Gefühl. Er begegnete dem Tod nicht das erste Mal. Selten waren die Verblichenen eines unnatürlichen Todes gestorben. Wenn jemand starb, war es das Alter oder eine Krankheit. Mordopfer gab es auf Pellworm nicht. Fast nicht. Und Unfalltote gab es auch selten zu beklagen. Tante Guste sah friedlich aus. Sie musste in aller Ruhe eingeschlafen sein. Wenn der Tod ein schöner war, dann war die Tante ihm in dieser Form begegnet.

»Thönnissen. Wo bleiben Sie?«, rief Hundt und fügte ein »verdammt« an.

Der Inselpolizist sah noch einmal auf die alte Dame, das bleiche Gesicht, die faltigen Hände. Er legte sanft seine Hand auf die kalte Haut, dann fuhr er ihr übers Gesicht und schloss die Augen.

»Thönnissen!«

Wütend drehte er sich um, trat ins Sonnenlicht hinaus und baute sich vor Hundt auf. »Halten Sie Ihre Klappe«, brüllte er den Hauptkommissar an.

Hundt trat erschrocken einen Schritt zurück. Er war sprachlos. Bevor er den Mund öffnen konnte, schob Thönnissen hinterher: »Sie sind Gast in diesem Haus. Haben Sie keinen Anstand? Sie grölen hier herum wie ein Marktschreier.«

»Sie … Sie …« Hundt japste nach Luft. »Die Alte ist taub wie Beethoven. Die hört nichts …«

»Die *Alte* heißt Tante Guste.« Thönnissen konnte nur mit

großer Mühe den Reflex unterdrücken, Hundt am Revers zu packen und durchzuschütteln. »Und wenn Sie aufgepasst hätten, wäre sie noch am Leben.«

»Ist Ihre Tante …?«

»Das ist unterlassene Hilfeleistung. Ein schwerer Vorwurf gegen einen Polizisten.«

»So nicht, Herr Thönnissen«, versuchte sich Hundt zu verteidigen. »Sie können mir doch nicht anlasten, wenn eine Verwandte von Ihnen stirbt.«

»Sie waren anwesend und hätten Hilfe holen müssen.«

»Ich habe doch nichts mitbekommen.«

»Wie immer«, fluchte Thönnissen. Ihm war bewusst, dass er sich ungerecht verhielt. Trotzdem tat es ihm gut.

»Und nun?«, fragte Hundt vorsichtig.

»Ich weiß nicht, was Sie vorhaben. Sie können weiterhin auf erfolglose Verbrecherjagd gehen. Ich habe anderes zu erledigen.«

Er drehte sich um und ging ein paar Schritte zur Seite. Dann rief er in der Arztpraxis an.

»Annemieke. Schick Fiete bei Tante Guste vorbei. Die is dood bleeven.«

»Deine alte Tante?«, fragte die Arztfrau. »Frerk, sei nicht traurig. Sie hat ein schönes und erfülltes Leben gehabt. Hundert Jahre ist ein gesegnetes Alter.«

»Achtundneunzig«, korrigierte Thönnissen die Frau.

»Nein. Hundert«, beharrte Annemieke.

»Ich muss es besser wissen.«

»Irrtum, Frerk. Deine Tante ist vor zwei Monaten einhundert Jahre alt geworden. Sie hat sich jünger gemacht.«

Thönnissen grinste. »Weibliche Eitelkeit?«

»Das war unser Geheimnis. Nur Fiete, deine Tante und ich wussten Bescheid. Sie wollte keinen Rummel. Zum runden

Geburtstag wäre Feddersen gekommen. Der Pastor. Claas von der Feuerwehr und die halbe Insel. ›Die wollen alle auf meine Kosten saufen‹, hatte sie sich beklagt. ›Kommt nicht infrage.‹«

»Das kann nicht wahr sein«, war Thönnissen überrascht.

»Kommst du vorbei und holst den Totenschein?«, fragte Annemieke. »Bei der Gelegenheit kannst du mit Fiete auf das Wohl deiner Tante anstoßen.«

»Aber … Fiete muss die Tote doch sehen?«

»Warum?«, fragte Annemieke. »Wir Pellwormer kennen uns doch. Alle Insulaner sind bei uns Patient. Fiete weiß, wie es um die Leute bestellt ist. Mensch, Frerk. Hundert Jahre. Da kommt der liebe Gott selbst vorbei und holt die Seele ab.«

»Es könnte doch eine unnatürliche Todesursache sein«, wandte Thönnissen ein.

»Blödsinn. Wer sollte Tante Guste etwas antun. Du etwa? Nee, Frerk. Du bist Polizist und tust keiner Fliege etwas zuleide.« Annemieke lachte schrill auf. »Du und jemanden töten? Da lege ich meine Hand ins Feuer.«

Gut, dachte Thönnissen. Dein Mann ist Arzt. Der kann sie dir verbinden.

»Ist die Praxis voll?«, schweifte er ab.

»Nein. Die warten ab, was die Ersten von diesem indischen Wunderdoktor erzählen. Du glaubst es nicht. Patienten, die zu uns kommen und nach Ärztemustern fragen, weil sie die Rezeptgebühr sparen wollen, sind bereit, viel Geld bei diesem Guru auszugeben, damit er sie von einer Krankheit heilt, die sie nicht haben.«

»Typisch Frauen.«

»Falsch. Ich will nicht aus dem Nähkästchen plaudern, aber meistens haben wir es mit Männern zu tun, die an einer lebensbedrohenden Erkältung erkrankt sind.«

Thönnissen versprach, den Totenschein abzuholen. Er einigte sich mit Annemieke, dass Tante Guste um vier Uhr siebenunddreißig die Augen für immer geschlossen hatte. Dann rief er den Bestatter an.

»Thönnissen«, sagte Lieschen Ipsen erfreut. »Sollen wir doch das Brandopfer bestatten?«

»Tante Guste.«

»Oh. Ist sie …? Mein herzliches Beileid.« Es klang geschäftsmäßig. Im gleichen Tonfall hätte Lieschen auch sagen können: »Bei uns gibt es heute Wirsingeintopf.«

»Kümmert ihr euch um alles Weitere?«

»Natürlich. Weißt du schon, in welchem Rahmen die Beerdigung stattfinden soll? Was für ein Sarg? Welcher Blumenschmuck? Wie viele Leuchter?«

»Lieschen!« Thönnissen war verärgert. »Meine Tante ist eben gestorben. Geht es nicht ein bisschen pietätvoller?«

»Sicher. Aber die Fragen bleiben die gleichen«, zeigte sich die Frau des Bestatters stur.

»Wo ist Jesper?«

»Bei Lund«, erwiderte Lieschen.

Thönnissen wimmelte die weiteren Fragen ab. »Kümmert euch darum«, schloss er.

Hundt erwartete ihn ungeduldig. »Wie lange dauert es?«

»Hundert Jahre Leben können nicht in fünf Minuten abschließend geregelt werden.«

»Nun übertreiben Sie nicht. Ihre Tante ist nur achtundneunzig geworden.«

Thönnissen ging nicht darauf ein. Er zog sein Handy aus der Tasche und hörte sich die Mobilbox an. Die erste Meldung stammte von der schwergewichtigen Meta Hansen aus Tammensiel.

»Das ist eine Ungeheuerlichkeit«, beschwerte sie sich. »Gestern habe ich dir gesagt, dass ich überfallen worden bin.«

Thönnissen lächelte angesichts der Übertreibung. Meta Hansen hatte ihm berichtet, dass jemand aus ihrem Kühlschrank Esswaren entwendet hatte, nachdem er sich durch die unverschlossene Tür Zugang verschafft hatte. »Heute bin ich wieder beraubt worden. Eine Flasche Eierlikör.« Er hörte, wie die Frau tief Luft holte. »Das ist aber noch nicht alles. Bei mir hinten auf der Terrasse, also da ist … da ist …« Sie suchte nach den richtigen Worten. »Da ist ein großer stinkender Haufen. Wer macht das wieder weg?«

»Du«, murmelte Thönnissen. Der zweite Anruf kam von Schmutzler. Der Buchhalter war ebenso aufgeregt und bat um Rückruf. »Du kannst warten. Oder besser: Frag deinen Yogi-Bär. Der weiß doch alles«, murmelte Thönnissen vor sich hin. »Ich muss zum Pastor«, erklärte er Hundt. »Wollen Sie die Totenwache halten?

»Ich komme mit.«

Thönnissen schmunzelte, wie schnell der Hauptkommissar es schaffte, ins Auto einzusteigen. Dabei vermied er jeden rückwärts gerichteten Blick auf Tante Gustes friedlich daliegendes Anwesen.

Im Pfarrhaus erfuhren sie, dass der Pastor auf dem Friedhof sei. Dort trafen sie Hannes Bertelsen in der Sakristei an. Vor dem Areal standen zahlreiche Fahrzeuge. Der Hauptkommissar warf einen unbehaglichen Blick auf den silbernen Leichenwagen.

»Wer ist gestorben?«, wollte Hundt wissen.

»Hier stirbt immer jemand«, erwiderte Thönnissen lapidar. »Nicht nur Tante Guste. Aber Sie haben nicht jeden auf dem Gewissen.«

»Zumindest die Toten sind noch Ihre Kunden«, sagte Hundt in herablassendem Tonfall zum Pastor. »Der Arzt beklagt sich, dass die Patienten zum Wunderheiler überlaufen. Haben Sie auch bemerkt, dass Ihre Schäflein die Seligkeit beim Guru suchen?«

»Ist Ihnen entgangen, an welchem Ort Sie sich hier befinden? Ich erwarte, dass Sie sich angemessen benehmen. Und ausdrücken«, ergänzte Bertelsen.

»War es nicht ein Wort der Kirche, man müsse die Ungläubigen mit Feuer und Schwert ausrotten?«

»Sie verwechseln offensichtlich etwas. Wir haben es hier nicht mit Gotteskriegern zu tun. Auf beiden Seiten nicht.«

»Immerhin sprechen Sie von einer Front«, stellte der Hauptkommissar fest.

»Wollen Sie mir die Worte im Mund umdrehen? Lassen Sie uns Grundsatzdiskussionen an anderer Stelle und zu einer anderen Zeit führen.«

»Im Mittelalter hat die Kirche ihre Gegner aber auch verbrannt.«

Der Pastor stand auf.

»Ich muss jetzt zu einer Beerdigung. Die Angehörigen von Heinrich Schlappkohl haben kein Verständnis, wenn ich sie auf dem Friedhof warten lasse.« Der Pastor wies auf Hundt. »Und wenn Sie das nicht verstehen, verpflichte ich Sie als Sargträger. Ich habe sowieso den Eindruck, dass Schlappkohl nach seinem Tod in der letzten Nacht noch einmal aufgestanden ist, um seinen Totenschmaus selbst zu vertilgen. Es scheint, als wäre der Sarg ein ordentliches Stück schwerer geworden.«

Gemessenen Schrittes verließ Pastor Bertelsen die Sakristei. Er war kaum durch die Tür getreten, als die Orgel einsetzte.

»Wollen Sie unseren Pastor auch verdächtigen?«, fragte Thönnissen. »Sie haben doch schon zwei potenzielle Mörder. Ist es Ihre Methode, eine ganze Reihe von möglichen Tätern zu verhaften und dann mit einem Abzählreim einen herauszusuchen?«

»Sie nehmen sich eine Menge heraus«, maßregelte Hundt den Inselpolizisten.

»Ich? Mich akzeptiert man auf Pellworm. Sie und Ihre merkwürdigen Ermittlungsmethoden hingegen sind den Insulanern unheimlich.«

»Sie verdrehen die Tatsachen. Lässt der Bürgermeister nicht ständig durchblicken, dass er Ihr Freund gewesen ist? Gewesen! Das ist Vergangenheit.«

»Ich kam hierher, um mit dem Pastor über die Beerdigung von Tante Guste zu sprechen. Nun haben Sie auch ihn verärgert.«

»Das liegt im Wesen meiner Arbeit. Kein Verdächtiger zeigt sich begeistert, wenn ich ihm nahe komme«, erklärte Hundt in herablassendem Ton. »Außerdem ist die Rückfrage zum Thema Beerdigung schnell geklärt.« Der Hauptkommissar zeigte mit dem Daumen über die Schulter. »Auf diesem Gebiet ist Ihr Pastor Profi. Im Augenblick übt er gerade mit diesem Schlappkohl.«

»Schmutzler hat die Polizei angefordert«, sagte Thönnissen. Er fragte nicht, ob der Hauptkommissar andere Pläne hatte.

Im Ashram herrschte der übliche rege Betrieb. Thönnissen hatte den Eindruck, als wäre die Spannung der letzten Tage ein wenig gewichen. Auf einen Unbeteiligten wirkte die Atmosphäre wie in einem sommerlichen Zeltlager. Er hörte Lachen.

»Na, Sheriff«, rief ihm ein Mann zu, der eine blonde Frau im Arm hielt. »Seid ihr fündig geworden? Es ist lange nichts mehr passiert. Der Guru lässt sich nicht blicken. Und der alternative Abenteuerurlaub lässt auch an Spannung nach. Hat dein Zivilfahnder noch nichts herausbekommen?«

»Ich bin kein Zivilfahnder«, presste Hundt zwischen den Zähnen hervor. »Schon gar nicht Ihrer. Was sind das für Zeiten, in denen wir leben? Niemand hat mehr Respekt vor der Polizei.«

»Sie meinen vor der Obrigkeit? Das war im Kaiserreich anders. Da grüßten die Leute den Schutzmann. Und die Geheimpolizisten saßen im Gasthaus, versteckten sich hinter der aufgeschlagenen Zeitung und belauschten die Bürger«, sagte der Mann und ging weiter.

Thönnissen hatte Glück, dass sie vor dem Bürowagen standen und Hundt nicht mehr antworten konnte.

»Schmutzler! Polizei!«, rief er und pochte gegen die Wagenwand. Belustigt registrierte er, wie die Gardine ein Stück zur Seite geschoben wurde und der Buchhalter durch den Spalt lugte. Dann öffnete der immer noch verängstigt wirkende Mann.

»Wollen Sie ein Geständnis ablegen?«, polterte Hundt ohne Begrüßung los.

»Ich wollte …«

»Endlich. Wurde auch Zeit«, unterbrach der Hauptkommissar grob.

»Woher wussten Sie?«

»Das war doch nicht schwierig.«

»Dann haben Sie ihn schon gefunden?«

»Das wissen Sie doch.«

»Nein. Ich habe keine Ahnung.« Alle Bewegungen Schmutzlers waren fahrig.

»Stellen Sie sich nicht dümmer, als Sie sind.« Hundt sprach überlaut. Thönnissen beobachtete, wie sich ein feiner Sprühregen Speichel aus dem Mund des Hauptkommissars ergoss.

»Woher sollte ich es wissen? Dann hätte ich Sie gar nicht benachrichtigt. Wo steht das Auto?«

»Das – Auto?« Hundts Miene war entgeistert. »Sie sprechen von einem – Auto?«

»Nicht von irgendeinem. Der Bentley des Gurus ist weg.«

Der Hauptkommissar ließ sich auf einen der Bürostühle fallen. »Man sollte einen Zaun um diese Insel ziehen. Das ist die reinste Irrenanstalt. Wir suchen einen Mörder!«

»Und kennen noch nicht einmal den Namen des Opfers«, warf Thönnissen ein.

»Ruhe!« Der Hauptkommissar schlug mit der Faust auf die Tischplatte, doch Thönnissen ließ sich nicht beirren.

»Der Bentley ist verschwunden.« Es war eine Feststellung Thönnissens.

»Ja«, hauchte Schmutzler.

»Sind Filsmair oder der Guru damit gefahren?«

»Der Guru? Der setzt sich doch nicht selbst ans Steuer.« Trotz aller Niedergeschlagenheit klang Schmutzler empört.

»Also der Chauffeur«, stellte Hundt fest. »Hat ihn jemand wegfahren sehen?«

»Mir ist Filsmair noch nicht wieder begegnet«, sagte der Buchhalter. »Seit damals nicht.«

»Der kann sich nicht verkrochen oder in Luft aufgelöst haben. Genauso wenig wie Hodlbacher.« Für einen Moment schien Hundt ratlos. »Was verschwindet hier alles? Der Yogi, der Chauffeur, der Bentley.«

»Käse, Wurst, Bier, Eierlikör«, setzte Thönnissen die Aufzählung fort. Er hätte auch »Reiner-Maria« und das Kind »Kevin« ergänzen können.

»Wir gehen jetzt zum Guru.« Der Hauptkommissar hatte so bestimmt gesprochen, dass Widerspruch zwecklos schien. Selbst Schmutzler protestierte nicht. Hundt streckte dem Buchhalter die Hand entgegen. »Schlüssel«, forderte er.

»Für den Wagen des Rajas? Den habe ich nicht.«

»Wer denn?«

»Nur der Meister und Filsmair.«

155

»Dann holen wir den Guru jetzt aus seinem Trancezustand. Oder dem Bett«, befahl Hundt und führte die Prozession an, die im Gänsemarsch zum Wohnwagen des Gurus lief. Thönnissen hielt Schritt mit dem forschen Hauptkommissar, während Schmutzler bemüht war, den Anschluss nicht zu verlieren. Natürlich erregten sie Aufsehen, und wie beim Rattenfänger von Hameln vergrößerte sich die Gruppe.

»Los!«, wies Hundt an.

Thönnissen pochte gegen die Tür. »Aufmachen! Polizei!«, rief er.

Nichts rührte sich. Der Inselpolizist wiederholte es mehrfach. Alles blieb still.

»Öffnen!«

Die Tür des Wohnwagens erwies sich als stabil. Ohne Werkzeug war sie nicht zu überwinden.

»Ich brauche ein Brecheisen.« Es dauerte eine Weile, bis jemand einen Kuhfuß heranschleppte. Thönnissen hatte die Zwischenzeit genutzt und versucht, einen Blick durch eines der Fenster zu werfen. Zum Teil waren sie durch dichte Vorhänge verschlossen, bei anderen versperrte eine Innenjalousie die Sicht.

Thönnissen setzte den Kuhfuß an und rutschte ab.

»Das kann die Polizei nicht«, lästerte jemand aus dem Hintergrund. »Die kennen nur die andere Seite.«

»Er ist nicht das SEK«, kommentierte ein anderer.

»Doch. Der Bulle ist alles auf diesem Eiland.«

Erst beim vierten Versuch gelang es Thönnissen, den Kuhfuß so anzusetzen, dass er hinter den Türspalt fasste. Aber auch dann erwies sich das Öffnen als hartes Stück Arbeit. Sollte ich irgendwann einmal zu einem faktisch nicht existenten Einbruch auf Pellworm gerufen werden, dachte Thönnissen, werde ich dem Täter ein Stück Respekt zollen. Endlich splitterte das Material, und die Tür schwang auf. Thönnissen erschrak, als im nächsten Moment eine Alarmanlage losschrillte.

Aus dem Inneren kam ihm eine übel riechende Duftwolke entgegen. Es war eine Mischung aus abgestandener Luft, dem süßen Duft eines Bordellparfüms und etwas anderem, Undefinierbarem. Hundt, der hinter ihm stand, schnupperte ebenfalls.

»Da hat jemand gekifft«, sagte der Hauptkommissar. »Riechen Sie das auch?«

Woher soll ich das wissen? Hier gibt es keine Rauschgifthöhlen, dachte Thönnissen. Und das Bordell-Parfüm erwähne ich lieber nicht. Hundt fragt mich sonst, woher ich das kenne.

Als sich seine Augen an das diffuse Halbdunkel gewöhnt hatten, hielt er erstaunt inne. So viel Luxus auf engstem Raum hatte er nicht erwartet. Die Einrichtung bestand aus edlen Hölzern, an den Wänden hingen Seidenstoffe. Auch wenn der Stil nicht seinem Geschmack entsprach, war es wie das Eintauchen in eine Märchenwelt. Die Kristalllampen waren sicher echt. Hinter einer Schranktür verborgen fand er modernste Unterhaltungselektronik. Eine Schiebetür verbarg ein Kochabteil. Der Weinkühlschrank war gut gefüllt, der Champagnernachschub schien auch nicht zu schnell auszugehen, und der Inhalt der Bar hätte jedem gehobenen Restaurant zur Ehre gereicht. Feddersen betrieb bestimmt keine Spelunke, aber mit diesem Angebot konnte er nicht mithalten. Es waren nicht nur Edelsorten berühmter Brennereien, sondern in geschliffenen Karaffen abgefüllter Schottentrunk aus nummerierten Singlebarrels. Die zum Teil gälischen Namen waren unaussprechliche Zungenbrecher.

Nach dem ersten Eindruck waren das überbreite Bett und die elegante Nasszelle keine Überraschung mehr. Ob der glänzende Wasserhahn aus Gold war?, überlegte Thönnissen und fuhr sich mit der Zunge über die trockenen Lippen. Zu gern hätte er an dieser oder jener Flasche aus der Bar einmal genippt. Mit Sicherheit war Hundt nicht davon zu überzeugen, dass die beiden Polizisten dies im Zuge der Beweissicherung nachholen müssten.

Es war überwältigend. Er war beeindruckt. Eleganz. Komfort. Alles war vorhanden. Nichts fehlte. Nur der Guru. Von dem war nichts zu sehen. Der ganze Wagen war leer.

Schmutzler stand in der Türöffnung, hatte Augen und Mund geöffnet und staunte wie ein kleines Kind, das in das geschmückte Weihnachtszimmer geführt wurde.

»Das gibt's doch nicht«, murmelte er unablässig.

»Sie sehen es das erste Mal?«, fragte Thönnissen.

Der Buchhalter nickte. »Natürlich. Das ist das Heiligtum. Man hat uns erzählt, hier würde der Raja in aller Bescheidenheit wie ein Bettelmönch leben und meditieren. Deshalb sollte der Ort von Unbefugten nicht betreten werden.«

»Wenn dieses das Refugium eines Bettelmönchs ist, möchte ich nicht wissen, wie das Zuhause des Rajas aussieht.«

»Durchsuchen«, befahl Hundt und verfolgte Thönnissens Aktionen von der Tür aus. »Linke Tür. Oberes Fach. Mittleres Fach. Halt! Öffnen Sie den Behälter.«

Thönnissen achtete auf einen versteckt angebrachten Tresor. Es fanden sich nirgendwo Anzeichen dafür. Ob der Guru die wichtigen Dinge im eingebauten Safe des Bentlys aufbewahrte? Kein Wunder, dass der Wagen verschwunden war. Er unterließ es, dem Hauptkommissar etwas von der Installation in der Luxuslimousine zu berichten.

Sie fanden nichts, das von besonderem Interesse war. Fast nichts. Außer einem indischen Pass, der unter einem Wäschestapel verborgen war. Er war auf Rishi Khongjee ausgestellt.

Thönnissen wedelte mit dem Dokument. »Kennen Sie Rishi Khongjee?«, fragte er Schmutzler.

Der Buchhalter sah ihn fragend an. »Wer soll das sein?«

»Das möchten wir von Ihnen wissen.« Er zeigte Schmutzler das Passfoto eines Mannes mit einem rundlichen Gesicht und einem stark zurückweichenden Haaransatz.

Der Buchhalter beugte sich über das Bild, rückte seine Nase noch ein Stück näher heran und murmelte. »Kenn ich nicht.« Er wollte wieder zurückweichen, als er noch einmal einen Blick auf das Foto warf. Ruckartig machte er einen Satz rückwärts. »Das kann er doch nicht sein«, rief er überrascht.

»Sie kennen die Person doch?«, fragte Thönnissen.

»Nein«, behauptete Schmutzler. »Aber er hat eine Ähnlichkeit mit dem Guru.«

»Ist es der Guru?«

»Der Raja hat stets eine Kopfbedeckung«, erklärte Schmutzler. Er zeigte auf das Reisedokument. »Das ist ein Pass. So etwas hat der Guru nicht.«

»Wie kommt er über die Grenzen? Durch die Kontrolle am Flughafen?« Thönnissen ließ seine Hand durch die Luft wandern. »Oder beamt er sich um die Welt?« Er legte seinen Zeigefinger über die Stirn des Passbildes, so dass nur das Gesicht zu sehen war, und zeigte es noch einmal.

»Das – ist – der – Guru«, sagte Schmutzler abgehackt. »Tatsächlich. Jetzt sehe ich es.«

»Und dies hier ist der Wohnwagen des Mannes, den Sie Guru nennen?«

»Ja.«

»Hier wohnt kein anderer?«

»Niemand würde es wagen«, versicherte Schmutzler.

»Moment.« Thönnissen verschwand ins Wageninnere, suchte die Nasszelle auf und kehrte sofort wieder zur Tür zurück.

»Was ist das?« Er zeigte es Schmutzler.

Der sah ihn entgeistert an. Erst nach der zweiten Aufforderung antwortete er: »Toilettenpapier.«

»Ganz normal. Unverdächtig. Extra weich«, sagte Thönnissen. »Und Ihr Guru hat es benutzt. Das ist keiner Erwähnung wert. Aber halt! Für mich ist es ein untrügliches Zeichen dafür, dass Rishi Khongjee ein Mensch ist wie Sie und ich.«

»Wo hält sich Khongjee auf?«, mischte sich Hundt ein.

»Ich weiß es nicht«, antwortete Schmutzler jammernd.

»Ist er mit dem Bentley samt Fahrer Filsmair und der Kasse verschwunden?«, hakte der Hauptkommissar nach.

Schmutzler zuckte hilflos mit den Schultern.

Thönnissen ging ein paar Schritte zur Seite und rief Peter-Jakob an, den Decksmann der Fähre. Er fragte, ob heute Morgen ein Bentley die Insel verlassen hätte.

»Nein. So ein Wagen wäre aufgefallen«, informierte er anschließend Hundt.

»Dann muss das Fahrzeug noch auf der Insel sein. Fällt es Ihnen wieder so schwer, es zu finden, wie damals, als das beim Bankraub benutzte Motorrad abhandengekommen war?«

»Ich kümmere mich darum«, sagte Thönnissen und zwängte sich am Hauptkommissar vorbei nach draußen. Der hielt ihm die Hand entgegen. »Den Pass«, forderte er. Thönnissen gab ihm das Dokument und überhörte den Hauptkommissar, der ihm hinterherrief: »Wie soll ich hier wegkommen?«

Nach zehn Minuten hatte Thönnissen den Bentley gefunden. Die Luxuslimousine stand auf dem um diese Zeit noch nicht benutzten Parkplatz am Imbiss beim Leuchtturm. Die Türen waren verschlossen. Lediglich der Kofferraum ließ sich öffnen. Thönnissen warf einen Blick hinein und beschloss, den Hauptkommissar zu holen. Der zeigte sich wenig begeistert, als der Inselpolizist so schnell zurückkehrte. »Warten Sie«, sagte er schroff und hielt sein Handy in die Höhe. »Ich muss dies erst abschließen.« Es dauerte weitere zwanzig Minuten, bis Hundt sein Telefonat beendet hatte.

»Rishi Khongjee ist indischer Staatsbürger. Er ist oft in Deutschland. Von wegen – die ganze Welt verehrt ihn. Sein Reisepass weist fast ausschließlich Reisen in die deutschsprachigen Länder aus. Ob sein fauler Zauber woanders nicht ankommt? Straffällig ist er noch nicht geworden, obwohl es eine Reihe von Ermittlungsverfahren gegen ihn gab. Sie wurden alle eingestellt, weil er es offenbar sehr geschickt anstellt. Man hat ihm Verstöße gegen das Heilpraktikergesetz vorgeworfen. Sein Anwalt hat ihn als Wunder- und Geistheiler bezeichnet, da er keine medizinischen Diagnosen stelle, sondern eine Heilung durch übernatürliche und übersinnliche Kräfte erfolge. Wenn die Leute hier wüssten, dass der Anwalt Khongjees versicherte, sein Mandant sei kein Heiler, da er nicht über medizinische Kenntnisse verfüge. Das ist Juristenkauderwelsch, denn überall wirbt der sogenannte Guru damit, dass er in Indien eine Klinik unterhalte und dort als anerkannter Arzt tätig sei. Abgesehen davon, dass es schwierig ist, in Deutschland eine Anerkennung zu erhalten, hat er dieses Papier nie vorgelegt. Wir haben es folglich mit einem Scharlatan zu tun. Ein Verstoß gegen das Arzneimittelgesetz konnte auch nicht verfolgt werden, da Khongjee seine überteuerten Mittel nicht direkt, sondern über die ›Kinder der Erleuchtung – Kultur- und Gesundheits GmbH‹ vermarktet. Trotz intensiver Suche konnten die Ermittler nicht beweisen, dass Arzneimittel beworben wurden. Formell war stets nur von Nahrungsergänzungsmitteln die Rede. Das ganze Konstrukt ist rechtlich wasserdicht aufgebaut.« Hundt grunzte zufrieden. »Das war eine ganze Menge. Und wie haben Sie inzwischen die Zeit vertrödelt?«

»Ich habe den Bentley gefunden.«

»Gut. Sonst noch was?« Der Hauptkommissar starrte immer noch auf das dunkle Display seines Telefons.

Thönnissen registrierte, dass Hundt gar nicht zugehört hatte. »Der verschwundene Bentley«, sagte er und unterstrich seine Worte mit einer lebhaften Geste. Dann schienen die Worte doch angekommen zu sein.

»Sagen Sie es doch gleich.«

Thönnissen berichtete vom Fund und fuhr den Hauptkommissar zur Luxuslimousine. Er zeigte ihm den Kofferraum.

Hundt hatte den Mund geöffnet und staunte. »So etwas habe ich noch nie gesehen«, sagte er schließlich. »Warum baut man sich einen Tresor in den Kofferraum ein?«

»Das ist der sicherste Platz«, sagte Thönnissen.

»Das ist weltfremd«, widersprach der Hauptkommissar. »Heutzutage ist jeder bemüht, bargeldlos zu arbeiten. Und wenn es sich nicht vermeiden lässt, wird das Geld in der nächsten Bankfiliale eingezahlt. Es ist leichtsinnig, größere Mengen Bargeld mit sich herumzuschleppen.«

»Deshalb der Kofferraumsafe. Wenn das Geld auf einem Bankkonto eingezahlt worden wäre, wäre die Betragshöhe transparent gewesen. Man hätte es nachverfolgen können. Vom Finanzamt bis zur Meldung wegen Verdacht auf Geldwäsche wären die ›Kinder der Erleuchtung‹ vielen Fragen ausgesetzt. Auf diese Weise bleibt vieles im Dunklen. Schmutzler hat uns erzählt, dass selbst ihm als Buchhalter die Einnahmen nicht bekannt waren.«

Hundt beugte sich in den Kofferraum. »Irgendjemand muss es aber gewusst haben. Es ist kein Zufall, dass der Bentley entwendet und hierhergebracht wurde. Niemand hat zudem Sprengstoff dabei. Nein. Das war ein Eingeweihter, der den Safe in die Luft gejagt hat. Der Betrag muss so groß sein, dass selbst der Wert des Autos keine Rolle spielt.« Fast sinnlich strich Hundt mit der Hand über den aufgerissenen Kotflügel. »Ich schätze, für so ein Fahrzeug müssen Sie fast dreihunderttausend Euro hinlegen.«

Thönnissen räusperte sich. »Ihr Vergleich stimmt nicht ganz«, wagte er einzuwenden. »Mit dem Inhalt des Safes kommen Sie von der Insel. Der Bentley ist viel zu auffällig, um anonym bleiben zu können.«

Hundt war anzusehen, dass ihm dieser Einwand nicht zusagte. »Wer hat den Bentley gestohlen? Der Guru oder sein Fahrer hatten es nicht nötig.«

»Der Fahrer schon. Er hätte mit dem Wagen nichts anfangen können. Verkaufen? Geht nicht. Das Geld ist reizvoller.«

Hundt zog sich Einmalhandschuhe an und durchsuchte den Kofferraum. »Da ist nicht viel von übrig geblieben«, stellte er fest, »auch wenn die Sprengstoffmenge wohldosiert war. Sonst hätte es auch ein so stabiles Fahrzeug zerrissen.« Er gab sich einen Ruck. »Los, Thönnissen. Fordern Sie die Spurensicherung an.«

»Ich?«

Der Hauptkommissar drehte sich demonstrativ einmal um die eigene Achse. »Sehen Sie sonst noch jemand?«

Thönnissen rief die Husumer Dienststelle an. Dann machte er sich auf den Weg zu den nahegelegenen Häusern. »In der Nähe« bedeutete auf Pellworm eine größere Distanz.

»Ja«, wurde ihm übereinstimmend berichtet. »Es hat nachts einen Knall gegeben. Einen dumpfen. So wie … buff. Davon bin ich wach geworden. Ich habe zu Eli, die das auch gehört hat, noch gesagt: ›Was war das?‹ Als sich nichts weiter ereignete, haben wir weitergeschlafen. Wer rechnet schon mit einer Explosion? Wo, sagtest du? Ist jemand verletzt? Gibt es wieder einen Toten? Wisst ihr schon, wer das war?«

»Das ist nicht ergiebig«, stellte Hundt nach Thönnissens Rückkehr unzufrieden fest. Dann schwenkte er ein Schlüsselbund. »Das lag ein Stück weiter im Gras. Der Täter muss es weggeworfen haben.«

»Passt er?«, fragte Thönnissen neugierig. Gespannt probierten sie es aus.

»Das ist der Schlüssel des Bentleys«, rief Thönnissen begeistert, als die Türöffnung mit einem leisen Surren entriegelte. Ehe Hundt ihn daran hindern konnte, hatte er sich hinters Lenkrad gesetzt. Er umfasste das Lenkrad aus den Wurzeln des Marula-Baums, lehnte sich in das weiße Büffelleder zurück und rieb seinen Rücken an der Lehne.

»Sie vernichten Beweismittel«, schrie Hundt entgeistert.

»Sie wissen« doch, wer der Fahrer ist«, entgegnete Thönnissen.

»Es kann aber jemand anderes am Steuer gesessen haben. Filsmair ist doch nicht so bescheuert und stiehlt den eigenen Wagen.«

»Sie haben doch selbst gesagt, er wäre mit dem Bentley auf und davon«, behauptete der Inselpolizist.

»Ja, aber trotzdem«, erwiderte Hundt. »Sie haben alle Spuren zunichtegemacht.«

Thönnissen kratzte sich verlegen den Kopf. »Das heißt, wir müssen jetzt warten, bis die Spurensicherung eingetroffen ist. Vorher dürfen wir das Auto nicht untersuchen. Was ist, wenn wir dabei etwas Wichtiges finden würden, das auf den Täter weist? Der nutzt die Zeit und entkommt uns. Ihnen«, schob Thönnissen betont hinterher.

Hundt ging ein paar Schritte auf und ab. Er hatte dabei die Hände hinter dem Rücken verschränkt und den Oberkörper leicht nach vorne gebeugt. Plötzlich blieb er vor Thönnissen stehen.

»Es ist Gefahr im Verzug«, verkündete er. »Wir untersuchen den Bentley.« Als Thönnissen das Handschuhfach öffnen wollte, stoppte ihn der Hauptkommissar. »*Ich* untersuche den Wagen.«

»Mir soll es recht sein«, erwiderte Thönnissen und sah sich im Cockpit um. Eine solche Vielzahl von Knöpfen, Schaltern und Instrumenten hatte er noch nie gesehen. In einem Flugzeug konnte es nicht anders aussehen. Allein die Klimaanlage hatte mehr Bedienelemente als die Stereoanlage von Nachbarsohn Steffen. Und der war dreizehn. Ein großer Bildschirm dominierte die Mitte des Armaturenbretts. Er war dunkel.

»Haben Sie hinten auch Bildschirme?«, fragte er.

»Zwei«, antwortete Hundt.

»Ob man darüber Video sehen kann? Und Fernsehen?«

»Weiß ich nicht.«

»Bestimmt gibt es auch Internet. Da kann der Guru unterwegs seine Kontostände abfragen. Mich würde interessieren, was für Filme er guckt.«

Thönnissen hörte es hinter seinem Rücken rascheln.

»Soll ich das mal ausprobieren?«

»Thönnissen«, brüllte Hundt zurück. »Wir analysieren einen Tatort und kümmern uns nicht um das Entertainmentangebot dieses Schlittens.«

»Das würde aber Aufschlüsse über den Charakter des Gurus geben«, verteidigte sich der Inselpolizist. Er nahm den elektronischen Schlüssel in die Hand und besah sich die Symbole. Neugierig drückte er auf eines. Sogleich tauchte eine schwache Beleuchtung die Instrumententafel in ein dezentes Licht. Ein kaum wahrnehmbares Surren ertönte, und auf dem Bildschirm erschien eine Menüauswahl in Englisch. Thönnissen suchte nach Einstellmöglichkeiten, bis er auf den Bildschirm tippte. »TV« zauberte den Sender Bloomberg auf den Bild-schirm. Über das Display flimmerten Aktienkurse.

»Ich weiß jetzt, woher der Ausdruck ›Börsenguru‹ stammt«, sagte Thönnissen halblaut. Er ließ seinen Zeigefinger über einen andern Knopf kreisen, zögerte und berührte dann die Schaltfläche. Ein erschreckter Schrei aus dem Fond war die Antwort.

Der Inselpolizist sah in den Innenspiegel. Hundt vibrierte.

»Sie Idiot. Schalten Sie sofort die Massagefunktion der Sitze aus«, brüllte der Hauptkommissar. »Und dann verlas-sen Sie das Auto. Augenblicklich.«

Thönnissen beeilte sich, zwischen sich und dem Bentley Abstand zu gewinnen. Langsam schlenderte er am Rande des Parkplatzes entlang, bis ihm etwas Glitzerndes auffiel, das am Boden lag. Er bückte sich, hob es auf und war überrascht. Die goldene Kette mit dem Kreuz. Sie gehörte Schmutzler. Zumindest hatte der Buchhalter gedankenverloren darauf gekaut, als Thönnissen ihn beim Verhör in die Enge getrie-ben hatte. Wie kam Schmutzler an diesen Ort? Er sah sich um, ob Hundt ihn beobachtete. Dann steckte er den Schmuck ein.

Nach einigen weiteren Schritten sah er, wie ein Radfahrer um die Ecke bog.

»Moin, Thönnissen«, sagte der Radfahrer atemlos. »Ich wollte nachsehen, was hier heute Nacht los war.«

»Bist du hier gewesen?«, fragte Thönnissen erstaunt. »Hast du etwas beobachtet?«

»Nee«, erwiderte Hauke Duhn. »Aber ich habe es knallen gehört.«

»Und nichts gesehen?«

»Mensch. Nachts ist es dunkel. Und Straßenbeleuchtung haben wir hier nicht.«

Thönnissen forderte Duhn auf, ihm zum Hauptkommissar zu folgen und dort seine Beobachtungen zu schildern.

»Nix Beobachtungen, nur gehört. Es war kurz nach zwei. Mitten im tiefsten Schlaf. Plötzlich machte es bumm.«

»Eine Explosion?«, hakte Hundt nach.

»Was weiß ich. Wenn man aus dem tiefsten Schlaf gerissen wird, ist man orientierungslos.«

»Das sind hier alle«, flocht der Hauptkommissar ein.

»Es hat einmal geknallt. Dann war wieder Ruhe.«

»Sonst haben Sie nichts bemerkt? Kein Auto? Kein Licht?«

»Nee. Nix.«

»Sie haben es auch nicht als notwendig erachtet, dem Geräusch auf den Grund zu gehen?«

»Nee.«

»Sie müssen doch irgendetwas bemerkt haben«, bohrte Hundt nach.

»Nee.« Duhn grinste. »Ich kann mich nicht einmal an den Traum erinnern.«

»Tolle Zeugen«, sagte der Hauptkommissar enttäuscht und tauchte wieder in den Bentley ab.

»Bei den Esoterikern gibt es Traumfänger zu kaufen«, empfahl Thönnissen. »Vielleicht hilft das beim nächsten Mal.«

»Ach, ich bin so alt, da sind die Träume nicht mehr so schön, dass man sie einfangen möchte«, wehrte Duhn ab. »Was ist das, so ein Traumfänger?«

»Weiß ich auch nicht.«

»Haben die Spinnköpfe auf Ipsens Wiese so etwas?«

»Das und noch mehr wundersame Dinge.«

»Ist das so eine Art Jahrmarkt?«

Thönnissen klopfte dem alten Duhn auf die Schulter. »Fahr wieder nach Hause, Hauke. Gut, dass du es uns erzählt hast.«

»War es wichtig?«

»Ganz sicher.«

»Und er da«, Duhn zeigte auf den Hauptkommissar, »hat gemeckert, weil ich nicht aus dem Bett bin und nachgesehen habe.«

»Was verstehen die Leute vom Festland vom Leben?«, fragte Thönnissen und war selbst im Zweifel, ob er die Antwort wüsste. Er sah Duhn hinterher, der wieder um die Ecke verschwand, und erklomm die Krone des Deichs. Vor ihm glitzerte die Sonne im leicht bewegten Wasser. Am Himmel hingen ein paar Schäfchenwolken, als hätte jemand Wattetupfer zerrupft und dort aufgehängt. In der Ferne zeichnete sich die Silhouette Eiderstedts ab. Die Halligen Südfall und Süderoog schienen auf der Wasserfläche zu schweben.

Thönnissen sah zum Grünstrand vor dem Deich hinunter. Die ersten Urlauber waren eingetroffen. Familien mit Kindern hatten ihre Decken ausgebreitet, andere in den Strandkörben Platz genommen. Die Menschen ließen sich nicht in ihrer Ferienlaune beeinträchtigen. Sie stellten ihre Autos auf dem Parkplatz ab, warfen einen interessierten Blick auf den zerstörten Bentley und zogen an den Strand. Er ließ seinen Blick weiter schweifen. Wie ein kaputter Backenzahn ragte der Turm der Alten Kirche in den Himmel. Das Gotteshaus, der Turm und der davor liegende Friedhof zogen die Besucher an. Ein Stück weiter war die Nordermühle zu erkennen, die heute zu luxuriösen Ferienwohnungen ausgebaut war. Von hier oben hatte man einen wunderbaren Blick über Pellworm, das saftige grüne Land. Dies war seine Heimat, sein Paradies. Wer hier wegzog, tat es notgedrungen, weil es keine Arbeitsplätze gab. Er hatte einen. Hier wollte er bleiben. Für ihn gab es keinen schöneren Flecken auf der Welt. Seinen Traum Tuvalu auf der anderen Seite der Welt hatte er sich zweimal erfüllt. Dort gab es nur einen Grund, um ein drittes Mal die aufwendige und teure Reise anzutreten. Elizabeth. Er hatte versprochen, wiederzukommen. Das war eine große Herausforderung für einen Polizeibeamten, den das Land nicht so üppig entlohnte, dass man sich in jedem Jahr eine Weltumrundung leisten konnte.

Thönnissen verharrte noch eine Weile auf dem Deich. Er träumte. Im Unterbewusstsein nahm er die Bilder seiner Insel auf und vermischte sie mit den gespeicherten Erinnerungen an Tuvalu, bis er seinen Namen hörte. Hundt stand am Deichfuß und winkte heftig.

»Gehört das zum Dienstposten dazu, dass Sie mit offenen Augen schlafen?«

»Ich habe die Umgebung in Augenschein genommen und nach Spuren gesucht.«

»Haben Sie etwas entdeckt?« Der Hauptkommissar winkte ab. »Überflüssige Frage. Sie sehen nie etwas.«

Thönnissens Hand tauchte in die Uniformtasche ein und spielte mit der Kette und dem Kreuz. »Ich habe nicht den Blick wie Sie«, sagte er. »Haben Sie Verwertbares gefunden?«

»Der Guru hat auch im Auto getrunken. In der gekühlten Bar befinden sich Edelspirituosen. Dem Mann mangelt es an nichts. Die Spurensicherung ist angefordert. Sie bleiben hier und achten auf das Fahrzeug.«

»Und Sie?«

»Ich treibe die Ermittlungen voran«, sagte Hundt und streckte die Hand aus. »Die Autoschlüssel.«

»Das ist kein Dienstwagen. Der gehört mir privat«, protestierte Thönnissen.

Der Hauptkommissar blieb hartnäckig. »Das Fahrzeug ist konfisziert«, behauptete er.

Thönnissen kapitulierte. Er zuckte zusammen, als Hundt den Motor startete und den Gang einlegte, dass das Getriebe krachte. »Sei vorsichtig«, murmelte er. »Eine Reparatur oder gar ein neues Auto kann ich mir nicht leisten. Nicht, wenn ich nach Tuvalu reisen möchte.«

Der Motor heulte auf, und mit Bocksprüngen setzte sich der ehemalige Streifenwagen in Bewegung.

Thönnissen warf einen Blick auf den Bentley. Hundt hatte den Wagen abgeschlossen und die Schlüssel mitgenommen. Achselzuckend schlenderte er zum inzwischen geöffneten Imbiss und genoss die berühmte Currywurst, die der freundliche Besitzer als Delikatesse aus seiner Berliner Heimat mitgebracht hatte. Auch den Kaffee ließ er sich munden. Die Wartezeit verbrachte Thönnissen in einem der Stühle, die vor dem Imbiss standen. Er kämpfte gegen die aufkommende Müdigkeit an und schreckte hoch, wenn der Kopf auf die Brust fiel. Auch zwei weitere Kaffee weckten die Lebensgeister nicht. Um die Zeit zu überbrücken, rief er Feddersen an.

»Findet der Leichenschmaus anlässlich Schlappkohls Beerdigung bei dir statt?«

»Warum interessiert es dich?«

»Ich suche den Pastor«, log Thönnissen.

»Der sitzt mit der ganzen Truppe im Saal. Butterkuchen, Schnittchen und Kaffee sind abgearbeitet. Inzwischen sind sie beim Schnaps angekommen.«

»Du schenkst hoffentlich nicht den Schwarzgebrannten aus?«, frotzelte Thönnissen und erntete dafür ein »Arschloch«.

»Komme gleich«, hörte der Inselpolizist den Gastronomen rufen, nachdem sich aus dem Hintergrund eine Stimme gemeldet hatte. »Wo steckst du eigentlich?«, wollte Feddersen wissen.

»Ich bin im Dienst«, antwortete Thönnissen ausweichend.

»Im Unterschied zu deinem Kollegen. Der ist hier aufgekreuzt und hat ausführlich gefrühstückt. Und das um diese Zeit. Ist er jetzt erst aufgestanden?«

»Wir sind seit frühester Stunde unterwegs«, behauptete der Inselpolizist.

»Ist es das vierte Gebot? Du sollst nicht lügen?«, riet der Hotelier.

»Du hast keine Ahnung«, erwiderte Thönnissen. »Das ist Grundwissen. Im vierten Gebot heißt es: Du sollst nicht tö-ten.«

»Sicher?«

»Hundertprozentig.«

»Und in welchem Gebot steht das mit den Eltern und so weiter?«

»Das ist ein anderes Gebot«, erklärte Thönnissen mit Über-zeugungskraft.

Dann wartete er weiter. Zwischendurch kletterte er den Deich empor, sah auf die Urlauber, kehrte zum Imbiss zurück, trank noch einen Kaffee und spürte, dass sich allmählich ein Entsorgungsproblem einstellte. Er verschwand in die dafür vorgesehene Einrichtung, als sein Handy klingelte.

»Warum schließt du dich ein?«, fragte Jesper Ipsen vor-wurfsvoll.

»Das geht dich nichts an. Das macht doch jeder«, behaup-tete Thönnissen.

»Doch nicht auf Pellworm. Was sind das für neue Metho-den?«

»Das mache ich immer.« Der Inselpolizist war sprachlos.

»Du bist ein komischer Typ«, sagte Ipsen. »Mach auf und komm raus. Ich stehe vor der Tür.«

»Warte fünf Minuten«, bat Thönnissen und beeilte sich.

»Warum?«, wollte Ipsen noch wissen, doch der Inselpolizist verweigerte ihm die Antwort.

Als er wieder ins Freie trat, war von Ipsen nichts zu sehen. Er rief den Bestatter an.

»Erst drängelst du. Und jetzt? Von dir ist nichts zu sehen.«

»Komm endlich raus«, schimpfte Ipsen.

»Wo bis du?«

»Vor Tante Gustes Tür. Warum hast du dich im Gästezimmer eingeschlossen?«

»Ich? Im Gästezimmer?«

»Ja. Dein Golf steht vor der Tür. Und als wir kamen, um deine Tante abzuholen, haben wir dich schnarchen gehört.«

Der verfluchte Hund, dachte Thönnissen. Diesmal ohne ›t‹ am Ende. Mir gegenüber behauptet er, er müsse dringende dienstliche Verrichtungen ausüben. Zunächst fährt er zu Feddersen, um opulent zu frühstücken, und anschließend zieht er sich ins Quartier zum Mittagsschlaf zurück.

Thönnissen klärte Ipsen über das Missverständnis auf. »Ich bin auf dem Parkplatz am Leuchtturm.«

»Du liegst also am Strand?«, vermutete Ipsen.

»Ich mache Dienst. Kümmere du dich um Tante Guste. Und gehe vorsichtig mit ihr um.«

Jesper Ipsen versprach es.

Es verging eine weitere halbe Stunde, bis Hauptkommissar Ahlbeck mit seinem Team auftauchte.

»Wonach sollen wir suchen?«, fragte der Leiter der Spurensicherung.

»Nach allem«, schlug Thönnissen vor und erntete dafür einen spöttischen Blick.

»Typisch uniformiertes Landei«, bedachte ihn Ahlbeck mitleidig, hörte sich aber dennoch den Vorschlag an, besonders nach Fingerabdrücken und DNA-fähigem Material zu suchen, das zu aus dem Wohnwagen des Gurus extrahierten Spuren, aber auch zum Toten aus dem abgebrannten Wohnwagen passen könnte.

»Der Hauptkommissar war allerdings schon im Bentley.«

Ahlbeck bekam große Augen. »Der Trottel hat wirklich alle Spuren verwischt?«

Thönnissen sah pflichtschuldig zu Boden. »Mich hat er dabei zur Hilfe aufgefordert.«

Ahlbeck war sprachlos. »Sie haben beide …?«

»Hauptkommissar Hundt meinte, es wäre Gefahr im Verzug. Er ist der Ermittlungsleiter. Ich trete hier nur als Erfüllungsgehilfe auf.«

»Na warte«, drohte Ahlbeck. »Ich werde einen Bericht schreiben, der es in sich hat. Danach darf Hundt sich nur noch um die Mitarbeiterbibliothek kümmern.« Immer noch fluchend, wandte er sich ab.

Es dauerte eine weitere Viertelstunde, bis Hundt erschien. Lautlos schlich er sich heran, nachdem er den Golf in der äußersten Ecke des Parkplatzes abgestellt hatte.

»Haben die schon etwas gefunden?«, wisperte er Thönnissen zu.

»Sie sollten mit Hauptkommissar Ahlbeck sprechen«, sagte der Inselpolizist laut.

Hundt legte den Zeigefinger auf die Lippen. »Nicht so laut. Sonst stören wir die Kollegen.« Aber Ahlbeck hatte ihn schon entdeckt, stemmte die Fäuste in die Hüften, schüttelte den Kopf und krönte sein Missfallen dadurch, dass er sich an die Stirn tippte.

»Das ist eine Unverschämtheit«, regte sich Hundt auf. »Die brauchen ewig, bis sie hier sind. Wir nehmen ihnen die Arbeit ab, und Ahlbeck wird frech. Der wird etwas zu hören bekommen.«

Da wäre ich gern dabei, dachte Thönnissen. Aber vielleicht

ist Abstinenz doch besser, wenn die Querschläger durch die Luft sausen.

»Haben Ihre Ermittlungen Fortschritte gebracht?« Thönnissen ließ es arglos klingen.

»Ich bin nie planlos unterwegs.«

Thönnissen unterdrückte die Frage, ob das Hotelfrühstück und der anschließende Mittagsschlaf geplant gewesen seien.

»Wir sehen uns noch einmal auf dem Campingplatz um«, sagte Hundt. Als Thönnissen ihn fragend ansah, ergänzte er: »Im Lager der Esoteriker. Es muss doch herauszufinden sein, wer der Tote ist. Ich habe veranlasst, dass man von der in Miesbach lebenden Schwester einen DNA-Abstrich besorgt und diesen mit dem Toten vergleicht, aber die Bayern kommen einfach nicht in die Hufe. Das müssen Verwandte von Ihnen sein«, schloss er mit einem Seitenblick auf Thönnissen.

»Autoschlüssel?«, fragte der Inselpolizist.

»Die stecken. Das ist bei Ihnen doch so üblich.«

Thönnissen trottete zum Golf. Hundt folgte ihm mit einigen Schritten Abstand.

Als er um die Motorhaube herumging, bemerkte Thönnissen die Beule am vorderen Kotflügel. »Was ist das denn?«, fragt er und beugte sich hinab.

»Was meinen Sie?«, fragte Hundt von der anderen Fahrzeugseite. Die Stimme klang desinteressiert.

»Sie haben das Auto kaputtgefahren.«

»Ich? Wie kommen Sie darauf?«

»Das – war – heil, als Sie damit losgefahren sind«, stammelte Thönnissen.

Der Hauptkommissar bequemte sich, um den Golf herumzugehen. Er warf einen kurzen Blick auf den Schaden. »Die Beule war schon«, behauptete er. »Haben Sie es nicht bemerkt? Man sollte vor der Abfahrt einen Gang ums Auto unternehmen. Das lernt jeder Fahrschüler.«

Thönnissen stach mehrfach mit dem Finger in Richtung der Beule. »Das haben Sie gemacht. Und zu diesem Schaden muss es ein Gegenstück geben. Das nennt man Verkehrsunfallflucht.«

Der Hauptkommissar trat dicht an Thönnissen heran. »Was Sie hier versuchen, das nennt man falsche Verdächtigung. Das ist strafbar. Für einen Polizisten kann so etwas die Entfernung aus dem Dienst bedeuten. Aber darin haben Sie Erfahrung«, erinnerte er Thönnissen an die alte Sünde aus den Anfängen seiner Laufbahn. Der Lehrer in dem Dorf, in dem Thönnissen Dienst tat, war dafür bekannt, dass er nach dem Besuch des Dorfkrugs alkoholisiert Auto fuhr. Alle Warnungen waren vergeblich. Thönnissen lauerte ihm auf, schleppte den Mann zum Dorfarzt und ließ eine Blutprobe entnehmen, die er ins Labor nach Kiel schicken sollte. Um sicherzugehen, dass es für eine Bestrafung reichen würde, hatte Thönnissen die Blutprobe mit Johannisbeerschnaps aufgefüllt. Die ermittelten vierundachtzig Promille waren allerdings aufgefallen. Thönnissen hatte unendlich viel Glück gehabt, dass man ihn nicht entlassen hatte. Allerdings war jede Beförderung ausgeschlossen. Er würde bis zur Pensionierung als Polizeiobermeister seinen Dienst verrichten. Hundt kannte den Vorgang und erpresste ihn immer wieder damit. Jetzt konstruierte er erneut einen Vorwurf dieser Art. Wem würde man mehr glauben, wenn Thönnissen nicht den Grund für die Beule ausfindig machen könnte?

Zornig stieg er ein und fuhr los, bevor Hundt die Tür geschlossen hatte.

Zehn

Im Ashram herrschte helle Aufregung. Thönnissen war nicht überrascht. Es hatte zu viele außergewöhnliche Ereignisse gegeben. Und im Mittelpunkt stand der Mord. Weit waren sie noch nicht mit ihren Ermittlungen gekommen.

»Ob der Mörder auch den Bentley gestohlen, den Safe gesprengt und den Inhalt geraubt hat?«, fragte er Hundt.

»Ich gehe davon aus, dass die Taten in Verbindung stehen. Schmutzler hat berichtet, dass Hodlbacher stets das Bargeld an sich genommen hat. Formell war Hodlbacher auch Geschäftsführer der GmbH. Der Täter hat das Geld bei ihm vermutet, ihn in seinem Wohnwagen überfallen und versucht, ihn zu berauben. Nach unseren neuesten Erkenntnissen können wir aber davon ausgehen, dass das Geld gar nicht bei Hodlbacher, sondern im Safe des Bentleys verwahrt wurde. Ob Hodlbacher die Safekombination kannte? Das ist gut möglich. Schmutzler behauptet, von all dem nichts gewusst zu haben. Stimmt das? Man hat ihm das Gehalt vorenthalten. Er wurde schlecht bezahlt und hat einen Hass auf die Gurus und Yogis, sieht aber keinen Ausweg, dem Teufelskreis zu entfliehen. Andererseits bekommt er mit, wie viel Geld im Spiel ist. Das ist ein starkes Motiv. Er dringt also in Hodlbachers Wohnwagen ein. Es kommt zu einer Auseinandersetzung, in deren Verlauf Schmutzler den Yogi niederstreckt. Er durchsucht das Wohnmobil, findet nichts und zündet es aus Enttäuschung an. Vielleicht auch mit dem Hintergedanken, Spuren zu verwischen. Er überlegt, wo das Geld sein könnte, kommt auf die Idee mit dem Bentley, beschafft sich Spreng-stoff und knackt den Safe.«

»So könnte es gewesen sein«, pflichtete Thönnissen bei. »Aber wo sind der Fahrer Filsmair und der Guru geblieben?«

»Das frage ich mich auch.« Hundt ließ einen tiefen Seufzer hören.

»Was ist das für ein Staat?«, schrie ihnen ein Mann in Shorts entgegen. »Da lässt man Mörder frei herumlaufen.«

»Wir sind kurz vor der Aufklärung«, beeilte sich Hundt zu versichern.

»Wollen Sie uns verarschen?«, empörte sich der Shorts-träger. Er ließ seinen Arm einmal um die eigene Achse krei-sen. »Wir alle waren gestern Zeuge, wie der Wahnsinnige hier gewütet hat. Hunderte haben dem Tod ins Auge gesehen und sind ihm um Haaresbreite entkommen. Wenn wir alle nicht so entschlossen eingeschritten wären, wäre eine Katastrophe geschehen.«

»Wovon reden Sie?«, fragte Hundt.

»Von dem Gewalttäter, der gestern mit der Axt unterwegs war.«

»Den habe ich festgenommen«, behauptete Hundt wahr-heitswidrig.

»Dann sind Sie schuld. Uns hier etwas vorspielen und den Mann am Rand der Wiese wieder frei laufen lassen. Man soll-te Sie und den Rohling auf eine einsame Insel bringen. Dann würden Sie begreifen, dass so einer weggesperrt gehört. Für ewig. Wenn nicht noch schlimmer.« Er drohte Hundt mit der Faust und beeilte sich zu verschwinden.

»Was hat das zu bedeuten?«, fragte der Hauptkommissar fassungslos. »Haben die alle gekifft? Von Hünerbein sitzt auf dem Festland hinter Schloss und Riegel.«

Tat er nicht. Sie trafen ihn zwanzig Meter weiter, wie er

177

gelassen durch den Ashram schlenderte und grinste, als die Leute ihm auswichen und einen Bogen machten.

»Wo kommen Sie her?« Hundt war hektisch geworden. Er griff unter die Jacke, dort, wo seine Pistole steckte, besann sich aber und wies Thönnissen an: »Sofort verhaften.«

Von Hünerbein blieb in gebührendem Abstand stehen. »Schon wieder?«, fragte er ruhig und zeigte seine Hände. »Ich habe heute kein Werkzeug dabei.«

»Sie haben gestern einen Mordversuch unternommen«, behauptete Hundt.

»Herr Hauptkommissar …«, wollte ihn Thönnissen beruhigen.

»Belehren Sie mich nicht«, herrschte ihn Hundt an.

Thönnissen zuckte die Schultern. »Meinetwegen.«

»Sind Sie ausgebrochen?«, wollte Hundt wissen.

»Man hat meine Personalien aufgenommen und mich gehen lassen.«

»Sie werden eines versuchten Mordes verdächtigt.«

Von Hünerbein machte einen halben Schritt auf Hundt zu. Die Distanz betrug immer noch zwei Meter. Der Hauptkommissar verschwand mit einem Sidestep halb hinter Thönnissen.

»Das ist lächerlich. Gut. Ich war gestern aufgebracht. Ich hatte mir eine Axt besorgt und wollte damit ein wenig Unruhe stiften. Aber doch nicht, um jemanden zu verletzen oder gar zu bedrohen.«

»Sie waren mit einer gefährlichen Waffe unterwegs.«

»Mit einem Werkzeug«, korrigierte von Hünerbein den Hauptkommissar.

»Was haben die Kollegen auf dem Festland mit Ihnen gemacht?«

»Och, die waren nett. Sie haben meinen Namen notiert,

Fingerabdrücke abgenommen, gesagt, dass es Käse war, was ich angestellt habe, und dass ich mit Konsequenzen daraus rechnen müsse.« Von Hünerbein senkte den Kopf und scharrte mit dem Fuß auf der Wiese. »Stimmt auch. War dumm.«

»Und was ist noch passiert?«, wollte Hundt wissen.

Von Hünerbein grinste. »Die haben mir Alka Seltzer und einen starken Kaffee eingeflößt. War auch notwendig. Es ist nicht meine Art, Alkohol zu trinken. Ein Glas Wein – ja. Aber nicht so viel.«

»Jetzt wollen Sie hier wieder randalieren?« Der Hauptkommissar traute sich ein wenig aus der Deckung hervor.

»Keineswegs. Ich habe viel Geld für diesen Mist hier verloren. Das hat mich um die Ersparnisse gebracht. Die Leute haben meine Frau auf dem Gewissen, und ich bin durch sie pleite. Dafür werde ich sie zur Rechenschaft ziehen.« Er zeigte seine rechte Hand. »Aber nicht so, sondern so.« Der Zeigefinger ging zum Augenlid und zog es ein wenig herab. »Ich jage sie durch alle Instanzen. Koste es, was es wolle.«

»Ich denke, Sie sind ruiniert.«

»Ich mache das schon«, wich von Hünerbein aus. »Ich habe wieder Zuversicht gefunden.«

»Sie haben das Geld geraubt«, sagte Hundt.

»Häh?« Von Hünerbein grinste. »Welches Geld?«

»Das aus dem Bentley.«

»Bentley – das ist mir zu billig. Unter einem Rolls-Royce fange ich nicht an.«

»Haben Sie den Mord begangen und den Wohnwagen angezündet?« Der Hauptkommissar hatte einen scharfen Ton angeschlagen.

»Wen soll ich ermordet haben?«

»Die Person im ausgebrannten Wohnwagen.«

»Lassen Sie mich überlegen.« Von Hünerbein legte seinen Zeigefinger an die Wange und neigte den Kopf ein wenig. »Wie heißt er denn, ich meine, der, den ich umgebracht haben soll?«

»Sie stehen für mich immer noch unter dringendem Mordverdacht.«

»Wollen Sie mich wieder verhaften? Dann kann ich noch einmal mit dem schnittigen Boot der Wasserschutzpolizei durch das Wattenmeer fahren. Was wollen Sie diesmal den netten Beamten auf dem Festland erzählen?«

»Ich kriege Sie«, drohte Hundt.

Von Hünerbein legte einen nicht sehr eleganten Hüftschwung hin. »Fang mich doch«, rief er in einer Art Singsang und tänzelte davon. Hinter ihrem Rücken hörte Thönnissen ihn »Buuuh« rufen, und ein mehrstimmiges wohlig-schauderndes »Oooh« der Gaffer kam als Echo zurück.

Schmutzler hatte sich im Bürowagen verschanzt.

»Haben Sie ihn?«, fragte er.

»Wen?«, wollte Thönnissen wissen.

»Der Verrückte von gestern ist wieder aufgetaucht.«

»Der ist harmlos. Verschaffen Sie ihm einen Gesprächstermin und geben Sie ihm sein Geld zurück. Dann ist er zufrieden.«

»Geld! Geld! Alle bedrängen mich. Heute Morgen war der Bürgermeister hier.«

»Feddersen«, warf Thönnissen ein.

Schmutzler nickte. »Der hat gedroht, das Catering ab sofort einzustellen, wenn er nicht bezahlt würde.«

»Der Mann hat recht«, stellte Thönnissen fest.

»Was kann ich dafür? Ich habe keinen Cent. Der Yogi hat das ganze Bargeld eingesammelt.«

»Was hat er damit gemacht?«, fragte Hundt.

»Das habe ich Ihnen schon zigmal erklärt. Ich weiß es nicht.«

»Ihnen ist aber der Safe im Bentley bekannt gewesen?«

»Welcher Safe?«

»Sind Sie so dumm, oder stellen Sie sich nur so?«, fragte der Hauptkommissar.

»Wahrscheinlich bin ich so naiv.« Schmutzler zuckte mit den Schultern. »Wie gut, dass der Yogi da ist.«

»Was?« Hundt und Thönnissen sagten es im Chor. »Hodlbacher ist wieder aufgetaucht?«

»Nicht Yogi Prabud'dha. Der zweite Yogi, der zur Unterstützung herkommen sollte. Er hat noch weitere Therapeuten mitgebracht. Jetzt wird alles gut.«

»Und was ist, wenn die Leute verhungern?«

Schmutzler faltete die Hände und verdrehte die Augen.

»Wo finden wir den neuen Yogi?«

»Er ist im Wagen des Gurus.«

»Das ist doch ein Heiligtum.« Thönnissen war überrascht. »Niemand durfte es betreten.«

»Das habe ich dem Yogi auch gesagt. Aber er meint, es würde den Raja nicht mehr stören.«

»Stopp«, fuhr Hundt dazwischen. »Was heißt: Nicht *mehr* stören?«

»Habe ich das gesagt?« Schmutzler versuchte unschuldig auszusehen.

»Wörtlich.«

Der Buchhalter machte eine wegwerfende Handbewegung. »Das war nur so dahergesagt.«

»So läuft das nicht.« Hundt trat dicht an Schmutzler heran. Der wich erschrocken zurück. »Wo ist der Inder?«

Schmutzler riss die Augen weit auf. »Meinen Sie mit ›Inder‹ den Raja?«

»Hören Sie mit dem Firlefanz auf. Der ganze Zirkus hier«, dabei ließ der Hauptkommissar seinen Arm kreisen, »ist doch Lug und Betrug. Wo ist der Anführer dieses Spektakels?«

Hinter ihnen räusperte sich jemand. Die beiden Polizisten drehten sich um und sahen sich einem hochgewachsenen Mann mit einer sportlichen Figur gegenüber. Er war braungebrannt, als käme er direkt aus dem Urlaub unter südlicher Sonne zurück.

»Sie verwenden Begrifflichkeiten, die nicht zur Ernsthaftigkeit dieser Veranstaltung passen. Selbst wenn es Ihnen an Wissen und Verständnis mangelt, sollten Sie nicht über Dinge urteilen, deren Hintergründe Ihnen unbekannt sind.«

»Wer sind Sie überhaupt?« Hundt war der Ärger über die Zurechtweisung anzumerken.

»Wolfgang Teubert«, stellte sich der Mann vor. »Und wer sind Sie?«

»Hauptkommissar Hundt von der Husumer Kripo. Was mischen Sie sich hier ein?«

»Ich komme von der ›Die Kinder der Erleuchtung – Kultur- und Gesundheits GmbH‹, wenn Sie es förmlich möchten.« Teubert zog eine Augenbraue in die Höhe und schenkte Hundt ein spöttisches Lächeln. »Ich kann es Ihnen aber auch anders erklären. Sie werden sicher über die Beweggründe und das Ziel dieses Ashrams informiert sein.«

»Ich habe bisher nur Chaos und Straftaten registriert«, schnauzte Hundt.

Teubert wiegte sich auf den Zehenspitzen. »Mag sein, dass es zunächst ein wenig unorganisiert erschienen ist, aber …«

»Unorganisiert?«, unterbrach ihn der Hauptkommissar rüde. »Mord? Brandstiftung? Das mysteriöse Verschwinden der Verantwortlichen?« Hundt zeigte mit dem Daumen über die Schulter. »Diese Veranstaltung soll ein überforderter sogenannter Buchhalter zusammenhalten? Wo ist der Geschäftsführer? Der Veranstalter, dieser merkwürdige Guru?«

»Ich habe mich mit dem aktuellen Sachstand vertraut gemacht. Ich will nicht beschönigen, dass der Auftakt ein wenig unglücklich gelaufen ist.«

»Wer schickt Sie?«

»Ich sagte schon, dass ich vom Veranstalter komme.«

»Sie sind Angestellter dieser merkwürdigen GmbH?«

Zum ersten Mal druckste Teubert ein wenig herum. »Nicht im direkten Sinne.«

»Was soll das heißen?«

»Wenn Sie es juristisch ausdrücken wollen … Ich bin freiberuflicher Mitarbeiter. Mir sind aber alle Vorgänge bekannt. Zumindest weitgehend«, schränkte Teubert vorsichtig ein. »Ich arbeite schon lange mit dem Guru zusammen.«

»Und dem merkwürdigen Yogi?«

Teubert lächelte erneut. »Ich bin auch ein Yogi. Wissen Sie überhaupt, was das ist?«

»Das interessiert mich nicht. Ich will lediglich einen Mörder fassen, eine Brandstiftung klären, wissen, wer für den gesprengten Safe in einem gestohlenen Auto verantwortlich ist und ob hier in großangelegtem Rahmen Betrügereien stattfinden.«

»Gibt es Anzeigen?«, wollte Teubert wissen. »Mit welchem Inhalt?«

»Sie werden mir Rede und Antwort stehen«, erwiderte Hundt.

Formell lag ihnen keine Anzeige vor, stellte Thönnissen für sich fest, auch wenn viele Besucher der Veranstaltung lautstark ihren Unmut geäußert hatten. Er war froh, sich im Hintergrund halten zu können. Hundt sprach nicht von »uns« oder »der Polizei«, sondern in der Ich-Form. Teubert musste den Eindruck gewinnen, dass der Hauptkommissar Alleinunterhalter sei. Thönnissen sollte es recht sein.

»Was wollen Sie hier aufziehen?«, wechselte Hundt das Thema. »Hier geschieht nichts ohne meine Einwilligung. Die Ermittlungsarbeit darf nicht gefährdet werden.«

»Dann beeilen Sie sich«, schlug Teubert vor. »Suchen Sie Ihre Täter. Das ist auch für den Verlauf des Ashrams von Vorteil. Ich möchte mich auf die Inhalte konzentrieren.«

»Sie wollen den Hokuspokus fortsetzen, den die verschwundene Truppe um den Guru inszeniert hat?«

Teubert lachte jungenhaft, lehnte sich zurück und verschränkte die Arme vor der Brust. »Sie scheinen nicht verstehen zu wollen. Die Besucher dieses Ashrams sehen einen Sinn in dem, was wir ihnen präsentieren. Nur weil Sie das nicht erkennen, ist es noch lange kein Hokuspokus, wie Sie es abfällig bezeichnen. Was meinen Sie, welche Unruhe auf Pellworm entsteht, wenn die Vorstellungen der Leute nicht befriedigt werden? Wenn Sie möchten, reise ich wieder ab, nachdem ich den Menschen erzählt habe, dass Sie alles gebremst haben. Und Sie erklären den enttäuschten Besuchern, wie es weitergeht. Ich fürchte, das werden bewegte Momente für Pellworm. Im wahrsten Sinne des Wortes.«

Thönnissen registrierte, wie Hundt an der Unterlippe nagte. »Wie wollen *Sie* die Leute beruhigen?«

»Indem die Kollegen und ich hart arbeiten werden. Es werden viele Dinge sein, die wir anbieten. Wir werden spirituelle Sitzungen durchführen …«

»Ooommm singen?«, unterbrach Hundt.

»Sie sind eingeladen, dem beizuwohnen, wenn Sie Ihre Vorurteile über Bord werfen. Die Besucher, die sich dazu angemeldet haben, werden therapeutisch behandelt. Wir haben ein großes Spektrum zu bieten. Von der Entgiftung über Leberwickel und heißen Steinen entlang der Chakren – das sind die Energiezentren des Körpers – bis zu Besinnungsstunden, indem Walgesänge beruhigend auf Körper und Seele wirken, ist es ein breites Spektrum. Ich habe hier nur Schlagwörter genannt. Man muss sich damit auseinandersetzen. Wussten Sie, dass das Kronen-Chakra das Zentrum der spirituellen Energie ist?«

Thönnissen sah Hundt an. Der Hauptkommissar musste nichts erklären. Sein nahezu dümmlich wirkender Gesichtsausdruck zeigte, dass er kein Wort verstand. »Woher wollen Sie das wissen?«, wich der Hauptkommissar aus.

»Ich habe die indische Heilslehre vor Ort bei einheimischen Gelehrten studiert. Wussten Sie, dass Ayurveda-Ärzte in Indien sechs Jahre studieren? Mindestens.«

»Aha«, rief Hundt aus. »Sie führen unzulässigerweise einen akademischen Grad?«

»Ich?« Teubert lachte. »Welchen?«

»Sie haben eben behauptet, Sie hätten in Indien studiert.«

Das Lachen schwoll weiter an. »Wenn jemand die Redewendung benutzt, er hätte die Zeitung studiert, maßt er sich auch keinen akademischen Grad an. Oder?«

Wütend winkte der Hauptkommissar ab.

»Es stimmt, dass sich bei uns mancher nach ein paar Wochenendkursen in Ayurveda zum Experten berufen fühlt. Wenn Sie behaupten, darunter Scharlatane zu finden, mögen Sie recht haben. Nehmen Sie Yoga. Das ist ungemein populär geworden. Kennen Sie diplomierte Yoga-Lehrer? Jeder darf sich so nennen und Kurse geben. Haben Sie eine Ahnung, wie schnell man dabei jemandem die Knochen brechen kann? Das ist verantwortungslos.«

»Und Sie?«

»Ich darf die Heilkunde berufs- oder gewerbsmäßig ausüben, da ich geprüfter und zugelassener Heilpraktiker bin.«

»Das berechtigt Sie aber nicht, einen Zirkus zu veranstalten.«

»Mir geht es langsam auf den Keks, wie Sie hier mit mir sprechen«, zeigte sich Teubert erbost. »Holen Sie sich einen Stuhl oder eine alte Kartoffelkiste, und stellen Sie sich in die Mitte des Ashrams. Dann können Sie Ihre Reden schwingen.«

»Was erlauben Sie sich, so mit mir zu reden?«

»Andere Worte verstehen Sie offenbar nicht.«

Thönnissen räusperte sich. »Sie wenden in Ihrer Arbeit als Heilpraktiker Methoden der ayurvedischen Medizin an?«, fragte er, um die knisternde Atmosphäre ein wenig zu entspannen.

Teubert nickte. »Ayurveda ist ein Gesundheitskonzept, das mehr Beachtung verdient hat. Es findet Anwendung in der Prävention, aber auch bei chronischen Erkrankungen. Viele wollen nicht sehen, dass es eine sinnvolle Ergänzung zu unserer westlichen Schulmedizin sein kann.«

Thönnissen erinnerte sich an Fiete Johannsens Worte. »Stehen sich hier nicht zwei Systeme konträr gegenüber?«

Teubert wiegte den Kopf. »Mancher sieht es so.«

Hundt ruderte mit den Armen in der Luft herum. »Man hat uns berichtet, dass die Massen dem Guru nachlaufen. Allein durch Handauflegen und andere obskure Methoden will er heilen.«

Teubert ging nicht darauf ein. »Man muss konzedieren, dass solche Äußerungen im Umlauf sind.«

»Ist der Inder auch Heilpraktiker? Was berechtigt ihn, in Deutschland die Heilkunde zu betreiben?«, fragte Hundt.

»Der Guru betreibt keine gesetzeswidrige Heilkunde«, erklärte Teubert.

Thönnissen schüttelte unmerklich den Kopf. Das hatte man schon früher festgestellt, als sich der Inder darüber ausgelassen hatte, dass er keine Arzneimittel, sondern Nahrungs-ergänzungsmittel vertreibe und – angeblich – keine Heilungs-versprechen abgeben würde. Humbug anzubieten war nicht untersagt.

»Ich gebe zu, dass es nicht einfach ist, einen seriösen und zuverlässigen Partner zu finden, der ayurvedische Heilmetho-den praktiziert.«

»Nirgendwo ist nachgewiesen, dass dieser Blödsinn hilft«, behauptete Hundt.

»Es ist sicher ein Kritikpunkt, dass in Deutschland erst we-nige wissenschaftliche Studien vorliegen. Das resultiert sicher auch aus der Konkurrenzsituation der Systeme. Die Schulme-diziner fürchten um ihre Pfründe.«

Ähnliche Befürchtungen hatte Dr. Johannsen verlauten las-sen, als die Polizisten ihn in seiner leeren Praxis aufgesucht hatten.

»Ayurveda ist keine reine Wellness-Anwendung, die Sie auf wohltuende Ölmassagen und Stirngüsse reduzieren können. Solche Applikationen bedingen vorab eine Diagnostik. Es ist nachweisbar, dass ein Stirnguss nicht nur Entspannung bringt, sondern auch den Blutdruck senken kann. Wundert Sie das? Wenn Sie unter Stress stehen, steigt der Blutdruck. Keine Frau, die sich einen ätherischen Ölzusatz ins Badewasser gibt, denkt an Ayurveda, genießt aber dennoch die entspannende Wirkung der ätherischen Öle.« Teubert sah Hundt an. »Hat Ihre Großmutter Ihnen als Kind nicht Kampferumschläge auf die Brust gelegt, als Sie erkältet waren? Sie kennen es vermut-lich unter dem Handelsnamen Pinimenthol. Wenn Sie wol-len, ist Omas Naturmedizin die westliche Variante des Ayur-vedas.«

»Das klingt in manchen Punkten anders als das, was man uns bisher erzählt hat«, merkte Thönnissen an.

»Kennen Sie nicht den Rat, Patienten sollten vor kritischen Operationen eine zweite Meinung einholen? Es gibt auch bei gesundheitlichen Themen unterschiedliche Betrachtungsweisen.«

»Können Sie so einfach mir nichts, dir nichts Ihre Ideen umsetzen, wenn Sie noch nicht einmal formal bei den ›Kindern der Erleuchtung‹ beschäftigt sind?«, wollte Hundt wissen.

»Wer widerspricht mir?«, erwiderte Teubert schnippisch.

»Es gibt einen Geschäftsführer, Hodlbacher, und nach meinem Verständnis zieht der Inder Khongjee, den man den Guru nennt, hinter den Kulissen die Fäden.«

»Ich habe meine eigene Praxis, helfe aber auf Honorarbasis im Stamm-Ashram aus. Man hat mich hierhergerufen, weil hier einiges aus dem Lot geraten ist. Nun versuche ich, es wieder geradezurücken. Mit meinen Methoden, da andere offensichtlich nichts gefruchtet haben.«

»Fürchten Sie nicht, sich damit Ärger einzuhandeln?«, fragte Thönnissen.

Teubert zuckte nur mit den Schultern. »Nun würde ich gern mit der Arbeit beginnen«, sagte er entschieden.

»Moment«, bremste ihn der Hauptkommissar. »Wohnen Sie im Mobilheim des Gurus?«

»Ist das strafbar?«, fragte Teubert mit ironischem Unterton.

»Wo ist Khongjee geblieben? Das ist sein Domizil.«

Teubert rieb sich das Kinn. »Ich frage mich, welche Rechtsnorm verletzt wurde, als man das Wohnmobil des Gurus aufgebrochen hat. Für diesen Tatbestand finden sich zahlreiche Zeugen, die behaupten, es sei die Polizei gewesen.«

»Dazu soll sich der Inhaber äußern. Wo ist Khongjee?«

Teubert sah sich mit einem spöttischen Lächeln um. »Sehen Sie den Guru irgendwo? Was ist, wenn er eingewilligt hat, dass ich für die Dauer meines Aufenthalts seine Unterkunft nutzen darf?«

»Können Sie es beweisen?« fragte Hundt.

Teubert schüttelte den Kopf und zeigte auf den Hauptkommissar. »Irrtum. Sie müssen mir das Gegenteil beweisen.«

»Noch einmal: Wo ist Khongjee?«, wich Hundt der Antwort aus.

Erneut zeigte Teubert auf den Hauptkommissar. »Es ist Ihre Sache, ihn zu suchen.«

»Ich werde Sie formell vorladen. Dann müssen Sie antworten.«

»Gut.« Teubert nickte. »Ich kann Ihnen die Frage genauso wenig beantworten wie jene nach der chemischen Zusammensetzung des Drüsensekrets von Stinktieren.«

Wütend drehte sich Hundt um. »Sie hören von uns.«

»Hoffentlich mit einer guten Nachricht«, rief ihnen Teubert hinterher.

Hundts Handy meldete sich. »Ja – gut – ja – gut. Ende.« Ein finsterer Blick streifte Thönnissen. »Das war die Dienststelle auf dem Festland«, erklärte er. »Ich verstehe nicht, weshalb es immer so lange dauert, bis Anfragen bearbeitet werden. Gegen ›Die Kinder der Erleuchtung – Kultur- und Gesundheits GmbH‹ gibt es mittlerweile zahlreiche Mahnverfahren. Wo sie auch auftreten, hinterlassen sie unbezahlte Rechnungen. Es ist stets die gleiche Methode. Sie beauftragen örtliche Unternehmen und Dienstleister, geben exakt vor, welche Leistungen die zu erbringen haben, und lassen sie oft in Vorlage treten. Die Rechnungen werden dann nicht beglichen. Vollstreckungsmaßnahmen laufen ins Leere. Bei der Gesellschaft ist nichts zu holen.«

»Die erzielen hohe Umsätze. Was ist mit dem Bentley?«

»Die Leute sind doch nicht ungeschickt. Der Wagen gehört

einem anderen Unternehmen. Dafür muss die Erleuchtungs GmbH, wenn ich sie so nennen darf, eine horrende Nutzungsgebühr zahlen.«

»Wir müssen mit Hodlbacher ein ernstes Wort reden. Ich fürchte, es sind auch zahlreiche Pellwormer betroffen. Die ahnen noch nichts von ihrem Pech. Jesper Ipsen, Feddersen und bestimmt noch einige andere«, meinte Thönnissen.

»Das ist deren Problem.« Hundt zeigte auf den Inselpolizisten. »Finden Sie endlich diesen Hodlbacher.«

»Und wenn er der Tote aus dem abgebrannten Wohnwagen ist?«

»Ach«, war alles, was der Hauptkommissar dazu anmerkte, »Liegt immer noch keine Vergleichs-DNA vor?«

»Wie soll man vernünftig ermitteln, wenn man es nur mit Schlafmützen zu tun hat«, schimpfte Hundt.

»Meinen Sie mich damit? Auch mich?«

»Ich glaube fast, der Einzige zu sein, dem an der Aufklärung gelegen ist.«

»Zumindest verstehe ich jetzt, weshalb Hodlbacher stets das Bargeld an sich genommen hat und weshalb es nicht auf ein Konto eingezahlt wurde. Dann wäre es sofort gepfändet worden.«

»Ist Ihnen nicht klar, dass es sich hier um vorsätzlichen Betrug handelt? Wer baut sich einen Tresor in den Kofferraum, um die Bareinnahmen zu sichern? Das ist von langer Hand geplant. Hinter der Abzocke steckt Methode. Mensch, Thönnissen, so blauäugig wie Sie kann man auch nur sein, wenn man auf einer abgeschiedenen Einöde wohnt und nichts mitbekommt von dem, was in der Welt geschieht.«

Solche Vorurteile hörte Thönnissen nicht zum ersten Mal. Auch wenn es verkehrstechnisch etwas aufwändiger war, Pellworm zu erreichen, lebten hier weltoffene und aufgeschlossene Menschen. Vermutlich waren die Einheimischen weiter gereist als die Mehrheit der Festlandsbewohner. Als es hier schon digitales Fernsehen gab, kämpften andere noch mit Schneegrieseln auf den Bildschirmen. Mochte Hundt denken, wie er wollte. Thönnissen sollte es recht sein.

»Bringt uns die Information über den wirtschaftlichen Zustand der Erleuchtungs GmbH, wie Sie die Gesellschaft nannten, neue Erkenntnisse?«, fragte er.

»Da stecken jede Menge Motive hinter. Schmutzler hat berichtet, dass man ihm das Gehalt vorenthalten hat. Auch wenn er sich naiv gibt, muss er es nicht sein. Als Buchhalter sollte er sich im Rechnungswesen auskennen. Wer sagt uns, dass er nichts mitbekommen hat von den Pfändungen gegen seinen Arbeitgeber? Er hat gesehen, dass Hodlbacher große Mengen Bargeld einsammelte. Schmutzler muss sich Gedanken darüber gemacht haben, wo das Geld geblieben ist. Selbst wenn er keinen Einblick in die Bücher hatte, dürfte es ihm nicht verborgen geblieben sein, dass das Geld im Kofferraum des Bentleys deponiert wurde. Ihm wurde bewusst, dass man ihn um sein Gehalt betrogen hat. Also ist er zu Hodlbacher in dessen Wohnwagen gegangen und hat nach dem Geld gesucht. Vielleicht hat ihn Hodlbacher dabei überrascht.«

»Der Yogi …«, begann Thönnissen, wurde aber von Hundt rüde unterbrochen.

»Lassen Sie diese Bezeichnungen.«

»Schmutzler ist keiner, der sich bei körperlichen Auseinandersetzungen zu behaupten versteht. Bei einem Streit müsste Hodlbacher ihm überlegen sein.«

»Ich bin verzweifelt«, rief Hundt und warf die Arme in die Höhe. Er kramte sein Handy hervor und wählte eine Nummer. Offenbar wurde er von einer Stelle zur nächsten weiterverbunden. Seine Beschimpfungen des jeweiligen unsichtbaren Gesprächspartners wurden immer derber, bis er schließlich »Sind Sie auch ein kompetenzloser Weiß-nicht-Sager in Ihrem trüben Verein« am Apparat hatte. Offenbar traf das nicht zu. »Na endlich«, fluchte Hundt. »Warum erfahren wir das nicht früher? … Ihre Truppe blockiert wichtige Ermittlungsarbeiten … Damit haben Sie dem Täter einen Riesenvorsprung verschafft. Wir hätten ihn auf diesem Eiland einkesseln können. Er hätte diesen Klecks im Meer nicht verlassen können. Dank Ihrer Schlafmützigkeit ist er entkommen.«

Dem Gesprächspartner schienen diese Anschuldigungen zu missfallen. »Ich habe … Das habe ich nicht … Sie werden mir doch … So nicht!« Über den Hauptkommissar schien ein heftiges Wortgewitter hereingebrochen zu sein. Der Teilnehmer am anderen Ende musste Hundt deutlich die Meinung gesagt haben. Mit Vergnügen registrierte Thönnissen, wie der Adamsapfel heftig auf und ab hüpfte und das Blut in den Kopf stieg. Man konnte zusehen, wie das dunkle Rot vom Hals aufwärts in Richtung Haarspitzen zog.

»So ein eingebildeter Laffe«, fluchte Hundt lauthals. »Was glaubt der, wer er ist? Sabotiert die Ermittlungen und plustert sich wie sonst was auf. Sie haben alles gehört, Thönnissen. Alles! Sie sind mein Zeuge. Jawohl!«

Der Inselpolizist räusperte sich vorsichtig. »Entschuldigung, aber ich habe nur ein paar Fragmente mitbekommen, Ausschnitte von dem, was Sie gesagt haben. Ich würde mir nie erlauben, Ihren Telefonaten zu lauschen.«

»Sind Sie plemplem?«, rief Hundt. »Sie müssen bezeugen, dass ich ruhig und sachlich nachgefragt habe, bis dieser Idiot ausgerastet ist.«

»Darf ich fragen, mit wem Sie telefoniert haben?«, wagte Thönnissen nachzuhaken.

»Ich habe … Sagen Sie mal, was kriegen Sie eigentlich mit?

Sie sind Polizist und kein Schlafwagenschaffner. Ich habe mit der Rechtsmedizin telefoniert. Es hat eine Ewigkeit gedauert, bis ich den zuständigen Leichenschänder am Apparat hatte.«

»Hat es auch sachliche Informationen gegeben, die uns im Fall weiterführen?«, wollte Thönnissen wissen.

»Wie? Was?« Hundt wirkte für den Bruchteil einer Sekunde orientierungslos. »Ach so. Ja. Es hat meine These bestätigt.«

»Darf ich fragen … Welche These?«

»Dass Hodlbacher im Zweikampf erschlagen wurde. Man hat ihm mit einem schweren Gegenstand den Schädel zertrümmert. Ziemlich heftig. Ein einziger Schlag.«

»Und der war tödlich?«

Hundt riss die Arme in die Höhe. »Das konnte der Stümper von Rechtsmediziner nicht sagen. Er meinte, das wäre bei dem Zustand des übrig gebliebenen Aschehäufchens nicht mehr möglich.«

»Sie sprechen immer von Hodlbacher als Opfer. Ist das inzwischen bestätigt?«

»Nein, verdammt. Aber irgendetwas müssen wir annehmen.«

»Und was ist mit Filsmair, dem Fahrer? Und dem Guru? Die sind auch verschwunden.«

»Weil einer von denen der Mörder ist«, behauptete Hundt.

»Das verstehe ich nicht«, warf Thönnissen ein. »Eben haben Sie noch erklärt, Schmutzler hätte die stichhaltigsten Motive.«

»Das habe ich nicht gesagt«, behauptete der Hauptkommissar. »Sie hören nicht zu, wenn ich Ihnen etwas erkläre. Filsmair ist vermutlich in einer ähnlichen Situation wie Schmutzler. Auf ihn könnte der Tatverdacht genauso zutreffen wie auf den Buchhalter.«

»Aber der Guru? Der hatte sicher Zugriff auf das Geld. Schließlich lag es in seinem Tresor.«

»Sehen Sie, Thönnissen, das ist genau das Problem, weshalb manche Morde nicht aufgeklärt werden. Leute wie Sie gehen von Annahmen aus und unterstellen, dass diese Realität sind. Vermutlich ist es oft so gelaufen. Hodlbacher hat die Tageseinnahmen von Schmutzler abgeholt und zum Guru gebracht. Der hat sie in den Tresor eingeschlossen oder dies durch seinen Vasallen Filsmair erledigen lassen. Wenn Hodlbacher am besagten Abend das Geld aber nicht zum Guru trug, sondern in seinem Wohnwagen aufbewahrte, um es für sich selbst zu vereinnahmen, könnte es zum Streit gekommen sein. Der Guru hat seinen Fahrer geschickt, von dem wir wissen, dass der auch Leibwächter und ein treu ergebener Diener war. Im Streit um das Geld kam es zum Kampf, in dessen Verlauf Hodlbacher erschlagen wurde. Um die Tat zu vertuschen, hat Filsmair den Wohnwagen des Yogis niedergebrannt.«

Thönnissen registrierte, dass Hundt jetzt auch vom »Yogi« sprach, nachdem er ihm zuvor Vorhaltungen gemacht hatte, als der Inselpolizist diese Bezeichnung verwandte.

»Und dann sind der Guru und Filsmair geflüchtet? Warum nicht mit dem Bentley?«

»Weil der zu auffällig ist.«

»Das ist denkbar«, gab Thönnissen kleinlaut zu. »Man kann von Leuten an der Fähre nicht erwarten, dass sie sich jeden Autoinsassen genau ansehen oder gar merken, wer die Insel verlässt. Und wie steht es mit dem Verdacht gegen Josef von Hünerbein?«

»Der ist …«, setzte Hundt an, brach aber mitten im Satz ab. »Vermögen Sie Ihre Gedanken nicht nach Prioritäten zu ordnen?«

Thönnissen unterließ es, Hundt zu provozieren. Er hätte den Hauptkommissar auch nach Bürgermeister Feddersen fragen können oder nach den Brüdern Jesper und Tore Ipsen. Wenn es einen Mordfall auf Pellworm gab, schien Hundt die beiden Brüder grundsätzlich mit zu verdächtigen. So wirkte es zumindest. »Und nun?«, fragte er stattdessen.

»Bekommen Sie endlich heraus, wo die Verschwundenen geblieben sind«, sagte Hundt. »Damit wären wir der Lösung ein gutes Stück näher.« Er zeigte in Thönnissens Richtung. »Sie bringen mich jetzt zur Dienststelle.«

»Moment«, protestierte der Inselpolizist. »Das ist mein Haus. Soll ich Sie da allein lassen?«

»Mich interessiert Ihr Haus nicht. Ich will zum Stützpunkt der Ermittlungsarbeiten auf Pellworm. Das ist die hiesige Polizeidienststelle.«

»Wenn ich Sie allein lasse, hätten Sie Zugang zu allen privaten Dingen. Das möchte ich nicht.«

»Vertrauen Sie mir nicht? Ich bin auch Polizist.«

»Gerade deshalb«, widersprach Thönnissen.

»Sie bekommen vom Land einen Zuschuss für Ihre Kate, weil Sie dort eine Dienststelle eingerichtet haben. Sie wollen nicht ernsthaft fordern, für das großzügige Entgelt keine Gegenleistung erbringen zu wollen.«

Thönnissen seufzte. Würde er protestieren und seine Zustimmung verweigern, könnte Hundt auf die Idee kommen, in der vorgesetzten Dienststelle für eine Änderung zu plädieren. Im ärgsten Fall würde man die Polizeistation in einer Abseite der Amtsverwaltung unterbringen. Das ginge zulasten der Bequemlichkeit. Wenn heute das Telefon klingelte, bekam niemand mit, dass er vom Bett aus den Anruf entgegennahm.

»Ich bin ja dabei«, begann er das verbale Rückzugsgefecht.

Hundt schüttelte den Kopf. »Sie werden weiter nach den Vermissten suchen. Beginnen Sie hier in diesem Zigeunerlager.«

»Diese Formulierung ist politisch unkorrekt«, protestierte Thönnissen.

»Papperlapapp. Niemand wird mir einen Diskriminierungswillen unterstellen, wenn ich einen eingeführten Begriff der deutschen Sprache verwende. Mit welcher Formulierung wollen Sie im Restaurant das Zigeunerschnitzel umschreiben?«

»Ich bevorzuge das Friesenschnitzel«, erwiderte Thönnissen.

»Friesen- oder Zigeunerschnitzel. Das ist doch das Gleiche. Also: Sie werden weiter auf die Suche gehen. Kommen Sie nicht ohne Erfolgsmeldung zurück. Noch etwas: Wenn Sie mir sagen, wo ich den Kaffee finde, muss ich nicht umständlich Ihre ganze Küche durchsuchen.«

»Das hat nichts mit der Polizeidienststelle zu tun. Die Küche ist Privatsache.«

»Mag sein. Aber das fällt in die Kategorie Gastfreundschaft. Und der wollen Sie sich doch nicht versagen, oder?«

Thönnissen verzichtete auf eine Antwort und fuhr Hundt zur »Dienststelle«. »Es wäre nett, wenn Sie meine Privatsphäre respektieren würden«, rief er ihm hinterher, nachdem er bestätigt hatte, dass die Haustür unverschlossen sei.

»Paaah«, erwiderte der Hauptkommissar und verschwand ins Innere des reetgedeckten Hauses.

»Wenn dich nicht der Blitz erwischt, dann werde ich es sein«, grummelte Thönnissen und kehrte zum Ashram zurück. Dort herrschte ein geschäftiges Treiben. Die Leute liefen kreuz und quer und verschwanden in den Zelten oder zwischen den Wohnwagen. Er sah keine Ansammlung, in der diskutiert wurde, niemand stand in einer Ecke und hielt Müßiggang. Alle schienen beschäftigt zu sein. Vor dem Zelt mit dem Empfangsbereich hatte sich eine Schlange gebildet.

»Was geht hier vor?«, fragte Thönnissen den Letzten der Wartenden.

»Ich will einen Termin«, antwortete der Mann unwirsch.

»Sie möchten reklamieren? Sich beschweren?«

»Blödsinn. Ich bin nicht zum Meckern hierhergekommen. Es ging wie ein Lauffeuer durch den Ashram. Neue Leute sind eingetroffen. Jetzt will ich Termine.«

»Mehrere?«

»Sicher.«

»Hatten Sie nicht zuvor welche geplant und auch bezahlt?«, riet Thönnissen.

»Wie alle anderen auch«, erwiderte der Mann und war kurz abgelenkt, weil die Schlange ein wenig vorrückte. »Wir alle waren stinksauer und fühlten uns verarscht. Viele meinten, das wäre die große Abzocke. Den Guru hat niemand zu Gesicht bekommen. Und die anderen haben das Geld eingesackt und sind verschwunden. Es gab Stimmen, die zum großen Rambazamba aufrufen wollten.«

»Was verstehen Sie darunter?«

»Das war noch nicht ganz klar. Man hätte den Bürocontainer stürmen können. Da hatte sich dieser merkwürdige Bürofuzzi verschanzt. Plötzlich kreiste das Gerücht, der Guru wäre mit dem Geld verschwunden. Schließlich fehlte auch sein Luxusschlitten. Aber den hat man ja gefunden.« Er drehte sich zu Thönnissen um. »Gibt's da etwas Neues? Schließlich sind wir die Opfer.«

»Sie kennen es aus den Fernsehkrimis. Zu laufenden Ermittlungen erteilt die Polizei keine Auskünfte.«

»Ist das so? Ich sehe mir den Blödsinn nicht an. Hier ist es spannender. Wenn die nicht die neuen Leute aus dem Hut gezaubert hätten, wäre hier auf Pellworm echt was los gewesen.«

»Was denn?«, fragte Thönnissen und ließ es beiläufig klingen.

»Wir fühlten uns komplett verschaukelt. Da lockt man uns hierher, kassiert viel Geld. Und die Insulaner mischen eifrig mit. Der Fraß, den man uns für teures Geld serviert, soll von einem hiesigen Gastronomen stammen. Um auf die Insel zu kommen, plündert uns die Fährgesellschaft aus. Mann, was die für das Ticket verlangen! Ein paar Minuten durch den Schlick schippern und dann ein Vermögen dafür löhnen. Dagegen waren die Piraten vergangener Zeiten sozial gesinnte Wohltäter. Das alles stand den Leuten bis hierher.« Der Mann deutete die Geste des Halsabschneidens an. »Eine Mehrheit war dafür, in das Dorf ...«

»Sie meinen nach Tammensiel«, unterbrach ihn Thönnissen.

»Mir egal, wie das Nest heißt. Die wollen jedenfalls hin und das Dorf aufmischen.«

»Was verstehen Sie darunter?«

»Weiß auch nicht«, antwortete der Mann. »Ich bin kein Revoluzzer. Aber sauer war ich auch. Wie alle anderen.«

»Und nun wird alles besser?«

»Bestimmt. Der neue Yogi soll super sein. Die, die schon mit ihm gesprochen oder ihn auch nur gesehen haben, sind begeistert. Außerdem hat er noch fünf Helfer mitgebracht.«

»Auch Yogis?«

»Nix. Fünf rassige Weiber, die machen Anwendungen.«

»Was verstehen Sie darunter?«

»Yoga. Massagen. Pressuren. Gesprächskreise. Eben alles.«

»Mich würden Einzelheiten interessieren«, sagte Thönnissen, aber der Mann wurde plötzlich abweisend.

»Ich bin kein Auskunftsbüro.« Er zeigte nach vorne. »Ich bin gleich dran. Suchen Sie sich einen anderen Deppen.«

Thönnissen atmete tief durch. Die Unzufriedenheit unter den Besuchern war ihm nicht verborgen geblieben. Er konnte nachempfinden, dass die Leute enttäuscht waren. Sie hatten viel Geld bezahlt und große Erwartungen gehegt. Vorgefunden hatten sie Chaos und Desorganisation. Der Mythos des Gurus hatte die Flamme noch ein wenig gezügelt. Nachdem der Inder sich aber nicht gezeigt hatte, war der Unmut gestiegen. Ferner war die Versorgung ein schwerwiegendes Problem. Feddersen hatte ihm gegenüber zugegeben, dass die Qualität der vegetarischen oder gar veganen Nahrung nicht bio war, sondern kostengünstig angerichtet werden sollte. Mit Sicherheit hatten die Ashram-Leute den Groll der Gäste auf den einheimischen Gastronomen gelenkt und behauptet, er hätte nicht die geforderte hohe Qualität, sondern minderwertige Produkte geliefert. Urlaubsgästen schienen zudem die Fährkosten sehr hoch. Sie zählten die Fahrzeuge auf dem Deck und multiplizierten die Summe mit dem Preis der Passage. Das ergab einen beeindruckenden Wert. Wenn man diesen mit der Anzahl der Abfahrten hochrechnete, schien der Betrieb der Fähre ein lukratives Geschäft zu sein. Natürlich setzten die Eigner, zu denen eine Reihe Pellwormer Familien gehörten, nichts zu. Man vergaß aber, dass die Fähre auch außerhalb der Saison verkehrte und die für die Insel lebenswichtige Verbindung zum Festland unterhielt. Und zu diesen Zeiten war das Schiff nicht ausgebucht. Man steuerte das Festland auch dann an, wenn sich nur zwei Fahrzeuge auf dem Deck verirrt hatten. Was im Sommer eine erholsame kurze Seereise war, erwies sich für die Besatzung bei Sturm, Regen und Eiseskälte als harte Arbeit.

Er wandte sich ab und war froh, dass die Entrüstung nicht bis zum Protestmarsch der Guru-Jünger nach Tammensiel gereicht hatte. Wie hätte er allein diese Unmutsdemonstration steuern oder gar stoppen sollen? Hundt wäre ihm keine Hilfe gewesen.

Unschlüssig blieb er stehen. Es war unsinnig, von Zelt zu Zelt, von Wohnwagen zu Wohnwagen zu laufen und nach dem Verbleib der drei Männer zu forschen. Hätte jemand den Guru oder Hodlbacher gesehen, wäre die Nachricht wie ein Lauffeuer durch das Lager geeilt. Thönnissen hätte es erfahren. Und Filsmair, der Chauffeur? Den kannte niemand. Deshalb hatte es auch keinen Sinn, durch Befragung nach ihm zu forschen. »Oh, Verzeihung«, äffte er die Stimme Hundts nach, »haben Sie einen Mann gesehen, den Sie nicht kennen und von dem ich Ihnen auch kein Bild zeigen kann? Können Sie mir sagen, wo er abgeblieben ist?« Thönnissen lachte grimmig. »Hundt, du bist ein Eierkopp«, schob er im Selbstgespräch hinterher.

Er schlug den Weg zum Rand des Geländes ein und sah, wie Hans-Gundolf Vogeley vor dem alten Unimog stand und das Gefährt versonnen musterte. Das Gras dämpfte Thönnissens Schritte. So konnte er sich unbemerkt nähern. Vogeley streckte die Hand aus und strich fast zärtlich über das zerbeulte Blech des Kotflügels. »Das ist deine letzte Tour. Bis Frankfurt musst du noch durchhalten. Dann gibt es etwas Neues, Größeres, Schöneres, Komfortableres«, murmelte er und fuhr erschrocken herum, als ihn Thönnissen mit »Moin« ansprach.

»Der Wagen hat doch Charisma«, sagte der Inselpolizist. »Und robust ist er auch. Und Sie wollen ihn ersetzen?«

»Belauschen Sie mich? Oder weshalb schleichen Sie sich von hinten an?«

»Soll ich mich Ihnen pfeifend nähern?«

Thönnissen klopfte auf das Blech des Wagens. »Ist es Ihr Wunsch, einen neuen zu kaufen, oder verlangt das Ihr Partner?«

»Das geht Sie nichts an.«

»Doch«, sagte Thönnissen entschieden. »Hier ist ein Mensch ermordet worden. Außerdem wurde eine größere Summe Geld geraubt.«

»War das ein Raubmord?« Vogeley kam ein Stück näher. Plötzlich verfinsterte sich seine Miene. »Wollen Sie mir unterstellen, ich hätte damit etwas zu tun?«

»Sie rücken hier mit einem Oldtimer an. Und plötzlich ist Geld für ein neues Modell vorhanden.«

»Der Unimog hat eine Seele. Aber das versteht jemand wie Sie nicht. Der Wagen ist unverwüstlich.«

»Und warum wollen Sie sich trotzdem von ihm trennen?«

»Das ist meine Sache.«

»Ich habe Ihnen eben schon einmal erklärt, dass Sie sich irren.«

»Ist das überhaupt zulässig, was Sie hier treiben? Dürfen Sie sich in solcher Weise heranschleichen?«

»Wir sind hier im Freien. Wenn Sie verräterische Selbstgespräche führen, muss ich mir nicht die Ohren zuhalten.«

»Sie behaupten, ich ...« Vogeley zeigte auf sich. »Ich hätte etwas mit der Brandstiftung und dem Geldraub zu tun. Ich habe eben das erste Mal davon gehört.«

»Das würde ich an Ihrer Stelle auch sagen.«

»Das ist boshaft, was Sie hier mit unbescholtenen Bürgern treiben.«

»Dann lassen Sie uns mit Ihrem Partner sprechen.« Thönnissen zeigte auf den Kastenaufbau des Unimogs. »Ist er da drinnen?«

»Das geht Sie nichts an.«

»Doch. Ich muss mögliche Zeugen vernehmen. Dazu zählt jeder Teilnehmer dieser Veranstaltung.«

»Veranstaltung«, zischte Vogeley. »Wie Sie das aussprechen! Es klingt, als wäre das ein Rockkonzert oder ein Hippie-Treffen.«

Thönnissen ließ seinen Blick am Gegenüber vom Scheitel bis zur Sohle gleiten. Er unterdrückte die Bemerkung, dass Vogeley in seiner Aufmachung durchaus zu den Blumenkindern der sechziger Jahre gepasst hätte. »Wo ist Reiner-Maria?«

»Wie kommen Sie dazu, so vertraulich von meinem Partner zu sprechen?«

»Ich möchte nur wissen, wo er steckt.« Thönnissen legte Zeige- und Mittelfinger gegen den Wangenknochen und hielt den Kopf schief. »Ist auf das Leben Ihres Partners eigentlich eine Lebensversicherung abgeschlossen?«

Vogeley wich einen Meter zurück. »Sind Sie noch ganz bei Trost? Was wollen Sie damit sagen?«

»Beantworten Sie einfach meine Frage.«

»Nein!« Vogeley war immer lauter geworden. »Das geht mir zu weit.«

»Aha.« Thönnissen ließ es spöttisch klingen. »Jetzt müssen Sie sagen: ›Ohne meinen Anwalt sage ich nichts mehr.‹«

»Das ist doch nicht normal, was Sie hier veranstalten.«

»Wo ist Reiner-Maria Vogeley?«

»Verschwinden Sie. Auf der Stelle.«

»Ich nehme Sie mit«, drohte Thönnissen. »Wir werden Sie verhören, bis Sie sagen, was Sie mit Ihrem Partner gemacht haben. Und mit dem Kind?«

»Kevin?« Vogeley ließ den Namen buchstabenweise aus seinem Mund tröpfeln.

»Das Kind.«

Jetzt lachte er schrill auf. »Ein Kind. Ein Kind.« Tänzelnd bewegte er sich um die Motorhaube des Unimogs und klatschte dabei in die Hände. »Ein Kind. Ein Kind«, sang er fortwährend.

»Haben Sie den Verstand verloren?«, rief ihm Thönnissen zu.

Vogeley drehte sich schwungvoll um die eigene Achse. Unablässig sang er »Ein Kind« und klatschte den Rhythmus dazu.

Kopfschüttelnd wandte sich Thönnissen ab. Was sollte dieses eigentümliche Gebaren bedeuten? Jetzt zeigten sich die Nachteile der Einmann-Dienststelle. Er hatte niemanden, mit dem er über das erstaunliche Verhalten Vogeleys sprechen konnte. Hundt? Der würde sofort nachhaken und fragen, weshalb Thönnissen bisher noch nichts von seinen Beobachtungen der beiden Vogeleys berichtet hatte. Wo war Reiner-Maria geblieben? Wenn er den mit einbezog, waren schon vier Menschen verschwunden. Und das Kind Kevin? Das wären viereinhalb. Nein! So konnte nur jemand rechnen, der keine eigenen Kinder hatte. Also fünf. Thönnissen – du leidest an Paranoia, sagte er zu sich selbst. Er suchte eine ruhige Ecke und rief auf dem Festland an.

»Na, Frerk? Sollen wir ein Kommando schicken und den Täter abholen?«, fragte der Kollege am anderen Ende der Leitung.

»Wir suchen noch«, erwiderte Thönnissen.

»Es klang aber anders, was der blöde Hund durchgegeben hat.«

»Meinst du Hund mit oder ohne ›t‹ am Ende?«

»Beides«, sagte der Beamte vom Festland. »Hundt hat verlauten lassen, dass der Fall kurz vor der Aufklärung steht. Er will nur noch ein paar gerichtsfeste Fakten sammeln.«

»Habt ihr genügend freie Zellen im Keller? Hundt hat ein halbes Dutzend Verdächtige zusammen. Die schicken wir euch mit der Entenpolizei über den Teich.«

»War es das, weshalb du angerufen hast?«

»Nein. Ich habe eine Halteranfrage. Außerdem möchte ich etwas zum Personenstand des Halters wissen.« Er gab das Kennzeichen des Unimogs durch.

»Sollen wir das Ergebnis dem Hundt zubellen?«

»Es wäre mir lieb, wenn er davon nichts erfahren würde.«

Ein Pfiff drang durch die Leitung. »Bei euch möchte ich Mäuschen spielen. Ihr scheint ein tolles Team zu sein.«

Wir haben schon unter einem Dach geschlafen, wir haben uns zusammen betrunken, ich habe Hundts Boshaftigkeiten ertragen, und ich habe in der Vergangenheit … Thönnissen grinste vergnügt, als er an die zurückliegenden Fälle dachte.

Ein Stück weiter stieß er auf Herbert Theile, den Mercedesfahrer. Unter seinem rechten Auge zierte ein großes Pflaster die Wange. Thönnissen tippte lässig gegen den Schirm seiner Dienstmütze.

»Moin. Wie ist das passiert? Kommt jetzt der Spruch von der Kellertreppe, die im Dunkeln übersehen wurde?«

»Kellertreppe?« Theile lachte spöttisch auf und verzog im selben Augenblick schmerzhaft das Gesicht. »Die *Kellertreppe*, die das verursacht hat, heißt Rothilde.«

»Die hat … zugeschlagen?«

Theile nickte. »Ich habe erzählt, dass sie einen Doppelnamen trägt. Lohse-Theile. Von wegen – lose. Die hat ziemlich fest zugelangt.«

»Es kommt öfters vor, als man glaubt, dass Männer die Opfer häuslicher Gewalt sind. Niemand spricht darüber. Aus Scham. Wer mag schon zugeben, von einer Frau verprügelt worden zu sein?«

»Das war keine Prügelei. Viel schlimmer. Ich war wehrlos.«

»Wollen Sie Anzeige erstatten?«, fragte Thönnissen.

»Anzeige?« Theile grinste. »Das war nach unserem Herrenabend im Hotel, als wir zu dritt fröhlich miteinander gezecht haben. Mensch, dein Kollege …« Theile stutzte. »Waren wir eigentlich beim du gewesen?«

»Ist in Ordnung«, versicherte Thönnissen.

»Also der Geheimpolizist … Mann, war der abgefüllt! Mir ging es auch nicht gut. Ich hatte ein paar Probleme mit der Koordination. Es hat wohl auch ein wenig gepoltert, als ich ins Hotelzimmer zurückkehrte. Rothilde war so erbost darüber, dass sie mir dieses Ding verpasst hat.«

»Aus heiterem Himmel ohne Vorwarnung?«

Herbert Theile nickte. »Einfach so. Rums! Zum Glück war ich so abgefüllt, dass ich keine Schmerzen gespürt habe. Und ihre Vorhaltungen sind auch abgeprallt. Ich bin ins Bett gefallen und sofort eingeschlafen.«

»Gab es einen Grund für die Misshandlung?«

»Einen?« Herbert Theile grinste. »Ein ganzes Dutzend. Es ist verboten, Alkohol zu trinken.«

»Wer sagt das?«

»Die Waldorflehrerin. Die Guru-Jüngerin verbietet den Genuss von Fleisch. Und außerdem muss ich zu solchen Veranstaltungen wie diese mit. Das ist doch keine Lebensfreude. Man lebt nur einmal. Und dabei soll ich versauern?«

»Der Guru predigt doch, dass man immer wiedergeboren wird«, erwiderte Thönnissen.

»Von mir aus. Der soll glauben, was er will. Dann soll er in diesem Leben auf Alkohol verzichten. Ich mache das im nächsten Leben. Wenn ich als Mönch im Nachthemd durch die Welt laufe, muss ich auf vieles verzichten. Ich wäre doch blöde, wenn ich in diesem Leben den schönen Dingen entsagen würde. Dafür bleibt Zeit in einem der nächsten. Aber – ich glaube nicht an diesen Quatsch. So. Und nun ist Schluss damit. Rothilde kann diesem oder jedem anderen Guru hinterherlaufen. Wenn sie wieder einmal zu einem Ashram will –

von mir aus. Ich fahre dann zum Ballermann. Oder noch besser: nach Pellworm. Wir beide können auch ohne deinen Geheimpolizisten fröhlich sein. Andererseits stört der nicht. Wenn er besoffen ist, lassen wir ihn auf der Tischplatte pennen. Abgemacht?« Herbert Theile ergriff Thönnissens Hand und schüttelte sie heftig.

Der Inselpolizist zeigte auf das Pflaster. »Ist das gut versorgt worden?«

»Klar. Ich war bei eurem Doktor. Ein Pfundskerl. Er wollte wissen, wie das passiert ist. Ich habe ihm alles erzählt, von Rothilde, ihrem Wahn, ihren Versuchen, alle Lebensfreude zurückzudrängen, und so weiter. Weißt du, was der Doktor da gemacht hat?«

»Gemacht, nicht gesagt?«, fragte Thönnissen.

Theile sah ihn erstaunt an. »Du bist ein cleveres Kerlchen, wenn du so feine Unterschiede machst. Also der Doktor hat *gemacht* – ohne viele Worte. Er hat eine Flasche Magenbitter aus dem Schreibtisch gezogen, und dann haben wir uns einen gegönnt.«

»Einen?«

Theile kniff ein Auge zu. »Das musst du nicht wörtlich nehmen. Und nun fahre ich ins Hotel, werde genüsslich ein Steak vertilgen und es mit ein paar Bierchen runterspülen.« Er stupste Thönnissen gegen die Brust. »Ihr seid gar nicht so blöde hier. Mit einem Aquavit rutscht das Ganze noch besser. Nun muss ich aber los. Bis die Tage.«

Mit einer falschen Melodie auf den Lippen zog Herbert Theile von dannen.

Thönnissen beschloss, seine »Ermittlungen« bei einem Cappuccino im Tammensieler Café fortzusetzen. Es war nicht einfach, einen freien Platz zu ergattern. Fast alle Tische waren belegt. Das war in Anbetracht des herrlichen Wetters auch nicht verwunderlich. Die Plätze waren durch Auswärtige belegt. Das ersparte ihm Fragen nach dem Stand der Ermittlungen. Ein schlechtes Gewissen plagte ihn nicht. Er ahnte, dass Hundt in Thönnissens Wohnzimmer auf dem Sofa liegen würde, um mit geschlossenen Augen nach neuen Erkenntnissen zu suchen. Wenn das die Bevölkerung wüsste. Andererseits gab es keinen Grund, in unkoordinierte Hektik zu verfallen. Sie hatten alles unternommen, um nach den Verschwundenen zu suchen. Zeugen waren vernommen worden. Und ein paar Spuren gab es auch, zumindest Anhaltspunkte für mögliche Motive. Es würde eine Weile dauern, bis die Vergleichs-DNA von Hodlbachers Schwester aus Süddeutschland vorliegen würde. Dann würde man wissen, ob der Yogi das verbrannte Opfer war. Thönnissen war sich sicher, dass Hundt auch Unterstützung bei der Suche nach DNA-Vergleichsspuren von Hubertus Filsmair angefordert hatte. Nur vom Guru dürfte es kaum welche geben.

Moment. Doch! In seinem Wohnwagen müssten sich welche finden lassen. Hatte Hundt das übersehen? Was soll's. Erfolg oder Misserfolg der Suche nach dem Täter würden beim Hauptkommissar verbucht werden. Thönnissen war nur ein einfacher Inselpolizist am Ende seiner Karriere. Mehr als Polizeiobermeister würde er nicht mehr werden. Dem stand seine Vergangenheit im Wege. Es gab viele Menschen, denen ein schwereres Los beschieden war. Eigentlich gab es nichts Schöneres als diesen Dienstposten. Wie gut, dass die Menschen nicht in Heerscharen auf Pellworm einfielen. Wenn noch viel mehr von der Existenz dieses Paradieses wissen würden, wäre es bald keines mehr.

Er schloss die Augen und ließ es zu, dass Traumbilder auftauchten. Überall schossen Luxushotels aus dem Boden. Am alten Hafen entstand ein Spielcasino. Die Straßen wurden verbreitert. Ampeln regelten den Verkehr. Tammensiel wurde eine granitgepflasterte Fußgängerzone, die von Palmen in Pflanzkübeln gesäumt wurde. Zwischen den Palmwedeln lugten kahlköpfige Männer mit Goldkettchen um den Hals hervor, hielten Glamourgirls im Arm, schlapperten am Champagner, und die Polizei hatte jede Menge Ärger mit dem enormen Rauschgiftkonsum auf der Insel. Feddersens Hotel hatte seinen Stellenwert verloren. Der umtriebige Bürgermeister hatte es längst zu einem Edelbordell umfunktioniert. Die gute Luft, die Pellworm auszeichnete, gab es nicht mehr. Es stank von den Abgasen der zahlreichen Edelkarossen. Mercedes. BMW. Audi. Porsche. Jaguar. Und mittendrin der Bentley. Ausgerechnet der wollte sich an allen vorbeidrängeln und hupte. Es war ein merkwürdiges Hupen.

Thönnissen schreckte auf. Sein Handy meldete sich. Verstohlen sah er sich um. Offensichtlich hatten nicht viele Besucher des Cafés mitbekommen, dass er kurz eingenickt war.

»Störe ich?«, fragte der Kollege aus Husum.

»Es gibt immer viel Arbeit, besonders wenn man die Fülle an Aufgaben allein bewerkstelligen muss«, erklärte Thönnissen.

»Ich habe die Antwort auf deine Halteranfrage vorliegen. Der Unimog ist auf Hans-Gundolf Vogeley zugelassen, wohnhaft in Frankfurt. Willst du die genaue Anschrift?«

»Natürlich. Ich arbeite gründlich«, erwiderte Thönnissen, hörte aber nicht zu, als der Husumer Beamte ihm die Straße und das Geburtsdatum durchgab. Thönnissen überschlug kurz, dass Vogeley ein Mittvierziger war. »Und der Familienstand?«

»Es besteht eine eingetragene Lebenspartnerschaft mit Reiner-Maria Vogeley. Die beiden haben sich für einen gemeinsamen Familiennamen entschieden.«

»Gibt es auch ein Kind?«

Der Kollege lachte. »Wie denn? Ich gehe davon aus, dass die beiden homosexuell sind.«

Thönnissen erinnerte sich, dass danach eine Adoption nicht zulässig war. »Einer von beiden könnte ein Kind haben.«

»Das würde bedeuten, dass einer sich auch für das andere Geschlecht interessiert«, sagte der Husumer.

»In den Meldeunterlagen ist nichts über ein Kind bekannt?«

Der Beamte vom Festland bestätigte es. Sie wechselten noch ein paar belanglose Worte über das Wetter, bevor sie das Gespräch abschlossen.

Kein Kind – kein Kevin.

Warum sollte ein gleichgeschlechtliches Paar keine Kinder aufziehen können? Ihnen ein Heim, Liebe und Geborgenheit schenken? Thönnissen wollte sich nicht in die gesellschaftliche Diskussion darüber einklinken. Wenn aus natürlichen Gründen kein eigenes Kind oder nur über »Umwege« möglich war, blieb nur die Adoption. Die gab es nicht. Was ist, wenn die beiden Vogeleier – der Inselpolizist sprach diese Verballhornung des Namens nicht aus – auf illegitime Weise ihre Partnerschaft um ein Kind ergänzt hätten? Dann wäre es nicht verwunderlich, dass sie die Existenz von Kevin leugneten. Thönnissen kämpfte mit sich. Sollte er diesen Verdacht mit Hundt besprechen? Er war sich sicher, dass es keinen Zusammenhang mit dem Mord an dem Unbekannten und dem Diebstahl des Bentleys einschließlich des gesprengten Tresors gab. Oder doch? Hans-Gundolf Vogeley war erschrocken gewesen, als Thönnissen ihn bei seinem Selbstgespräch am Unimog überrascht hatte. Ach, war das alles kompliziert. Wie schön war seine eigene Welt ohne Mord und Brandstiftung, Autodiebstahl und Explosion im Kofferraum, Ashram und …

Die schwergewichtige Meta Hansen hatte ihn erspäht und kam zielgerichtet auf ihn zu.

»Hast du den inzwischen erwischt, der den Raubüberfall auf mich verübt hat?«, fragte sie atemlos.

»Das war kein Raubüberfall, sondern ein einfacher Diebstahl«, belehrte er sie.

»Einfacher Diebstahl?« Sie stemmte empört die Fäuste in die Hüften. »Die Bande ist bei mir eingedrungen. Was wäre gewesen, wenn sie mich gefesselt hätten? Oder noch mehr?«

Thönnissen hatte Mühe, ein Lachen zu unterdrücken. An Meta würde sich kaum jemand vergreifen. Zumindest nicht freiwillig.

»Wir müssen zuerst die anderen Fälle klären. Dann kümmere ich mich um deinen.«

»Das wird immer schöner«, schimpfte Meta Hansen. »Unbescholtene Bürger werden nicht mehr beschützt. Wozu haben wir die Polizei?«

Thönnissen beruhigte sie, stand auf und fuhr zum Tiefwasseranleger. Er stellte den Golf gleich neben der Brücke ab, die auf die Fähre führte.

»Papi, Papi, was ist das für ein komischer Polizeiwagen?«, hörte er eine aufgeregte Kinderstimme.«

»Der ist genauso komisch wie die Leute auf Pellworm«, hörte Thönnissen den Vater antworten. Der Inselpolizist nahm sich vor, das Auto des Manns in einer »allgemeinen Verkehrskontrolle« eingehend zu prüfen. Zunächst aber befragte er die Mannschaft der »Pellworm I«, ob ihnen etwas Verdächtiges aufgefallen sei, ein Inder, Filsmair oder sonst irgendwelche Personen, die sich merkwürdig verhalten hätten.

»Wer ist Filsmair?«, wollte Jan-Hinrich wissen, der heute anstelle Peter-Jakobs Dienst hatte. Thönnissen konnte es ihm auch nicht erklären.

»Filsmair eben.«

»Ach der«, antwortete Jan-Hinrich.

»Kennst du den?«, hakte Thönnissen nach.

»Nee«, erwiderte der Decksmann und winkte das nächste Fahrzeug auf die Fähre.

Elf

Hundt saß am Esstisch und arbeitete mit seinem Notebook. Auf der Tischdecke standen die Kaffeekanne und ein Becher.

»Wird Zeit, dass Sie eintrudeln«, begrüßte er Thönnissen und hob das Trinkgefäß an. Auf der weißen Decke zeichnete sich ein hässlicher brauner Ring ab.

»Was ist das für ein Schweinkram?«, beschwerte sich der Inselpolizist.

»Das frage ich mich auch«, entgegnete der Hauptkommissar ungerührt. »Ich habe immer gedacht, Sie wären ein halbwegs ordentlicher Mensch. Und dann das hier.«

»Das waren Sie. Und wie kommen Sie überhaupt dazu, Kaffee zu kochen?«

»Sie waren nicht da«, erwiderte Hundt ungerührt. »Und der Fleck – der war schon da. Bevor Sie sich über Nichtigkeiten aufregen, sollten Sie Bericht erstatten.«

»Ich habe erneut die Zeugen befragt. Nichts. Dann war ich an der Fähre und habe nach Hodlbacher, dem Inder und Filsmair gefragt. Auch nichts.«

»Das ist dürftig«, beschied ihn der Hauptkommissar. »Es wird Zeit, dass Sie einmal Erfolge aufweisen, Obermeister. So wie ich.« Er zeigte auf sein Notebook. »Hubertus Filsmair ist wegen Körperverletzung vorbestraft. Eine tolle Truppe, die sich der Guru da angelacht hat. Der Buchhalter – ein Betrüger, der Unterschlagungen begangen hat. Sein Fahrer und Leibwächter – ein Schläger.«

»Dann passt es, was Schmutzler berichtet hat. Als der Buchhalter nachfragte, wann er sein Gehalt ausbezahlt bekäme, hat ihn Filsmair zur Seite genommen und bedroht. Das muss auf eine sehr subtile Art geschehen sein. Zumindest war Schmutzler davon beeindruckt.«

Hundt sah auf die Uhr. »Ich werde jetzt Feierabend machen«, verkündete er. »Bringen Sie mich zu meiner Unterkunft.«

»In das Haus meiner toten Tante?«

Der Hauptkommissar erstarrte. »Ist die noch nicht abgeholt?«

»Doch. Wollen Sie wirklich dort übernachten? Ist das nicht pietätlos?«

»Sie haben recht«, sagte der Hauptkommissar und legte eine längere Pause ein, in der er Thönnissen durchdringend ansah. Dann streckte er den Zeigefinger vor. »*Sie* werden dort übernachten. Ich bleibe hier.«

»Nein.«

»Doch.«

Thönnissen baute sich vor Hundt auf und nahm eine drohende Haltung ein. »Das ist keine Diskussion. Bis hierher und nicht weiter. Suchen Sie sich ein Quartier. Wo – das ist mir egal. Aber in meinem Haus übernachten Sie nicht.«

»Sie können doch nicht …«, warf Hundt ein.

»Doch. Ich kann!«

Eine innere Befriedigung erfüllte ihn. So hatte er sich noch nie gegen Hundt durchgesetzt.

»Das ist ein unfreundlicher Akt«, klagte der Hauptkommissar.

»Ich bin unfreundlich«, bestätigte Thönnissen. »So wie alle Insulaner.« Zumindest gegenüber Polizeihunden, ergänzte er im Stillen. Gleich, ob sie sich mit oder ohne ›t‹ schreiben.

Hundt versuchte es noch einmal, aber der Inselpolizist war hartnäckig. Resigniert trottete der Hauptkommissar zum Golf.

Thönnissen setzte Hundt vor Tante Gustes Haus ab. Er verzichtete darauf, es zu betreten. Auch wenn die alte Dame bettlägerig war und in der letzten Zeit nur selten die Lagerstatt verlassen hatte, kam ihm das Anwesen leer und verlassen vor. Die Erinnerung, dass einer der letzten Ausflüge der Tante aus dem Bett zum Duschbad geführt hat, wo sie den nackten Hauptkommissar begutachtete, zauberte ihm ein Lächeln aufs Gesicht. Ob sie jetzt auf einer Wolke sitzt und Pellworm beobachtet?

Tante Guste, formulierte er lautlos, bist du jetzt glücklich? Oder hast du Stress im Himmel, weil du Petrus an der Himmelspforte ein falsches Alter genannt hast? Hast du schon erkundet, ob man dort oben auch Männer verführen kann? Immerhin hast du es auf Erden weidlich ausgekostet. Und erfolgreich. Mit jedem Mal, bei dem du Witwe geworden warst, hat sich deine Schatulle weiter gefüllt. Ein Schreck durchfuhr Thönnissen. Mein Gott! Ich bin der einzige Verwandte, fiel ihm ein. Möglicherweise fällt mir jetzt auch ein kleiner Geldbetrag zu, und das *ohne* verwitwet zu sein. Ob Tante Guste es verstehen würde, wenn er das Erbe nutzte, um einen Teil der Reisekosten nach Tuvalu abzudecken?

Er schreckte hoch, als es an der Autoscheibe klopfte.

»Springt der Wagen nicht an?« Hundts Stimme klang gedämpft durch die geschlossene Scheibe.

»Doch«, erwiderte Thönnissen. »Ich habe mir nur meine nächsten Aktionen geplant.«

»Das überlassen Sie mir. Es reicht, wenn Sie das tun, was ich Ihnen auftrage.«

Thönnissen startete den Motor und fuhr los. »Einem Inselfriesen kann man nichts befehlen«, murmelte er. Was sollte er jetzt unternehmen? Eigentlich müsste er sich um die Beerdigung kümmern.

Sollte er zum Pastor fahren?

Nein! Hannes Bertelsen wüsste, was zu tun ist. Und hier auf der Insel musste kein Angehöriger dem Geistlichen etwas über den Verstorbenen erzählen, damit der bei der Beerdigung rührende und salbungsvolle Worte zum Leben und Wirken des Toten vortragen konnte. Bertelsen kannte seine Schäfchen. Und mit dem Pastor über den Benzinkanister hinter dem großen Pagodenzelt auf dem Ashram reden? Thönnissen schüttelte den Kopf. Er lenkte den Golf zum Neubau von Lund. Das Haus war verschlossen. Ipsen hatte schon Feierabend gemacht. Mit einem Seufzer auf den Lippen fuhr er zu Ipsens Haus. Auf dem Grundstück war nicht nur die Tischlerei untergebracht, sondern auch das Bestattungsinstitut.

Lieschen Ipsen kam aus der Küche, als er die Diele betrat und der melodische Gong ertönte. Sie hielt eine Mohrrübe in der linken Hand, rechts den Schaber.

»Moin, Frerk«, begrüßte sie ihn. »Kommst du wegen Tante Guste? Oder gibt es schon wieder einen Toten?«

»So schnell stirbt es sich nicht auf Pellworm. Ist Jesper da?«

»Du kannst auch mit mir schnacken. Wir haben deine Tante abgeholt und schon fertiggemacht. Gewaschen. Geschminkt. Angezogen. Die sieht richtig schnuckelig aus. Wie zehn Jahre jünger. Die geht jetzt wie neunzig durch. Willst du sie sehen?«

Thönnissen wehrte ab. »Ich habe eine Frage an deinen Mann.«

»Ich weiß auch über alles Bescheid. Um was geht es denn?«

»Das muss ich Jesper fragen.«

»Der ist auch nicht klüger.«

Aber weniger sabbelig, dachte Thönnissen.

Lieschen Ipsen drehte sich um, als ihr noch etwas einfiel. »Sag mal, wer bezahlt eigentlich die Beerdigung? Du?«

»Ja.«

»Das kostet aber eine Kleinigkeit.«

»Tante Guste ist es mir wert.«

»So?« Lieschen rieb Daumen und Zeigefinger gegeneinander. »Hast du was geerbt? Wie viel denn? Normalerweise
kümmern wir als Bestatter uns um die Lebensversicherung.
Aber bei so alten Leuten ist da nichts mehr. Wovon hat die
Tante eigentlich gelebt?«

»Von Luft und Liebe. Sonst wäre sie nicht so alt geworden.«

»Verarschen kann ich mich alleine«, grummelte die Frau.

»Ich helfe dir dabei«, rief er ihr hinterher. Es blieb ungehört.

Kurz darauf tauchte Ipsen auf, Lieschen im Gefolge.

»Ist alles so gelaufen, wie verabredet?«, fragte Thönnissen.

Der Bestatter nickte.

»Ich war zunächst bei Lund. Aber du bist schon weg gewesen«, erklärte der Inselpolizist.

Ipsen zuckte nervös mit dem Augenlid. Dabei hielt er die
angebissene Scheibe Vollkornbrot, die dick mit rohem Schin-
ken belegt war, in der Hand. »Es ist alles so gemacht worden,
wie du es gesagt hast.«

»Das hätten wir auch besprechen können«, meldete sich
Lieschen aus dem Hintergrund. »Die Arbeit bleibt ohnehin
bei mir hängen. Ich wasche die Leichen, nicht Jesper. Glaubst
du, der würde sie kämmen und schminken?«

»Ist gut«, sagte der Bestatter.

»Ich sag nur, wie es ist.«

»Komm mal mit«, forderte Ipsen Thönnissen auf und marschierte in Richtung der Kühlhalle, in der die Toten bis zur
Beisetzung aufbewahrt wurden. »Du kannst wieder in die Küche«, sagte er seiner Frau. Aber Lieschen folgte den beiden
Männern wie ein Schatten.

Ipsen wischte mit dem Hemdsärmel über den Sargdeckel,
nickte zufrieden, legte sein Brot darauf ab und setzte sich da-

neben. Er ließ die Beine in der Luft baumeln. »Ist in Ordnung«, sagte er eindringlich zu Lieschen.

»Ich habe das Gefühl, ihr habt ein Geheimnis«, beschwerte sich die Frau.

»Es geht um die Ausstattung der Trauerfeier«, erklärte Ipsen.

»Das wollte ich auch mit Frerk besprechen. Willst du die großen Leuchter? Die aus Silber?«

Thönnissen nickte.

»Dazu sehen die Standardblumengestecke aber mickrig aus. Da müssten wir auch größere nehmen.«

Thönnissen nickte.

»Wir könnten außerdem Rosenblätter streuen.«

Thönnissen nickte.

»Und was ist mit der Musik? Auch da lässt sich etwas arrangieren.«

Lieschen zuckte zusammen, als Ipsen sie anschrie: »Raus jetzt! Es reicht. Das ist kein Staatsbegräbnis.«

»Aber Frerk ist der einzige Erbe.«

»Seine Tante war keine Millionärin.«

»Dafür ist Frerk Beamter.«

Es half nichts. Lieschen ließ sich nicht abwimmeln.

»Wir haben alles besprochen«, erklärte Thönnissen und ging.

»Wart mal, da wäre noch ...«, rief ihm Lieschen hinterher. Er ignorierte es und fuhr zum Hotel.

Im Restaurant herrschte reger Betrieb, obwohl nicht alle Plätze belegt waren. Thönnissen fand einen Zweiertisch am Fenster und ließ sich von der Bedienung die Karte bringen.

»Was willst du hier?«, schnauzte ihn Feddersen an und baute sich vor dem Tisch auf.

»Findet hier nicht das Jodelpraktikum statt?«, antwortete Thönnissen. »Dann werde ich doch zu Abend essen. Oder rätst du mir als Freund davon ab? Man munkelt im Ashram, dass das von dir gelieferte Essen miserabel sei.«

»Das habe ich dir schon erzählt«, giftete Feddersen zurück und zupfte am Ärmel der Uniformjacke. »Musst du in Arbeitskleidung ins Restaurant kommen? Stell dir vor, der Fischer käme im Ölzeug gleich von seinem Boot hierher.«

»Ich verkörpere die Staatsgewalt«, erwiderte Thönnissen. »Ich komme direkt von harten Ermittlungen und will mich stärken. Hast du etwas dagegen einzuwenden? Wenn du möchtest, kann ich die Uniform auch ablegen und setze mich in Unterwäsche hierher.«

»Du kannst mich mal«, fluchte Feddersen und beugte sich zu Thönnissen hinab. »Wie ist es nun? Ich meine, noch habe ich kein Geld gesehen. Ob ich da morgen aufmarschiere und die Bezahlung mit Nachdruck einfordere?«

Thönnissen grinste. »Das würde ich mir überlegen. Wer einen Wohnwagen anzünden kann, versteht auch, wie man ein Hotel abfackelt.«

»Mach keinen Scheiß. Ich denke, das sind alles Friedensjünger. Peace und so. Ich habe einen gesehen, der lief wie ein alter Indianerhäuptling mit einer Pfauenfeder im Haar herum.«

»Du liegst schon ganz richtig mit deiner Vermutung. Die Indianer werden auch folkloristisch verklärt. Dabei wissen wir alle, wie hundsgefährlich die sind. Die haben ihre Feinde am Marterpfahl geröstet. Oder hast du nie Western gesehen?«

Feddersen nickte.

»Du hast dich doch begeistert gezeigt über deinen Coup, die Esoteriker mit ihrem Guru hierherzulocken. Deine Zimmer sind belegt ...«

»Das wären sie auch so«, warf Feddersen ein. »Bei den Zimmern, die ich als Kontingent den merkwürdigen Leuten reserviert habe, haben die mich mächtig im Preis gedrückt. Außerdem beschweren sich die anderen Gäste über den Gestank der Räucherkerzen. Ich habe Sorge, dass Claas mit seiner Feuerwehr anrückt, weil irrtümlich Feueralarm ausgelöst wurde.«

»Dann schickt dir die Gemeinde eine Rechnung für den Fehlalarm. Stell dich doch vor einen großen Spiegel und sprich mit dem Bürgermeister.«

»Arschloch«, raunte ihm Feddersen zu.

»Die Leute vom Touristbüro sind begeistert. Endlich ist etwas los auf der Insel. Die Zimmervermieter freuen sich über das zahlungskräftige Publikum. Große Autos rollen über Pellworm. Davon profitiert auch die Fähre.«

Der Hotelier bemerkte nicht den ironischen Unterton. »Das ist es, was ich gehofft habe. Die Leute suchen einen ganzjährigen Platz für einen neuen Ashram. Stell dir vor, es gelänge, sie von Pellworm zu überzeugen. Wir hätten Gäste, die auch außerhalb der Saison herkommen …«

»Und Grünfutter essen. Die verwelkten Blätter müssen nicht mehr auf den Kompost«, warf Thönnissen ein. »Glaubst du wirklich, dass alle Insulaner sich für ein solches Image Pellworms begeistern können?«

Feddersen hatte nicht zugehört. Er hob seinen Arm, als würde er etwas in die Luft malen. »Pellworm – die Insel, wo der Sinn des Lebens ergründet wird.«

»Stimmt«, mischte sich eine Stimme ein. Herbert Theile war zu ihnen getreten. »Ich habe ihn hier gefunden.« Er nahm Platz, ohne zu fragen. »Zwei Bier«, forderte er Feddersen auf. »Oder drei, wenn Sie eines mittrinken.« Protest war zwecklos. Feddersen zog sich zurück.

»Wenn es nach mir ginge, würde ich dem neuen Yogi-Bär in dem Asch-Dingsbums auch ein Bier ausgeben. Eins? Ein ganzes Fass«, sprudelte es aus Theile heraus. »Toll, was der auf die Beine gestellt hat. In so kurzer Zeit. Da laufen überwiegend Frauen diesen Gurus hinterher. Dieser ganze Esoterikkram ist offenbar Weibersache. Die waren unruhig, als das nicht funktionierte. Mit einem Schlag«, dabei donnerte seine flache Hand auf die Tischplatte, dass die Gäste an den Nachbartischen zu ihnen herübersahen, »hat er mehrere hundert Frauen zufriedengestellt. Wir«, dabei blinkerte er mit dem rechten Auge, »sind ja froh, wenn wir es bei einer schaffen. Das ist ein richtiger Frauentyp. Hast du ihn schon gesehen?«

Thönnissen nickte.

»Ich weiß nicht, warum die auf den fliegen. Ich würde zu gern wissen, was hinter den blondgefärbten Locken der Frauen vor sich geht, wenn so eine Figur auftaucht. Man sagt uns immer nach, dass wir den Verstand ausschalten, wenn eine knackige Blondine mit Körbchengröße D vorbeischarwenzelt. Aber meine Rothilde will mir nicht verraten, ob es bei Frauen genauso ist, ich meine, wenn dort ein Gigolo mit hautenger Jeans und einem Knackarsch auftaucht. Ich gönne Rothilde das Vergnügen. Mehr als Träume kommen ohnehin nicht bei raus. Und während sie im Chor ›Ooommm‹ singt, habe ich meine Ruhe.« Mit großen runden Augen sah er der jungen Kellnerin entgegen, einer hübschen Insulanerin. Thönnissen wusste nicht, ob Theile wegen der nett wippenden beiden Halbkugeln so strahlte oder ob es den beiden Biergläsern galt. Er nahm seins entgegen und trank einen großen Schluck, bevor er das Glas abstellte. Das langgezogene »Ahhhh« gab Aufschluss über seinen Blick und seine Gedanken. Er fuhr mit dem Finger am Rand des Trinkgefäßes entlang. »Ich beneide den Yogi nicht. Hast du dich mal umgesehen, was für Schabracken unter den Besucherinnen sind? Mit dem Gesichtszement, den manche aufgelegt haben, könntest du einen ganzen Neubau verfugen. Dabei hat der Yogi-Bär seine eigenen Miezen mitgebracht. Einen ganzen VW-Bus voll. Da sind echte Schnittchen drunter. Die laufen jetzt auf dem Gelände herum und arbeiten als Krankenschwestern oder so. Massage, Hupfdohlentraining und so 'n anderer Krams.« Theile kam etwas näher und deutete mit den Händen weibliche Rundungen an. »Eine von denen hat so viel Holz vor der Hütte. Bei der würde ich auch meine esoterische Ader entdecken.« Er griff zum Bierglas. »Ich bleibe lieber dabei. Prost.«

Thönnissen trank auch und setzte sein Glas wieder ab. »Der neue Yogi ist nicht allein gekommen?«

»Nee. Da war 'ne ganze Truppe bei ihm.«

»Wann sind die eingetroffen?«

Theile runzelte die Stirn. »Keine Ahnung. Vorgestern?«

»Bist du dir sicher?«

»So genau weiß ich das nicht.«

»Das wäre aber wichtig.«

»Nicht für mich.« Theiles Interesse galt seinem Bier. Er stürzte den Rest in einem Schluck hinunter und wedelte mit dem leeren Glas in Richtung der Bedienung. »Wo willst du hin?«, fragte er, als Thönnissen aufstand. »Soll ich alleine trinken?«

»Bin gleich wieder da.« Thönnissen ging vor die Tür und wählte die Nummer von Peter-Jakob, dem Decksmann der Fähre.

»Frerk?«, meldete sich dessen Frau und reichte den Hörer an ihren Mann weiter.

»Kannst du dich erinnern, ob vorgestern ein VW-Bulli mit einem Mann und mehreren Frauen mit der Fähre angekommen ist.«

»Klar«, erwiderte Peter-Jakob zu Thönnissens Überraschung. »Fünf tolle Hennen.«

»Jakob«, hörte Thönnissen aus dem Hintergrund die Maß-
regelung der Ehefrau.

»Das waren nicht meine Worte«, erklärte Peter-Jakob
gleichzeitig seiner Angetrauten und dem Inselpolizisten. »Ich
habe Thomsen die Stielaugen wieder einsetzen müssen, als er
die Frauen sah. ›Ein Kerl und fünf Bienen‹, hat er gesagt und
ist gegen ein abgestelltes Auto gelaufen. Du kennst ihn ja.
Wenn Thomsen eine alleinreisende Frau sieht, die zu uns nach
Pellworm kommt, brummt er immerzu ›Frischfleisch‹.«

»Du, das war wirklich vorgestern?«

»Ich kenne meinen Dienstplan. Es war die Mittagsfähre.«

»Das könntest du beschwören?«

»Komm mir nicht mit so einem offiziellen Mist. Da sage
ich nie wieder etwas«, drohte Peter-Jakob.

»War nur so dahergesagt. Danke. Du hast etwas gut bei
mir.«

»Das vergesse ich nicht«, erklärte der Fährmann und legte
auf.

Vergnügt kehrte Thönnissen ins Restaurant zurück und
setzte sich zu Herbert Theile. Der zeigte sich hocherfreut und
orderte die nächste Runde, die er »Willkommensschluck«
nannte.

Zwölf

Thönnissen wunderte sich nicht, als er vor dem Haus der Tante vorfuhr und Hundt auf der alten Bank sitzen sah.

»Reichlich spät«, begrüßte ihn der Hauptkommissar. »Halb zehn.«

»Moin. In der Vergangenheit haben Sie es vorgezogen, lange zu schlafen. Es war immer schwierig, Sie zu wecken. Manche Ärzte empfehlen bei Schlafproblemen ein Bier zum Abend. Bei Ihnen hat es gewirkt. Hatten Sie eine angenehme Nachtruhe?«

»Nein.«

»Es dürfte Sie niemand gestört haben.«

»Ich habe Geräusche gehört. Das Haus ist alles andere als ruhig.«

»Die Nacht war windstill.«

»Nicht draußen. Im Haus. Es hörte sich an, als sei die alte Frau unterwegs. Schlurfende Schritte. Dann knarrten die Treppe oder die Dielenbretter. «

»Ob Tante Guste noch etwas vergessen hat auf Erden?«, fragte Thönnissen. »Man hört manch merkwürdige Dinge. Ich war gestern beim Bestatter und habe noch einen Blick auf die Tote geworfen«, log er. »Sie lag friedlich im Schlaf. Allerdings war der Deckel noch nicht verschraubt. Sie haben mehr Erfahrung als ich. Kann es vorkommen, dass sehr betagte Menschen in einen todesähnlichen Zustand fallen und die Körperfunktionen auf ein kaum wahrnehmbares Maß zurückgefahren werden? Dann war sie noch nicht tot.«

»Ich traue Ihrem Doktor zu, dass er im Suff nicht genau diagnostiziert hat, ob die Alte wirklich tot war.«

»Ich möchte nicht, dass Sie von meiner Tante despektierlich als ›die Alte‹ sprechen.« Thönnissen war etwas lauter geworden. »Und Dr. Johannsen ist ein hervorragender Arzt. Seine Diagnosen treffen immer zu. Sie können über die Insel fahren und jeden hier fragen. Wir wollen keinen anderen Doktor bei uns.«

»Dann spukt sie jetzt im Haus herum.«

»Das ist gut möglich. Es soll solche überirdischen Erscheinungen geben. Vielleicht ist Tante Guste auch nur sauer, dass Sie ihr in der Nacht ihres Todes nicht geholfen haben. Sonst würde sie noch leben.«

»Blödsinn. Welcher aufgeklärte Mensch glaubt an solchen Humbug?«

»Sie haben davon gesprochen, dass hier Geräusche zu hören waren. Außerdem glauben die ›Kinder der Erleuchtung‹ und die dreihundert Leute, die nach Pellworm gekommen sind, an die Wiedergeburt.«

»Als was soll Ihre Tante wiedergekommen sein?«

»Vielleicht als scharfer Hund, um den zu zerfleischen, der sie leichtfertig hat sterben lassen.«

»Ich verbiete mir solche Wortspiele mit meinem Namen. Lassen Sie es, mir unterschwellig zu unterstellen, ich sei schuld am Tod Ihrer Tante. Sie ist eines natürlichen Todes gestorben. Um das Thema abzuschließen, können wir zum Doktor fahren und ihn befragen.«

»Das ist nicht notwendig«, gab Thönnissen klein bei. Im schlimmsten Fall käme heraus, dass Fiete Johannsen den Totenschein ausgestellt hatte, ohne sich Tante Guste noch einmal anzusehen. »Ich habe gestern Abend weiter ermittelt«, wechselte er das Thema und berichtete, was ihm Herbert

Theile erzählt hatte. Er ließ dabei die Umstände der Begegnung unerwähnt.

»Ist Verlass auf den Matrosen von der Fähre?«

»Ich würde der Aussage vertrauen. Außerdem können wir Teubert befragen. Er muss das Fährticket noch haben. Schließlich will er auch zurück aufs Festland.«

»Daran habe ich auch gedacht«, behauptete Hundt. »Also. Auf zum Lager.« Er erhob sich.

»Wollen Sie Ihr Notebook nicht mitnehmen?«, fragte Thönnissen.

»Überlassen Sie das mir«, schnauzte der Hauptkommissar und trottete zum Golf.

Es erstaunte Thönnissen erneut, welcher Wandel sich im Ashram vollzogen hatte. Alles lief friedlich und harmonisch ab, als hätte es die Aufregung der letzten Tage nicht gegeben. Auch der Wohnwagenbrand und das Mordopfer schienen verdrängt worden zu sein. Er trug seine Gedanken Hundt vor.

»Wir leben in einer Zeit, in der wir mit Informationen überschüttet werden«, dozierte der Hauptkommissar. »Da hören wir von einem Erdbeben mit zehntausend Toten. Zwei Tage später lautet die Schlagzeile, dass Claudia Schiffer sich neu verliebt hat.«

»Hat sie?«, fragte Thönnissen neugierig.

Hundt blieb stehen. »Sind Sie so blöd? Das war nur ein Beispiel.«

Sie fanden den Tresen im Empfangszelt besetzt vor und fragten nach Herrn Teubert.

»Der Yogi ist … ist … Warten Sie.« Die Rezeptionistin sah auf ihren Bildschirm. »Er hat in zehn Minuten eine Gruppenmeditation im Zentrum.«

»Zentrum?«

Die junge Frau nickte. »Das ist das große Zelt.«

»Dann gehen wir auch dahin«, beschloss Hundt.

»Wir sollten ihn in seiner Unterkunft besuchen«, schlug Thönnissen vor.

Der Hauptkommissar sah ihn ratlos an.

»Er wohnt im Wohnwagen des Gurus«, erinnerte der Insel-polizist.

Hundt marschierte los und überließ es Thönnissen, so lange zu klopfen, bis die Tür geöffnet wurde.

Teubert hatte sich ein knielanges Gewand angelegt. Thönnissen musste lachen, als er bemerkte, dass der Mann geschminkt war. Es war dezent, aber unterstrich die Augen und die Konturen des Gesichts. Der versteht sein Geschäft, dachte er, und wirkt in der Maske wie ein Schauspieler. Vor der Brust baumelte ein poliertes Stück Holz. Das Ganze war eine gelungene Inszenierung. Unter der knielangen seidenen Kurta, dem kragenlosen weitgeschnittenen Hemd, ragte der Dhoti hervor, das traditionelle Beinkleid indischer Männer.

»Setzen Sie das Theater jetzt fort?«, fragte Hundt bissig.

Teubert schenkte ihm nur einen verächtlichen Blick.

»Übernehmen Sie den Verein, nachdem die bisherigen Macher abgetaucht sind?«, formulierte Hundt seine Frage um.

Teubert hielt dem durchdringenden Blick des Hauptkommissars stand. »Sie erleben selbst, dass es mir gelungen ist, in kürzester Zeit die Gemüter zu besänftigen und die chaotische Organisation in die richtigen Bahnen zu lenken.«

»Also sind Sie der neue Guru?«

»Nehmen Sie es rein formell. Es gibt einen Geschäftsführer. Verträge. Da kann ein Dritter nicht handstreichartig einsteigen.«

»Er könnte aber ein ähnliches Projekt auf eigene Rechnung aufziehen«, erwiderte Hundt.

»Die Teilnehmer des Ashrams auf Pellworm haben ihren Beitrag entrichtet. Sie bekommen das, was sie erwarten.«

»Und wer bezahlt Sie?

»Niemand. Es geht mir um die Menschen, die mit einer gewissen Erwartung hierhergekommen sind.«

»Sind Sie edelmütig? Oder ist das eine Investition in Ihre eigene Zukunft? Sie nutzen die Gunst der Stunde, um die Leute zu Ihrem Geschäftsmodell rüberzuziehen? Statt zum Inder kommen sie zu Ihnen. Clever. Ist das von langer Hand geplant? Stecken Sie hinter dem ganzen Chaos? Mit dieser Masche lässt sich viel Geld machen. Das ist unbestritten. Wie haben Sie das alles organisiert?«, wollte Hundt wissen.

»Ich muss mich jetzt meiner Arbeit widmen. Da warten einhundertfünfzig Leute auf mich«, wich Teubert aus.

Hundt hielt ihn am Ärmel fest. »Halt. Nicht so schnell. Stimmt es, dass Sie nicht gestern, sondern schon vorgestern hier waren?«

»Warum fragen Sie so scheinheilig, wenn Sie längst Erkundigungen eingezogen haben?«

»Sie hätten es uns sagen müssen.«

»Haben Sie danach gefragt? Ich musste mir einen Überblick über die Lage verschaffen und brauchte etwas Zeit, einen Maßnahmenkatalog zu konzipieren. Der Erfolg gibt mir im Nachhinein recht.« Er befreite sich, schloss den Wohnwagen ab und ging davon.

»Ein zwielichtiger Bursche«, sagte Hundt und sah Teubert hinterher. »Wenn seine Aussage stimmt, war er zum Zeitpunkt, als der Wohnwagen angezündet wurde, noch nicht auf Pellworm. Wir haben aber noch den Bentley, die Explosion und das vermutlich geraubte Geld aus dem Tresor. Es ist nicht auszuschließen, dass Teubert von diesem Versteck wusste. Mit dem Geld als Grundstock kann er gelassen diese Veranstaltung durchziehen, ohne bei den Teilnehmern zu kassieren. Indirekt hätte er eine Vergütung bekommen. Steuerfrei und ohne für die Kosten aufkommen zu müssen. Und als Neben- effekt übernimmt er auch noch die Kunden des Inders. Nein, Thönnissen, hier ist etwas oberfaul.«

Die junge Frau an der Rezeption vermittelte ihnen das Gespräch mit einer der Therapeutinnen. Die Frau mit den Sommersprossen im runden Gesicht und der rotblonden Pa- genfrisur machte einen freundlichen Eindruck. Thönnissen registrierte, wie Hundt die wohlproportionierten weiblichen Rundungen wohlwollend begutachtete. Sonja Ohlmeyer, so stellte sie sich vor, hatte das gewisse Etwas. Sie war ... sie war ... Kuschelig!, befand Thönnissen nach einigem Überle- gen.

»Sie sind Krankenschwester?«, eröffnete Hundt die Befra- gung.

Frau Ohlmeyer schüttelte den Kopf. »Das klingt wie Stan- dardmedizin. Ich bevorzuge die Bezeichnung Therapeutin.«

»Und was therapieren Sie?« Hundts Ton klang unfreundlich.

»Körperliche Beschwerden, Ungleichgewicht der inneren Balance, Atemtherapie, Bewegungsstörungen, Schlafstörun- gen ...«

»Sie sind sozusagen ein Universalgenie«, giftete Hundt sie an und erhielt als Antwort ein Lächeln. Dabei zeichneten sich zwei reizvolle Grübchen auf den Wangen der Frau ab.

»Es ist nett, wenn Sie das so umschreiben.«

Der Hauptkommissar öffnete den Mund. Für einen Mo- ment sah es aus, als wolle er sein eigenes Zitat relativieren, unterließ es aber doch.

»Wann sind Sie nach Pellworm gekommen? Wie? Und was haben Sie gemacht, bevor Sie hier im Lager Ihre – ähh – Uni- versaltherapie begonnen haben?«

Erneut lächelte sie und stemmte ihre Fäuste in die Hüften.

»Ist das ein neuer Anmachspruch? Nicht sehr kreativ.«

»Wir sind von der Polizei?«

Sie ließ ihren Blick von Hundt zu Thönnissen und wieder zurück wandern. »Bei dem Herrn«, sie nickte in Richtung Thönnissen, »ist das ersichtlich. Aber Sie riechen nicht wie ein Polizist. Wir sind mit einem Fahrzeug vorgestern eingetroffen. Es war ein langer Törn vom Stamm-Ashram hierher. Man glaubt nicht, wie groß Deutschland ist.«

»Was für ein Fahrzeug war das?«

»Ein dunkelblaues.«

»Hören Sie auf, mich für dumm zu verkaufen.«

Deine Dummheit ist unverkäuflich, schoss es Thönnissen durch den Kopf, während er belustigt dem Dialog folgte.

»Der VW-Bulli gehört dem Yogi.«

»Welchem?« Hundt platzte vor Ungeduld.

»Yogi Teubert. Unser Einsatz auf Pellworm war lange geplant. Eigentlich sollten wir zwei Tage früher hier sein, aber es gab noch unvorhergesehen Arbeit im Stamm-Ashram. Das war dumm. Natürlich haben wir gehört, dass hier einiges nicht optimal gelaufen ist.«

»Was haben Sie gehört?« Der Hauptkommissar schnauzte sie förmlich an.

»Wenden Sie sich dazu an den Pressesprecher«, wimmelte sie ihn ab. »Ich bin nicht befugt, Ihnen solche Fragen zu beantworten.«

»Das wird immer schöner.«

»Finden Sie?«

»Was haben Sie gemacht, als Sie auf Pellworm eingetroffen sind?«

»Wir waren geschafft und müde von der Fahrt. Man hatte

zudem versäumt, uns ein Quartier bereitzustellen. So haben wir uns zunächst eine Unterkunft besorgt.«

»In einem Hotel?«

Sie nickte.

»Hotel Feddersen?«, mischte sich Thönnissen ein.

»Nein. Da haben wir es zuerst versucht. War aber alles belegt. Wir sind dann in einem kleineren Hotel untergekommen. Das müsste mal renoviert werden.«

»Sie meinen das Hotel Schnack?«, riet Thönnissen.

»Genau.«

»Wo waren Sie am Abend Ihrer Ankunft?«, wollte Hundt wissen.

»Wir haben im Hotel gegessen. War nicht sehr berauschend. Da gab es nur Sachen, die man bei uns nicht so kennt, viel mit Fisch. Nicht so mein Ding.«

»Und danach?«

»Ich sagte schon, dass die Fahrt anstrengend und ermüdend war. Wir haben uns sehr bald zurückgezogen.«

»Sie oder die anderen waren abends und in der Nacht nicht mehr unterwegs?«

»Ich nicht.«

»Und die anderen?«

Sie lächelte verschmitzt und zuckte mit den Schultern.

»Und am Folgetag?«

»Tja. Ich glaube, alle haben ein wenig länger geschlafen. Dann gab es ein ausführliches Frühstück.«

»Gemeinsam?«

»Ja. Warum nicht? Der Yogi und Ellen ...«

»Wer ist das?«

»Eine von uns. Die beiden sind zum Ashram und haben sich umgesehen. Wir anderen haben uns ein wenig die Zeit vertrieben. Als die beiden zurückkamen, haben wir uns zusammengesetzt, und der Yogi hat uns seine Ideen unterbreitet. Wie Sie sehen, war das erfolgreich. So! Damit das auch bleibt, muss ich weiter.« Mit einem fröhlich klingenden »Ciao« ging sie davon.

»He«, rief ihr Hundt hinterher, aber Sonja Ohlmeyer ignorierte es.

»Wollen wir jetzt die anderen Frauen befragen?«, wollte Thönnissen wissen.

»Das ist ein abgekartetes Spiel«, erklärte Hundt. »Da hören wir die gleiche Geschichte. Wir befragen den Hotelier.«

Das Äußere des Hotels war unverändert. Schnack hatte seit dem vergangenen Jahr nichts unternommen, um den Zustand seines Hauses zu verbessern. Von den Fenstern blätterte die Farbe ab, auf dem Dach wucherte das Moos, und die Grünanlagen hätten auch einer pflegenden Hand bedurft.

Hinter dem Tresen stand eine stämmige Frau mit brünetten Haaren, an deren Wurzeln das Grau nachgewachsen war. Der nächste Frisörtermin zum Färben war lange überfällig.

»Moin, Gudrun«, begrüßte Thönnissen sie. »Ist Schnack da?«

»Der ist hinten.«

»Holst du ihn mal?«

Wortlos wandte sie sich ab und tauchte in den Gang neben dem Schankraum ab. Wenig später kehrte sie zurück, den Wirt im Gefolge.

Schnacks Miene nahm einen finsteren Ausdruck an, als er die beiden Polizisten sah. »Das hat mir gerade noch gefehlt«, polterte er los. »Was ihr mir im letzten Jahr angehängt habt … Das reicht für zwei Leben.«

»Unerlaubter Waffenbesitz«, erwiderte Thönnissen, »und dann hast du dir auch noch eine Mordwaffe stehlen lassen. Das konnte nicht folgenlos bleiben.«

»Und wer hat mir die Steuerfahndung auf den Hals gehetzt? Ich bin mit denen immer noch nicht durch. Die wollen mich ruinieren. Ihr steckt doch alle unter einer Decke. Was wollt ihr mir heute andichten?«

»Wir möchten eine Auskunft«, erklärte Hundt.

»Ich bin kein Informationsbüro.«

»Bei dir wohnen ein Mann und fünf Frauen«, mischte sich Thönnissen ein.

»Mehr als das.«

»Stell dich nicht so blöd an. Du weißt, was wir meinen.«

Schnack stützte sich auf dem Tresen ab, verzichtete aber auf eine Antwort.

»Die sind vorgestern gekommen.«

»Kann sein.«

»Schnack, wenn du nicht kooperierst, nehmen wir deine Unterlagen mit.«

»Ihr seid Scheißkerle«, fluchte der Wirt.

»Das bringt Ihnen eine Anzeige ein«, drohte Hundt.

»Herr Schnack gibt uns jetzt alle Informationen«, versuchte Thönnissen die Wogen zu glätten.

»Das war eine kurzfristige Buchung«, murmelte der Gastwirt kaum wahrnehmbar und wiederholte es nach Aufforderung ein wenig lauter. »Die standen plötzlich vor der Tür. Es war Glück, dass ich noch drei Zimmer frei hatte.«

»Moment«, staunte Thönnissen. »Drei Doppelzimmer?«

Schnack nickte.

»Das sind aber fünf Frauen und ein Mann.«

»In welchem Jahrhundert lebst du? Ich sehe es euch an. Gäbe es noch den Kuppeleiparagrafen, würdet ihr mir glatt etwas anhängen. Ich seid doch …« Er ließ den Satz unvollendet.

»Wer hat mit wem zusammengeschlafen?«, fragte Hundt.

»Ist doch egal.«

»Schnack!« Thönnissen zeigte auf den Computer, mit dem der Wirt seine Buchungen verwaltete.

»Büttel«, fluchte Schnack, »müssen unter jede Bettdecke gucken. Nehmen wir an, die Truppe hat acht Stunden geschlafen. Wenn eine der Frauen Migräne hatte, dann haben die anderen vier alle zwei Stunden das Zimmer gewechselt. Der Kerl …«

»Teubert«, unterbrach Thönnissen.

»Der Bursche hatte also regen Damenbesuch in der Nacht.«

»Ist das immer so in deinem Hotel?«

Schnack winkte ab. »Setz deine Fantasie zielgerichtet ein.«

»Die sechs haben abends gegessen«, sagte Thönnissen.

»Ist das ein Vergehen?«

»Nein, aber eine Zumutung.«

»Du kannst mich m…«

»Vorsicht«, drohte Thönnissen. »Und dann?«

»Dann sind sie auf ihre Zimmer.«

»Und woher willst du wissen, dass nachts ein Bäumlein-wechsel-dich-Spiel stattfand?«

»Andere Gäste konnten deshalb nicht schlafen.«

»Ganz schön munter«, sagte Thönnissen zum Hauptkommissar, »dafür, dass die eine Zeugin uns erklärte, alle wären von der Fahrt rechtschaffen müde gewesen.« Zu Schnack gewandt, fuhr er fort: »Das ging die ganze Nacht?«

Der Gastwirt beugte sich vor. »Ununterbrochen«, wisperte er. »Der Kerl würde auf jeder Zuchtbullenausstellung den ersten Preis gewinnen.«

»Und gestern?«

»Der Mann und eine der Frauen waren weg. Etwa drei Stunden. Die anderen haben hier herumgelümmelt. Das Zimmermädchen war sauer, weil die Weiber nicht aus den Löchern kamen.«

233

»Siehste, Schnack, so gefällst du mir. Das erste Mal, dass du so selbstkritisch bist und deine Zimmer als Löcher bezeichnest.«

»Hau bloß ab«, rief ihnen Schnack hinterher.

»Das ist kein perfektes Alibi«, stellte Thönnissen auf dem Weg zum Golf fest. »Immerhin bestätigt Schnacks Auskunft aber das, was uns Sonja Ohlmeyer berichtet hat.«

»Niemand horcht die ganze Nacht an der Zimmerwand, was nebenan geschieht«, erklärte Hundt. »Das alles ist kein Beweis dafür, dass Teubert nicht doch unterwegs war, den Bentley gestohlen und den Tresor gesprengt hat.«

Leider musste Thönnissen ihm recht geben.

»Gibt es schon ein Ergebnis zum DNA-Abgleich?«

»Nein«, erwiderte Hundt einsilbig.

»Dann wissen wir immer noch nicht, wer der Tote ist.«

»Sie sollten die Leute befragen.«

»Das habe ich auch getan. Könnte man nicht etwas über den Zahnstatus in Erfahrung bringen?«

Hundt blieb abrupt stehen. »Das reicht jetzt, Thönnissen. Was glauben Sie, mit wem Sie es hier zu tun haben? Halten Sie mich für einen unerfahrenen Schwachkopf? Natürlich habe ich diese Möglichkeit in Betracht gezogen. Wer ist der behandelnde Zahnarzt? Die Leute sind mit ihrem Wanderzirkus herumgereist. Von Ort zu Ort. Haben Sie eine Vorstellung davon, wie viele Zahnärzte es in Deutschland gibt? Wollen Sie die alle befragen nach dem Motto ›Hallo. Hier gibt es einen Zahnstatus. Prüfen Sie einmal, ob er zu einem Ihrer Patienten passt. Welchen, können wir Ihnen leider nicht sagen.‹ Wie soll das funktionieren?«

»Also ist die DNA unsere einzige Hoffnung.«

»Wenn Sie sich zu dumm anstellen, effektive Nachforschungen im Zeltlager zu betreiben – ja.«

Sie stiegen ein.

»Wir fahren jetzt auf die Dienststelle«, ordnete Hundt an. »Dort liegt mein Notebook.«

»Bei mir?«, fragte Thönnissen überrascht. »Da ist nichts.«

»Ich habe es bei Ihnen gelassen, als wir gestern eilig aufgebrochen sind.«

»Das Notebook haben Sie nie aus der Hand gelegt. Mir wäre es aufgefallen, wenn Sie es bei mir vergessen hätten.«

»Vergessen! Wie kommen Sie darauf? Das klingt so, als hätte ich es aus der Hand gelegt.«

»Das kann ich mir auch nicht vorstellen«, behauptete Thönnissen. »Schließlich sind alle Arbeitsergebnisse auf dem Notebook gespeichert.«

Ein Seitenblick bestätigte ihm, dass er recht hatte. Hundt nagte an seiner Unterlippe. »Es ist bei Ihnen.«

»Das müsste mir aufgefallen sein.«

»Ihnen fällt nie etwas auf«, sagte der Hauptkommissar. »Los. Fahren wir zu Ihnen.«

Thönnissen hatte den Motor noch nicht abgestellt, als Hundt aus dem Golf sprang und zur Haustür hetzte. »Verflucht«, hörte Thönnissen ihn rufen, als der Hauptkommissar die Türklinke betätigte und feststellte, dass sie nachgab. »Haben Sie Trottel wieder nicht abgeschlossen?«

»Hier wird nichts gestohlen«, erwiderte Thönnissen und ließ unerwähnt, dass Meta Hansen und andere bei ihm vorstellig geworden waren, weil Lebensmittel und Getränke entwendet worden waren.

»Das ist Verleitung zum Diebstahl«, sagte Hundt im rauen Ton. »Wo ist mein Notebook?«

»Wenn Sie es genau wüssten, könnten Sie doch den Ort benennen, an dem es gelegen haben soll.« Sie waren ins Wohnzimmer eingetreten.

»Hier!« Hundt zeigte auf den Wohnzimmertisch. »Ich bin mir hundertprozentig sicher.«

»Da ist nichts. Sie sehen selbst. Sie haben es gestern Abend mitgenommen. Wie hätten Sie sonst noch arbeiten können, nachdem Sie bei mir aufgebrochen waren? Ich kann mir bei Ihrem Einsatz, den Sie zeigen, nicht vorstellen, dass Sie sich nicht mehr mit dem Fall beschäftigt haben.«

Ein wütender Blick streifte Thönnissen.

»Haben Sie das Notebook dabeigehabt, als Sie gestern Abend zum Essen waren, und haben es dort vielleicht vergessen?«

»Wollen Sie mir unterstellen, ich hätte meine Dienstpflichten verletzt? Womöglich sogar Alkohol getrunken?« Hundt wurde noch grimmiger, als Thönnissen schwieg. »Hüten Sie Ihre Zunge!«, drohte der Hauptkommissar.

»Und was machen wir jetzt?«, wollte Thönnissen wissen und war froh, vom Thema Notebook ablenken zu können. Hundt würde nie zugeben, dass ihm das verschwundene Gerät zu schaffen machte.

Die Frage wurde ihnen abgenommen. Boy Feddersen rief an.

»Ich habe einen Fall von Zechprellerei.«

»Bist du völlig übergeschnappt?«, fauchte Thönnissen. »Wir haben einen ganzen Sack schwerer Kapitalverbrechen, und du willst, dass wir uns darum kümmern, dass jemand das Leckbier nicht bezahlt hat, das du ausschenkst? Oder – noch schlimmer – ist er dir den Klogroschen schuldig geblieben?«

»Komm von deinem hohen Ross herunter«, erwiderte der Hotelier wütend. »Es könnte der Durchbruch in eurem Fall sein. Allein bekommt ihr Pappnasen das nicht auf die Reihe.« Dann legte er auf.

»Dem werde ich den Marsch blasen«, drohte Hundt, als

Thönnissen ihm den Inhalt des Telefonats berichtete. »Was glaubt der, wer er ist?«

»Der Bürgermeister«, entgegnete der Inselpolizist. Und mein Freund. Trotz allem, fuhr er unausgesprochen fort.

Auf dem Weg zum Hotel bewegte Hundt unentwegt seine Hand. Er ballte sie zur Faust und entspannte sie wieder. Als sie den Parkplatz erreicht hatten, knallte der Hauptkommissar die Tür des Golfs wütend zu.

»Es reicht, wenn Sie mir eine Beule reingefahren haben«, maulte Thönnissen. »Wenn jetzt auch noch die Tür heraus- fällt, muss ich wirklich mit dem Fahrrad über die Insel kur- ven. Sie glauben doch nicht im Ernst, dass ich mir Ihretwegen ein Tandem anschaffe, falls Sie wieder einmal zum Ermitteln nach Pellworm kommen. Gott möge es verhüten.« Dann be- eilte er sich, Hundt zu folgen, der inzwischen den Eingang erreicht hatte, ins Foyer stürmte und die erstbeste Mitarbeite- rin anschnauzte: »Wo ist Feddersen?«

Die junge Frau duckte sich. »Der Chef ist in seinem Büro.«

»Warten Sie mal«, versuchte Thönnissen den Festlandskri- minalisten zu stoppen, aber Hundt walzte los. Er riss die Tür auf und nahm vor Feddersen Aufstellung.

»Was fällt Ihnen ein? Was glauben Sie Hein Wichtig, wer Sie sind?«

Thönnissen hatte Feddersen noch nie so schnell aus dem Sitz hochkommen sehen.

»Ein Fußballverein bekommt immerhin noch einen Punkt, wenn er eine Nullnummer abliefert. Hat man Sie beim letzten Auskehren in Ihrer Dienststelle vergessen zu entsorgen?«

Es sah aus, als würde Hundt ausholen wollen. Seine Hand schwenkte zur Seite, blieb dort aber in der Schwebe.

»Ich verhafte Sie gleich«, brüllte Hundt.

Feddersen lachte meckernd auf. »Wie soll das gehen? Kann

ein Nichts jemanden verhaften? Wie wollen Sie das begründen? Steht im Protokoll: ›Ich Trottel habe den Bürgermeister verhaftet, weil ich sonst den Mordfall aufgeklärt hätte‹?« Feddersen streckte den Arm aus und schob den überraschten Hundt einfach zur Seite.

»Du hast jetzt genau zwei Möglichkeiten«, schrie er Thönnissen an. »Entweder du hörst mir zu, oder ich rufe drüben auf dem Festland an und erzähle denen, was für Pflaumen hier ihr Unwesen treiben.«

»Komm, Boy, beruhige dich«, versuchte Thönnissen es mit sanftem Ton.

»Ich – mich beruhigen?«, brüllte der Hotelier zurück. »Ich bin nicht aufgeregt.«

»Was wolltest du über die Zechprellerei berichten?«

»Welche Zechprell…?« Feddersen ruderte mit dem Arm in der Luft herum. Plötzlich schien es ihm wieder einzufallen. »Sag ich doch. Annedore Freifrau von Schöttelheim-Mecklenbeck. Hat das beste Zimmer und ist plötzlich spurlos verschwunden. Hätte ich von der nie gedacht. So eine feine Dame. Eine echte Dame, Frerk. Uralter Adel. Sie hat sich jeden Abend ein Piccolo aufs Zimmer stellen lassen. Nicht Sekt. Nein, Schampus. Nun ist sie verschwunden.«

»Was heißt verschwunden?«

»Weg. Up and away. Futschikato.« Feddersen tat, als würde er einen in seinen Händen gehaltenen Vogel in die Luft entlassen.

»Wer auf Pellworm Urlaub macht, sieht sich auch unsere schöne Insel an. Vielleicht ist sie auf einen Ausflug nach Hooge? Oder zu den Seehundbänken.«

»Für wie blöd hältst du mich?«, ereiferte sich Feddersen. »Etwa so bescheuert wie er da?« Er zeigte auf den Hauptkommissar.

Hundt wollte aufbegehren, aber Thönnissen gebot ihm mit einer Handbewegung zu schweigen.

»Was hast du beobachtet?«, forderte er den Hotelier zum Sprechen auf.

»Die Baronin fährt ein silbernes Mercedes-Cabriolet. Ein SL. Das Stück kostet bestimmt hundert Mille.«

»Das ist doch nicht verboten.«

»Aber einem kleinen Vermieter die Zeche zu prellen. Das ist ein Verbrechen«, schimpfte Feddersen.

»Was hat das mit den Morden zu tun?«

»Ist das nicht auffällig, dass so eine Klassefrau zu den Esoterikern geht? Da futtern die Leute Gras und saufen Wasser. Und die Baronin düst mit einem Edelschlitten vor, schüttet sich Schampus hinein, zieht die Nase kraus, als sie die Speisekarte gesehen hat, und diktiert mir, was ich aufzutischen habe? Ist das nicht verwunderlich? Und plötzlich ist sie weg.« Der Hotelier stieß Thönnissen vor die Brust. »Frerk, denk doch mal nach! Nur einmal!«

»Mit solchen Fantasiegeschichten blockieren Sie unsere Arbeit«, mischte sich Hundt ein.

»Halt die Klappe!«, tat Feddersen es ab. »Die hat was mit den Ereignissen zu tun, die sich hier abgespielt haben.«

»Wie heißt die Frau?« Thönnissen riss sich ein Blatt von einem Notizwürfel ab, der auf Feddersens Schreibtisch lag, und notierte sich: »Annedore Freifrau von Schöttelheim-Mecklenbeck. Wo kommt die her?«, fragte er anschließend.

»Aus Baden-Baden.«

»Ist sie verheiratet?«

»Nicht mit mir«, erwiderte Feddersen unwirsch.

Thönnissen setzte sich an den Schreibtisch des Hoteliers und rief die vorgesetzte Dienststelle an.

»Ich bin unterwegs, habe keinen Zugriff auf meinen Rechner und brauche eine schnelle Auskunft«, sagte er und gab die Daten durch. Kurz darauf erhielt er die Antwort.

»Das ist die Frau von Augustus Freiherr von Schöttelheim-Mecklenbeck. Stinkreich. Steckt bis über beide Ohren im russischen Gasgeschäft.«

»Deshalb Baden-Baden«, zeigte sich Thönnissen nicht überrascht. »Dann kennt sie auch den Exkanzler.«

»Sei vorsichtig mit deinen Vermutungen. Man munkelt, dass der Alte mit der Gas-Mafia zusammenarbeitet. Der Exkanzler hat schon Leute verklagt, weil die – ganz harmlos – behauptet haben, er hätte seine Haare gefärbt.«

»Ich habe nicht behauptet, dass es da eine Verbindung gibt.«

»Was ist mit der Frau? Willst du ihren Urlaub auf Pellworm verschönern?« Der Beamte vom Festland stutzte. »Wieso ist die auf Pellworm? Hat die sich verfahren und wollte eigentlich nach Sylt?«

»Wenn die Frau abgereist ist, bekommen wir es heraus«, sagte Thönnissen und sah auf die Uhr, »und wenn wir uns beeilen, schaffen wir es noch zur Fähre und können Peter-Jakob fragen.«

Sie erreichten den Tiefwasseranleger, kurz bevor die Fähre ablegte. Der Decksmann stand an der Brücke, die auf das Schiff führte, und sah ihnen gelangweilt entgegen.

»Peter-Jakob, eine kurze Frage. Erinnerst du dich an einen silbernen Mercedes SL Cabrio?«

»Klar.«

»Ist der auf die Insel gekommen?«

»Klar.«

»Und wieder zurück?«

»Klar.«

»Bist du dir sicher?«

»Klar.«

»Mensch. Das ist wichtig. Wann war das?«

»Weiß nicht genau.«

»Komm, streng dich an.«

»Gestern? Vorgestern?«

»Aber an den Wagen erinnerst du dich? Hundertprozentig?«

»Klar. Fahren nicht so viel davon herum. Kennzeichen aus Baden-Baden. War eine aufgetakelte Blondine. Älteres Semester.«

»War sie allein im Auto?«

»Auf der Hinfahrt schon.«

»Und zurück?«

»Sie hatte sich wohl einen auf Pellworm aufgegabelt. Jedenfalls saß da noch ein Typ mit im Auto.«

»Wie sah der aus?«

»Schwammiges Gesicht. Dunkler Teint. War keiner von hier.«

»Ein Ausländer?«

»Klar.«

»Ein Inder?«

»Was weiß ich, wie Inder aussehen. Könnte sein.«

»War noch jemand im Auto?«

»Wie denn? Da ist nicht viel Platz. Die Blonde und der dicke Ausländer waren auch nicht gerade schlank.«

Sie zuckten zusammen, als der Kapitän von der Brücke aus die dumpfe Tute in Betrieb setzte.

»Ich muss los«, sagte Peter-Jakob. »Wir fahren ab.«

»Einen Augenblick.« Thönnissen zog sein Smartphone hervor und zeigte dem Decksmann ein Foto des Gurus.

»Das ist er«, bestätigte Peter-Jakob und tippte sich an die Stirn. »Tschüss denn.« Kaum hatte er das Deck betreten, hob sich die Verladebrücke, und das Schiff rauschte ab.

»Das bestätigt meine These«, sagte Hundt. Sein Gesicht glühte vor Eifer. »Der Guru ist mit dem Geld abgehauen.«

»Hat er den Wohnwagen des Yogis in Brand gesetzt?«

Hundt schüttelte den Kopf. »Ich vermute, das war sein Fahrer.«

»Der ist aber nicht mit der Freifrau und dem Mercedes aufs Festland gefahren?«

»Handlanger gehen zu Fuß«, belehrte der Hauptkommissar den Inselpolizisten und rief auf seiner Dienststelle an. »Starten Sie sofort eine Fahndung nach einem silbernen Mercedes SL.« Er gab das Kennzeichen durch. »Außerdem werden folgende Personen zur Fahndung ausgeschrieben: Annedore Freifrau von Schöttelheim-Mecklenbeck. Der indische Staatsbürger Rishi Khongjee … Wie man das schreibt? Verflixt.« Hundt begann, den Namen des Gurus zu buchstabieren. Plötzlich brach er ab. »Was soll das heißen? Ich soll das alles per Mail aufgeben oder mich sogar direkt ins Polizeinetz einloggen? Nur weil Sie zu faul sind?«

Thönnissen grinste. Der Hauptkommissar konnte schlecht erklären, dass sein Notebook verschwunden war.

Hundt brüllte ein paar Beleidigungen ins Telefon, bis er fortfuhr: »Hubertus Filsmair. Nein! Nicht wie Bierfilz. Und Meyer nicht mit ›ey‹. Ja. Man kann Meyer auch mit ›air‹ schreiben. Ich habe noch einen Namen, der unbedingt zur Fahndung ausgeschrieben werden muss: Karl-Friedrich Hodl-bacher.« Er buchstabierte auch diesen Namen. Dann verzog sich sein Gesicht zu einer Fratze. »Warum erfahre ich das erst jetzt?« Seine Stimme überschlug sich fast. »Was heißt hier, man hätte es mir per Mail geschickt. Das Mindeste, was ich erwarten kann, ist, dass man mich telefonisch informiert. Wenn alle so arbeiten würden wie Sie, käme man nie zu einem Ergebnis. Wir hier …« Er sah Thönnissen an. »*Ich* muss mich hier auf Pellworm mit minimalen Mitteln durchschlagen«, korrigierte er sich, »und löse die Fälle trotzdem.«

Thönnissen hätte sich nicht gewundert, wenn Hundt das Telefon nach dem Gespräch wütend ins Wasser geworfen hätte. »Diese Trottel«, fluchte er.

Thönnissen räusperte sich. »Herr Hauptkommissar«, sagte er förmlich. »Gibt es neue Erkenntnisse?«

»Ich laufe mir hier die Hacken schief, um herauszufinden, wer der Tote ist. Dabei liegt der DNA-Abgleich mit der Probe, die wir aus Miesbach angefordert haben, lange vor.«

»Und?«, fragte der Inselpolizist neugierig.

»Angeblich hat man mir das Ergebnis auf mein Notebook geschickt.«

»Dann sehen Sie doch dort nach.«

»Wie denn? Sie haben es doch verlegt. Wo haben Sie es gelassen?«

»Ich habe Ihr Notebook nicht angefasst.«

»Ich sagte schon, dass es bei Ihnen im Haus lag.«

»Weiß man auf der vorgesetzten Dienststelle, dass Sie vergesslich sind?«, fragte Thönnissen. »Und nicht auf Ihren Computer geachtet haben?«

»Jetzt reicht es endgültig.« Hundt war außer sich. Thönnissen zog es vor, lieber zu schweigen.

Sie starrten auf das Wasser hinaus. Die Fähre hatte sich schon ein Stück entfernt und den Bogen um die Sandbänke eingeschlagen. Hinter ihrem Heck schien das durch die Schiffsschrauben aufgewirbelte Wasser zu kochen. Am Horizont zeichnete sich die Silhouette Nordstrands ab. Dort lag das Ziel des Schiffes. Dorthin hatten sich auch die Baronin, der Guru und Filsmair geflüchtet, da sie jetzt wussten, wer das Opfer war.

»Sind die Daten auf Ihrem Notebook wenigstens durch ein Passwort geschützt?«, fragte Thönnissen.

»Halten Sie mich für einen Idioten?«

Das war eine Situation, dachte Thönnissen, in der Ehrlichkeit falsch wäre. »Wenn Karl-Friedrich Hodlbacher das Mordopfer ist«, sagte er stattdessen, »und die Lehre der ›Kinder der Erleuchtung‹ nur einen Funken Wahrheit beinhaltet, müsste der Yogi Prabud'dha, unter dem Hodlbacher auf Erden herumgehüpft ist, irgendwann als Wiedergeburt wieder auftauchen: Schade, dass er sich kaum bei uns melden wird. Mich würden die Begleitumstände der Tat schon interessieren. Und wer hat den Bentley gestohlen und den Tresor im Kofferraum gesprengt?«

»Das waren dieselben Täter.«

»Warum? Der Guru und sein Fahrer Filsmair hatten den Schlüssel.«

»Dann hätten wir sofort gewusst, wie die beiden Täter vorgegangen sind. So haben sie uns verwirrt. Ein genialer Plan. Mit Sicherheit wären viele Polizisten darauf hereingefallen. Man muss schon ein sehr erfahrener Kriminalist sein, so wie ich, um nicht darüber zu stolpern.«

»Na ja«, murmelte Thönnissen.

»Haben Sie etwas gesagt?«

»Ich habe Ihnen zugestimmt.«

Hundt gab sich mit der Antwort zufrieden.

»Wollen wir uns das Zimmer der Baronin ansehen?« schlug Thönnissen vor.

»Das habe ich gerade gesagt«, behauptete Hundt.

Sie stiegen in den Golf ein und fuhren zum Hotel.

Feddersen empfing sie an der Eingangstür.

»Habt ihr die Zechprellerin?«, fragte er atemlos.

»Ja«, erwiderte Thönnissen.

Der Hotelier sah suchend an ihnen vorbei. »Wo ist sie denn?«

»Zur Fahndung ausgeschrieben.«

»Endlich eine erfreuliche Nachricht.« Er zeigte in die Ferne. »Die vom Festland kümmern sich darum?«

Thönnissen bestätigte es.

Feddersen stieß einen Seufzer der Erleichterung aus. »Dann besteht Hoffnung, dass der Sache Erfolg beschieden ist.«

»Hat dein Gast das Zimmer leergeräumt?«

»Woher soll ich das wissen?«, tat Feddersen ahnungslos.

»Weil du nachgesehen hast. Komm, wir kontrollieren, ob wir etwas finden.«

Feddersen ging vorweg und führte die kleine Prozession an. Das Zimmer lag in der obersten Etage ganz am Ende des Ganges. Thönnissen fiel auf, dass es auf dieser Seite des Flurs eine Tür weniger gab. Der Grund ergab sich, als Feddersen aufschloss. Sie betraten eine Suite, die der Inselpolizist noch nie gesehen hatte. »So etwas hast du in deinem Schuppen?«

»Schuppen?« Der Hotelier war verärgert.

Thönnissen klopfte ihm auf die Schulter. »Nimm's nicht wörtlich. Tolles Zimmer. Gratuliere.« Er meinte es ehrlich.

Der Raum war mit englischen Möbeln eingerichtet. Ein plüschiges Sofa und zwei tiefe Sessel luden zum Sitzen ein. In der Ecke stand ein Schreibtisch mit verschnörkelten Beinen. Es sah ein wenig wie auf einem englischen Landsitz aus. Das Bett stand im Nebenraum, das durch einen Durchbruch mit dem Wohnbereich verbunden war.

Feddersen zeigte auf das Silbertablett mit dem geschliffenen Kristallglas, dann auf die Minibar. »Der Champagner ist kalt gestellt.«

Hundt ging zum Kleiderschrank und schob das Schiebeelement zur Seite. »Merkwürdig«, sagte er. »Hier stimmt etwas nicht.«

245

Thönnissen pflichtete ihm bei. »Eine Zechprellerin nimmt ihre Kleidung mit. Das hier«, er wies auf den Schrankinhalt, »ist nicht im Internet erworben worden. Deine Baronin ...«

»Das ist nicht *meine* Baronin«, giftete Feddersen zurück.

»Die Frau ist nicht geflüchtet. Deine Sorge war voreilig.« Thönnissen ging zum Nachttisch und zog die Schublade auf. Er schreckte zurück.

»Hast du eine Leiche gefunden?«, unkte der Hotelier aus dem Hintergrund.

»Schlimmer.«

Neugierig traten Feddersen und Hundt herbei. In der Schublade lagen Medikamentenpackungen.

»Wer abhaut, lässt seinen Schmuck nicht zurück«, erklärte Thönnissen. »Ich gehe davon aus, dass die Perlenkette und die Brosche echt sind. Auch der Ring. Hast du keinen Tresor im Haus?«

Der Hotelier hatte nicht zugehört. Gebannt schaute er auf den letzten Gegenstand in der Schublade. »Was ist das denn?«, fragte er atemlos.

Thönnissen grinste breit. »Man nennt es Dildo.«

»Aber ... Hier schläft doch die Baronin?«, stellte er entgeistert fest. »Wie kommt so ein Ding in ihren Nachttisch?«

»Weil sie es mitgebracht hat«, erwiderte Thönnissen lakonisch.

Feddersen schüttelte energisch den Kopf. »Unmöglich. Die Frau ist von Adel.«

»Na und?«

»Ich stelle fest, dass keine Zechprellerei vorliegt«, meldete sich der Hauptkommissar zu Wort. »Dafür gibt es keine Indizien. Wenn die Aussage des Fährmannes stimmt, ist Freifrau von ...« Er sah Feddersen an.

»Von Schöttelheim-Mecklenbeck«, half der Hotelier aus.

»Ist die mit ihrem Wagen aufs Festland gefahren. Dabei hat sie …« Erneut sah er Feddersen an.

»Boy ist verschwiegen«, versicherte Thönnissen.

»Dabei hat sie den Inder mitgenommen.«

»Doch nicht freiwillig. Die ist erpresst worden«, behauptete der Hotelier.

»Dafür gibt es keine Anhaltspunkte. Frauen der sogenannten besseren Gesellschaft langweilen sich oft. Sie sind nicht berufstätig. Für den Haushalt haben sie Personal. So bleibt tagsüber Zeit für Tennis, Friseur oder Shopping. Und wenn ihr Mann auch nachts öfter auf Geschäftsreise ist – meistens mit der jungen Assistentin«, schob er altklug ein, »suchen sich die frustrierten Ehefrauen ein anderes Hobby. Frau von …« Erneut sah Hundt hilfesuchend Feddersen an. Der ignorierte es. »Frau von und zu«, fuhr der Hauptkommissar fort, »hat sich für den Guru und seinen Firlefanz begeistert. Wir haben gehört, wie dessen System funktionierte. Wer bereit war, viel zu löhnen, durfte in der ersten Reihe sitzen. Es wäre interessant zu erfahren, für welchen Betrag man ganz zu ihm vorgelassen wurde.«

»Sie meinen bis zu seinem Himmelbett?«, fragte Thönnissen.

»Ihre Fantasie geht mit Ihnen durch«, belehrte ihn Hundt.

Der Inselpolizist grinste. »Wenn ein jugendlich auftretender Stargeiger Klassik zelebriert, können sich doch auch nur gutbetuchte Frauen jenseits der Appetitgrenze …«

»Thönnissen, das ist geschmacklos«, erklärte Hundt.

»Jenseits der Grenze, wo der Appetit auf Marzipantorte ungezügelt ist«, setzte der Inselpolizist fort, »leisten. Ob so ein Musikerstar entgeistert gucken würde, wenn statt zarter Dessous wie bei einer Boygroup ein Spitzen-BH in Größe Doppel-D auf die Bühne fliegt? Also. Wir vermuten, dass die

Baronin dem Zirkus des Inders verfallen ist. Sie wird sich kaum an seinen finanziellen Akrobatiknummern beteiligt haben.«

»Da wäre ich mir nicht sicher«, sagte Hundt und sah ärgerlich auf, als Thönnissens Handy klingelte.

»Ja? Ah. Peter-Jakob. Was gibt's? ... Danke, dass du angerufen hast.« Nachdem er das Gespräch beendet hatte, hielt der Inselpolizist das Mobiltelefon in die Höhe. »Das war mein Verbindungsmann von der Fähre.«

»Wir wissen, wer Peter-Jakob ist«, unterbrach ihn Hundt rüde.

»Die sind gerade drüben in Strucklahnungshörn. Er wollte wissen, ob wir noch an der Frau im Mercedes interessiert sind.«

»Sagen Sie doch gleich, dass Frau von ... also die Dingsda zurück nach Pellworm fährt.«

»Genau«, bestätigte Thönnissen.

Feddersen sprang auf. »Dann fahren wir sofort zum Fähranleger und nehmen sie fest.«

»Sie machen gar nichts«, wies ihn Hundt zurecht und sah ebenso erstaunt wie Feddersen auf Thönnissen. Der Inselpolizist hatte es sich in einem der Sessel bequem gemacht und erklärte: »Wir können hier auf sie warten.« Dann forderte er Feddersen auf, Kaffee für die drei Männer aufs Zimmer zu bestellen.

Die Getränke waren geliefert, und sie warteten angespannt, als sie das Ratschen des elektronischen Türschlosses vernahmen. Gleich darauf flog die Tür auf, und eine blondierte Frau erstarrte im Türrahmen. Thönnissen schätzte sie auf die Generation sechzig plus. Sie war sportlich-elegant gekleidet und unternahm gar nicht den Versuch, den zahlreich angelegten Schmuck dezent erscheinen zu lassen.

»Was hat das zu bedeuten?«, fragte sie mit spitzem Ton, ließ ihren Blick wandern und ihn bei Feddersen halten.

Der Hotelier sprang auf. »Gnädige Frau«, begann er holprig, »wir haben uns Sorgen um Sie gemacht. Die Herren sind von der Polizei.«

»Sparen Sie sich den Schmus. Was haben Sie in meinem Zimmer zu suchen?«

»Frau von …«, setzte Hundt an und legte die Stirn in Falten. Dieses Mal half ihm niemand, den Namen zu nennen. »Wir ermitteln in einer Reihe schwerwiegender Vergehen.«

»Na und?«

»Unsere Erkenntnisse haben bestätigt, dass Sie mit einem der Verdächtigen die Insel verlassen haben.«

»Spionieren Sie mir nach? Sind Sie übergeschnappt?« Sie war näher getreten und baute sich vor dem Tisch auf. »Nicht nur das ist eine Frechheit. Wo gibt es so etwas, dass der Hotelpage …«

Thönnissen registrierte, wie Feddersen bei diesem Wort zusammenzuckte.

» … und zwei nachgeordnete Beamte im Zimmer eines Hotelgastes Kaffeestunde abhalten?«

»Wir haben hier gewartet, um Sie zu vernehmen.«

»Mich?« Ihr linker Zeigefinger bohrte sich in den rechten Busen.

Das muss echt sein, überlegte Thönnissen. In der kurzen Kunstpause, die entstand, quietschte kein Silikon.

Hundt hüstelte. »Sie haben fluchtartig Pellworm verlassen. Erklären Sie uns, warum.«

»Ich denke nicht daran. Dieses ist ein freies Land. Aber wenn es Sie interessiert … Ich hatte dringende Geschäfte auf dem Festland zu erledigen.«

»Darf ich fragen, welcher Art?«

»Nein!«

»Sie haben einem mutmaßlichen Mörder zur Flucht verholfen. Das ist strafbar.«

Der massive Vorwurf traf Frau von Schöttelheim-Mecklenbeck nicht. »Der Guru – ein Mörder? Die ganze Welt weiß, dass er Gutes tut. Der Mann ist ein Segen für die Menschheit, auch wenn Kleingeister wie Sie das nicht verstehen.«

»Mich interessiert das esoterische Geschwafel nicht. Ich suche einen Mörder.«

»Lächerlich. Sie glauben nicht im Ernst, dass der Raja einen Menschen tötet und anschließend einen Wohnwagen in Brand setzt? Mit denselben Händen, die auf wundersame Weise heilen und segnen? Absurd.«

»Warum hat dieser Wunderknabe Sie animiert, ihm bei der Flucht zu helfen?«

»Weil eine unfähige Polizei in Gestalt von Ihnen beiden«, dabei zeigte sie nacheinander auf Hundt und Thönnissen, »den Guru nicht davor schützen konnte, dass er ausgeraubt wurde. Bis auf den letzten Cent.«

»Hat er das behauptet?«

»Das weiß hier doch jeder«, erklärte sie. »Er ist völlig mittellos.«

»Das nehmen Sie ihm ab? Jeder hat ein oder mehrere Konten und Kreditkarten.«

»Das sind weltliche Dinge. Damit beschäftigt sich der Guru nicht. Sie haben wirklich keine Ahnung.«

Hundt lachte und ließ es verächtlich klingen.

»Ein Raja lügt nicht«, versicherte die Baronin.

»Sie haben ihm Geld gegeben?«

»Es gibt Selbstverständlichkeiten«, sagte sie.

»Wohin haben Sie ihn gefahren?«

»Er wollte nach Kiel zur Fähre.«

»Nach Schweden ist er geflüchtet«, überlegte Hundt laut. »Was will er dort? Ausgerechnet Schweden?«

»Schweden. Sonst wo. Seine Heimat ist die Welt.«

»Das wird ein Nachspiel für Sie haben«, drohte Hundt. »Die Staatsanwaltschaft wird gegen Sie ermitteln und prüfen, ob Sie der Beihilfe zum Mord verdächtig sind.«

Warum holt Hundt immer den ganz großen Quast heraus?, überlegte Thönnissen. Glaubte der Hauptkommissar, damit sein Gegenüber einschüchtern zu können?

Annedore Freifrau von Schöttelheim-Mecklenbeck schien es nicht zu beeindrucken.

»Hirngespinste«, sagte sie. »Was wollen Sie mir unterstellen? Was wollen Sie nachweisen?«

»Die Spurensicherung wird den Beweis erbringen, dass der Inder in Ihrem Auto gesessen hat. Außerdem gibt es Zeugen. Und Sie haben es eben selbst bestätigt.«

»Ist es strafbar, wenn der Guru ein Stück mit mir im Auto gefahren ist?«

»Das wird sich erweisen«, sagte Hundt.

»Was wollen Sie, kleines Licht, bewirken? Wissen Sie, wer mein Mann ist? Für den arbeiten die besten Anwälte Europas. Wenn die einmal Luft holen, kleben Sie bei denen unter der Nasenöffnung.« Sie streckte den Arm aus und zeigte mit dem Finger Richtung Tür. »Und jetzt – raus. Alle drei. Aber dalli. Und der Page«, dabei nickte sie in Feddersens Richtung, »soll das dreckige Geschirr mitnehmen, mit dem Sie mein Zimmer verunziert haben. Aber fix, sonst trete ich etwas los, das diese Insel untergehen lässt.«

Betreten verließen die drei Männer das Hotelzimmer. Als sich die Tür hinter ihnen geschlossen hatte, blieb Hundt stehen.

»Was erlaubt sich diese blöde Kuh? Sie glaubt, etwas Besonderes zu sein. Der werde ich die Hölle heißmachen. Der hänge ich eine Anklage wegen Beihilfe zum Mord an. Ohne ihre Fluchthilfe hätte ich den Mörder gefasst.«

»Wen?«, fragte Thönnissen.

Der Hauptkommissar sah ihn mit großen Augen an. »Wen! Wen! Den Täter natürlich.«

»Also Filsmair.«

»Diesen Guru.«

»Ich denke, Sie halten den Chauffeur Filsmair für den Mörder.«

»Der ist doch nur ein Handlanger. Der Inder hat das alles ausgeheckt und Filsmair angestiftet. Um die Tat zu verdecken, hat er Filsmair vermutlich auch aufgetragen, den Bentley zu stehlen und den Tresor zu sprengen. Ich möchte wetten, dass der Guru das Geld zuvor herausgenommen hat.«

»Und weshalb?«, fragte Thönnissen.

»Genau deshalb, weil Leute ohne Fantasie und kriminelle Erfahrung die Zusammenhänge nicht erkennen.«

»Sie meinen Leute wie Sie?«

»Natürlich.«

Thönnissen hatte Mühe, das Lachen zu unterdrücken. Im Eifer hatte Hundt von sich als jemand mit krimineller Erfahrung gesprochen, obwohl er kriminalistische Erfahrung meinte.

»Ich muss Ihnen ein großes Kompliment aussprechen«, sagte der Inselpolizist. »Meine Hochachtung. Ihre Kombinationsgabe ist wirklich außergewöhnlich. Sie lassen sich auch durch geschickte Manöver nicht täuschen und vermögen zwischen Irrweg und Wahrheit treffsicher zu unterscheiden.«

»Was glauben Sie, weshalb man mich einen der fähigsten und erfahrensten Ermittler der Dienststelle nennt?«

Thönnissen nickte bedächtig und drehte sich zu Feddersen um.

»Na, Page?«

»Hör auf«, antwortete der Hotelier gereizt.

»Du hast hier Hausrecht. An deiner Stelle hätte ich die Alte sofort rausgeworfen.«

»Du hast wirklich keine Ahnung. Das ist eine Dame der Gesellschaft. Wenn die negative Schlagzeilen verbreitet, kann ich meinen Laden dichtmachen«, übertrieb Feddersen.

Thönnissen zupfte am Revers seines Freundes. »Dann kleide dich gefälligst ordentlich. Wo ist deine Uniform, Page? Und so ein rundes Hütchen mit dünnem Kinnriemen würde dir auch gut stehen. Dann hättest du Ähnlichkeit mit dem kleinen Affen, der früher beim Drehorgelspieler auf dem Leierkasten saß.«

Feddersen hob das Bein. Thönnissen entkam nur durch einen kleinen Zwischensprint dem Tritt in den Allerwertesten.

Es gab noch andere polizeiliche Aufgaben auf Pellworm. Mochten sie auch banal erscheinen, für die Menschen waren die kleinen Dinge wichtig. Daran maß man ihn. Als Polizist, als Mensch und Mitbürger. Thönnissen beschloss, Meta Hansen aufzusuchen und mit ihr über den merkwürdigen Diebstahl von Esswaren aus ihrem Kühlschrank zu sprechen, nicht zu vergessen die Flasche Eierlikör, die man hier hinter vorgehaltener Hand »Klötenköm« nannte.

Auf der schmalen Straße kam ihm ein Mercedes entgegen. Von weitem blendete der Fahrer die Lichthupe auf und betätigte das akustische Signal. Thönnissen verlangsamte das Tempo, fuhr an den Randstreifen und überquerte die Straße. Er hatte das Fahrzeug erkannt. Zu seiner Überraschung saß nicht Herbert Theile am Steuer, sondern dessen Ehefrau, die Waldorfschullehrerin.

»Herr Kommissar«, sagte sie, bevor er ihr Vorhaltungen machen konnte. »Ich wollte zu Ihnen. Gut, dass ich Sie hier treffe. Sie müssen sofort etwas unternehmen.«

»Nichts ist so bedeutsam, dass man die Verkehrsregeln außer Acht lässt.«

»Doch«, widersprach Rothilde Lohse-Theile. »Mein Herbert ist verschwunden.«

Thönnissen unterdrückte die Frage, ob sie ihn wieder verprügelt habe. »Vielleicht unternimmt er einen Spaziergang.«

»Herbert? Niemals.«

»Oder er besucht ein Café oder Restaurant.«

»Allein? Das wagt er nicht.«

Thönnissen empfand Mitleid mit dem Mann. »Warten Sie
drei Tage. Dann kommen Sie zur Polizei und erstatten eine
Vermisstenanzeige.«

»Drei Tage? Sind Sie närrisch? Was kann in dieser Zeit alles
geschehen?«

»In drei Tagen kann man sich einen gleichnamigen Bart
wachsen lassen. Dann wird man nicht mehr erkannt, wenn
man nicht möchte.«

»Ich will, dass sofort nach Herbert gesucht wird.«

»Dafür bin ich nicht zuständig«, behauptete Thönnissen.
»Sie haben selbst erlebt, dass der Schwerpunkt meiner Kom-
petenz bei der Verkehrsüberwachung liegt.« Mit Genugtuung
registrierte er, wie sich ihr Gesicht knallrot färbte. Sie musste
an das Missgeschick bei der Ankunft gedacht haben, als sie nach
Thönnissens Kontrolle es nicht mehr schnell genug zur nächsten Toilette geschafft hatte. »Rufen Sie bei der Zentrale in Husum an und verlangen Sie ausdrücklich nach Hauptkommissar Hundt«, schlug er vor. »Das ist der beste Mann, den die
Polizei für solche Fälle hat.«

Er wollte sich umdrehen, aber sie hielt ihn am Ärmel fest.
»Bitte.« Es klang flehentlich. »Vielleicht merkt es nicht jeder,
aber ich liebe ihn.«

»Ihrem Mann ist mit Sicherheit nichts passiert.«

»Suchen Sie Herbert«, rief sie ihm hinterher, als er zu seinem Golf zurückkehrte.

Thönnissen dachte nicht daran. Er fuhr das kurze Stück bis zu Meta Hansen, parkte direkt vor dem Haus und klingelte. Nichts rührte sich. Die Frau war eigentlich immer zu Hause. Er umrundete das Haus und fand die Hintertür unverschlossen. Meta, dachte er, du hast aus dem Diebstahl nichts gelernt.

Er betrat die Küche und staunte über die peinliche Ordnung, die hier herrschte. Dann lächelte er. Auf dem Küchentisch standen zwei benutzte Eierlikörgläser. Das gehörte zu den kleinen Freuden des Alltags, für die Meta und ihre Gefährtinnen sich begeistern konnten.

Nichts rührte sich.

»Meta?«, rief er laut. »Hier ist Thönnissen. Ich komme wegen dem Einbruch.« Hundt hätte ihn an dieser Stelle belehrt, dass ein deutscher Beamter gefälligst den Genitiv zu verwenden habe. Es war immer noch still. Er glaubte allerdings, ein leises Rascheln aus dem Obergeschoss gehört zu haben.

»Meta? Alles in Ordnung? Hier ist Thönnissen. Die Polizei«, fügte er an. Er lauschte angestrengt, bis ein schwaches Schurren zu hören war. Dann polterte etwas. Thönnissen durchquerte die Küche und betrat den Flur. Eine hölzerne Treppe führte nach oben.

»Meta? Ich komme jetzt rauf«, sagte er laut.

»Hallo, Frerk«, vernahm er die Stimme der Frau. »Alles in Ordnung. Ich habe mich ein wenig hingelegt.«

»Es geht um deine Diebstahlsanzeige.«

»Kannst du vergessen. Alles wieder in Ordnung.«

»So geht das nicht.«

»Wenn ich's aber sage.«

Irgendetwas stimmte hier nicht, spürte Thönnissen. Vorsichtig ging er zur Treppe und setzte den Fuß auf die unterste Stufe. Er erschrak, als es laut und vernehmlich knarrte. Dann hörte er Schritte auf dem Podest am oberen Ende der Treppe. Kurz darauf tauchte die korpulente Frau auf. Sie hatte sich in einen Morgenmantel gehüllt und hielt dessen Vorderseite mit einer Hand verschlossen.

»Du musst die Anzeige schriftlich zurücknehmen.«

»Warum? Du kennst mich doch.«

»Eben«, murmelte Thönnissen. Laut sagte er: »Eine kleine Notiz genügt.«

»Ich komme runter«, erklärte Meta Hansen. Die Treppe ächzte, als sie die Stufen durch ihren kräftigen Körper malträtierte.

Thönnissen sah ihr entgegen. Sie hielt sich mit einer Hand am Geländer fest. Dabei rutschte der Morgenmantel etwas zur Seite, und ehe sie reagieren konnte, drängte ein mehr als üppiges weibliches Attribut ans Freie. Thönnissen brauchte ein paar Herzschläge, bis er sich von diesem Bild lösen konnte. Natürlich war Meta Hansen sichtbar rundlich – mehr als das. Aber dieser Anblick verschlug ihm die Sprache. Er hatte geglaubt, so etwas wäre nur in der Landwirtschaft beim Milchvieh denkbar.

Meta hatte die Treppe überwunden und vermied es, ihn anzusehen. »Erst kümmerst du dich nicht um mein Anliegen, und dann reißt du mich aus meinem Mittagsschlaf«, beschwerte sie sich.

»Ich wusste nicht …«, setzte Thönnissen an und wollte sich umdrehen. »Ich weiß nun Bescheid. Das hat noch zwei Tage Zeit mit der Erklärung, dass du die Anzeige zurücknimmst.«

Beide sahen auf, als es im Obergeschoss polterte. Thönnissen zeigte zur Zimmerdecke. »Das ist doch was.«

»Nein«, wisperte Meta.

»Ist der Einbrecher wieder da und bedroht dich?«

»Neeeiiin.«

Thönnissen beachtete nicht ihren Protest, schlich zur Treppe und stieg Stufe um Stufe empor. Es knarrte fürchterlich. Er orientierte sich kurz und fand die Schlafzimmertür angelehnt. Er stieß sie mit der Fußspitze auf und sah in das altertümlich eingerichtete Zimmer. Es roch ein wenig muffig. Dunkles Holz ließ den Raum noch düsterer erscheinen. Trotzdem lachte Thönnissen laut auf. Die Bettdecke war über der Liegestatt ausgebreitet. Darunter zeichneten sich die Konturen eines Menschen ab, dessen nackte Füße unten herausragten, weil er die Decke über den Kopf gezogen hatte.

»Achtung. Polizei«, sagte Thönnissen laut und schlug die Decke auf.

Der Mann sah ihm mit weit aufgerissenen Augen entgegen. Angst spiegelte sich darin wider. Er hatte die Arme schützend vor das Gesicht gelegt und blinzelte zwischen den gespreizten Fingern hindurch.

»Ich habe nichts getan«, behauptete der Mann.

»Das würde Meta aber mächtig enttäuschen«, erwiderte Thönnissen. »Herbert, was machst du hier?«

»Ich muss ein Geständnis ablegen.«

»Das musst du deiner Frau beichten.«

»Nein, anders, als du denkst.«

Thönnissen schüttelte den Kopf. »Dein amouröses Abenteuer interessiert mich nicht.«

»Das meine ich nicht. Ich war's.«

»Was?«

»Endlich ist es raus.«

»Was, Herbert?«

»Das mit dem Diebstahl. Mir war es einfach über – immer nur dieses lasche Grünfutter. Ich hatte einfach Hunger. Und

Rothilde hatte mich unter der Fuchtel. Du weißt schon, weshalb ich nichts gesagt habe. Ich schäme mich dafür, dass ich in fremde Häuser geschlichen bin. Das war Mundraub. Mehr nicht. Nun hatte ich ein schlechtes Gewissen, wollte mich entschuldigen und es wiedergutmachen. Na ja.« Er zupfte am Zipfel der Bettdecke. »Dann ist das hier passiert.«

»Lass dich nicht von deiner Frau erwischen.« Thönnissen grinste und wollte gehen.

»Von der lasse ich mir nichts mehr sagen«, erklärte Herbert. »Die kann von mir aus diesem indischen Heiligen hinterherreisen, so oft und so weit sie will. Ohne mich, wenn sie zu diesen sonderbaren Leuten will – gerne. Ich mache derweil Urlaub auf Pellworm. Euer Bürgermeister hat recht. Die Insel will erobert werden. Hier gibt es Deftiges zu essen. Und nicht nur das Futter ist 'ne Wucht. Jawohl.«

Als Thönnissen an der Tür stand, meldete sich Herbert noch einmal. »Die Wurst und der Eierlikör – das war ich. Aber nicht das andere.«

»Du hast dich nicht auf der Terrasse erleichtert?«

»Wo denkst du hin. Ich kack doch anderen Leuten nicht in den Garten«, formulierte er es deftig.

Lächelnd kehrte Thönnissen ins Erdgeschoss zurück, schwenkte seinen Zeigefinger und sagte: »Meta. Meta.« Dann verließ er das Haus durch die Hintertür und ging, ein paar Takte pfeifend, zum Golf zurück. Das Leben bot immer wieder Überraschungen. Auch auf Pellworm.

Er fuhr zum Ashram und wurde kaum wahrgenommen. Der neue Yogi hatte alles in den Griff bekommen. Thönnissen staunte, wie geordnet und wohlorganisiert es wirkte. Er ging auf direktem Weg zum alten Unimog der Vogeleys und erstarrte mitten in der Bewegung. In trauter Zweisamkeit saßen

Hans-Gundolf und Reiner-Maria auf klapprigen Camping-stühlen vor ihrem Gefährt.

»Wo haben Sie sich versteckt?«, herrschte er in rauem Ton Reiner-Maria an, der in ein weites Gewand gekleidet war.

»Hier«, antwortete der Mann mit der weichen Stimme.

»Ich wollte mit Ihnen reden.«

»Warum haben Sie es nicht getan?«

»Sie waren nicht aufzufinden.«

»Doch«, behauptete Reiner-Maria Vogeley. »Ich war immer hier. Stimmt's, Schatzi?« Sanft streichelte er Hans-Gundolfs Unterarm.

Sein Partner bestätigte es.

»Lügen Sie nicht.« Er sah sich um. »Ich hatte den Eindruck, Sie waren ständig auf der Suche nach dem Kind.«

»Welches Kind?«, fragte Reiner-Maria.

»Ihres.«

»Wir haben keins.«

»Das habe ich durch Abfrage der Daten der Meldebehörde inzwischen auch festgestellt. Warum tun Sie so geheimnisvoll? Haben Sie sich unberechtigt ein Kind angeeignet? Kommen Sie! Raus mit der Sprache!«

»Ehrlich. Wir haben keins. Wir verbergen auch keins«, sag-te Reiner-Maria und klapperte mit den Liddeckeln.

»Sie waren doch ständig auf der Suche nach Kevin. Wo ist er?«

Die beiden sahen sich lange an. Dann griff Reiner-Maria schutzsuchend Hans-Gundolfs Hand und sagte im Flüster-ton: »Sag du es ihm, Schatzi.«

»Also«, setzte Hans-Gundolf an und verhaspelte sich. »Also! Ja. Es gibt Kevin.«

»Der schläft im Korb in Ihrem Wohnmobil«, stellte Thön-nissen fest.

Die beiden Vogeleys nickten synchron. »Woher wissen Sie das?«, fragte Hans-Gundolf mit belegter Stimme.

»Polizeiliche Ermittlungen.«

»Gut«, seufzte Hans-Gundolf. »Kevin ist ein – Hund.«

»Ein … Hund?«, echote Thönnissen. »Wirklich?«

Hans-Gundolf nickte ergeben. »Wir haben kein Kind, sondern einen Hund. Den wollten wir nicht allein lassen. Wir haben ihn versteckt, weil Hunde bei den ›Kindern der Erleuchtung‹ als unrein gelten. Sie dürfen nicht mitgebracht werden. Und wenn Sie nach ›Bello‹ oder ›Hasso‹ rufen, werden die Leute hellhörig. Bei ›Kevin‹ schöpft niemand Verdacht. Das ist kein typischer Hundename. So sind wir auf diese Idee gekommen.«

»So irre kann man gar nicht denken«, sagte Thönnissen. »Dann ist das Kinderbett …«

»… ein Hundekorb«, ergänzte Hans-Gundolf.

»Wir arbeiten noch an der Erziehung«, flocht Reiner-Maria ein. »Aus Überzeugung leben wir vegan. Das können wir einem Hund nicht zumuten, aber vegetarisch sollte es schon sein. Das versteht Kevin allerdings noch nicht. Bei jeder passenden Gelegenheit macht er sich aus dem Staub und sucht nach tierischer Nahrung.«

»Heißt das, er macht sich auch über Fleisch und Wurst her?«

»Wenn es ihm gelingt, da heranzukommen – ja. Leider.«

»Dann könnte Ihr Hund für ein paar Diebstähle von Lebensmitteln infrage kommen. Außerdem hat er seinen Haufen auf die Terrassen von Einheimischen gesetzt.«

»Entschuldigung«, sagte Reiner-Maria kleinlaut. »Ich bin immer sofort hinterher, wenn Kevin ausgebüxt ist.«

»Deshalb habe ich Sie nie gesehen?«

»Kann möglich sein. Aber falls Kevin irgendetwas angestellt hat, kommen wir selbstverständlich für den Schaden auf.«

Thönnissen sah zum alten Unimog. »Das müssten Sie sich vom Haushaltsgeld abknapsen. Wie finanzieren Sie überhaupt den teuren Aufenthalt im Ashram?«

»Och«, war die einsilbige Antwort.

Thönnissen sah Hans-Gundolf an. »Sie erinnern sich, als ich Sie dabei überraschte, wie Sie mit der Hand über den Kotflügel des Unimogs strichen und flüsterten, dies sei seine letzte Tour und Sie würden sich etwas Neueres, Größeres kaufen?«

»Das haben wir vor«, bestätigte Reiner-Maria.

»Und woher nehmen Sie das Geld? So ein Wohnmobil ist eine größere Investition.«

Reiner-Maria zeigte auf seinen Partner. »Hans-Gundolf verdient gut. Er ist Manager in einer großen Frankfurter Bank. Gleich unter der Chefetage.«

Thönnissen war sprachlos. »Ich wünsche Ihnen noch einen schönen Aufenthalt auf Pellworm«, sagte er.

»Herr Wachtmeister«, rief ihm Reiner-Maria hinterher. Thönnissen drehte sich um. »Sie sind eigentlich ein ganz Netter. Kommen Sie uns doch mal in Frankfurt besuchen.«

Thönnissen nickte. Lieber drei Mal Tuvalu – trotz aller Beschwernisse – als ein Mal die Vogeleys, dachte er.

Als Thönnissen in sein Haus zurückkehrte, hatte Hundt es sich im Wohnzimmer gemütlich gemacht. Auf dem Couchtisch standen zwei Schnapsgläser, daneben die Flasche Kümmel, die der Inselpolizist im Kühlschrank aufbewahrte. Bei einem Glas war der Boden feucht. Hundt musste schon getrunken haben. Thönnissen wollte lospoltern, aber alle Vorhaltungen gegenüber dem Hauptkommissar waren erfolglos geblieben. Er wollte die – hoffentlich – letzten Stunden mit dem Festlandskriminalisten nicht im Stress verbringen. Der

Fall war abgeschlossen, und nun würde wieder Ruhe einkehren auf Pellworm.

»Kommen Sie«, forderte Hundt ihn jovial auf, als sei er hier zu Hause, und nahm die Flasche.

Thönnissen zeigte auf seine Uniform. »Ich bin noch im Dienst.«

»Doch nur pro forma. Alles ist geklärt. Die Fahndung läuft. Meine Berichte werden dem Guru und Filsmair keine Chance lassen. Der Fall ist wasserdicht.«

»Es wäre schön, wenn noch ein paar hieb- und stichfeste Beweise hinzukämen.«

»Die Logik, die ich zusammengestellt habe, ist zwingend. Kommen Sie, setzen Sie sich.« Hundt schenkte beide Gläser voll, hob seines und sagte: »Prost.« Nach einem langgezogenen »Aaahhh« fuhr er fort: »Nennen Sie mir ein Argument, das gegen meine Erkenntnisse spricht.«

»Es gibt keines«, bestätigte Thönnissen.

Hundt wedelte mit der Hand. »Holen Sie uns mal zwei Bier.«

»Ich weiß nicht«, zögerte Thönnissen. Er wäre den Hauptkommissar gern losgeworden. Doch Hundt ließ sich nicht abwimmeln. »Nun machen Sie schon«, forderte er den Inselpolizisten auf und wurde abgelenkt, als sich sein Telefon meldete.

»Hier, Hundt«, brüllte er überlaut in das Mikrofon. Dann lauschte er einen Augenblick. »Ich bin Ihnen keine Rechenschaft schuldig. Hier wird noch ehrliche Polizeiarbeit geleistet. Ich kann es mir nicht leisten, als Internet-Junkie ständig vor meinem Rechner zu hocken und zu hoffen, dass sich etwas tut. Wenn Sie Infos haben, rufen Sie mich gefälligst an. So haben wir früher alle unsere Fälle geklärt. Also – was ist?«

Thönnissen wandte sich ab. Hundt hatte offenbar immer

noch nicht gebeichtet, dass er sein Notebook verloren hatte. Dafür erhellte sich die Miene des Hauptkommissars schlagartig. »Gut. Warum erfahre ich das erst jetzt?« Nach einer kurzen Antwort des Gesprächspartners schloss Hundt das Telefonat mit einem »Stümper« ab.

Er warf das Handy auf den Tisch, schenkte noch einmal ein, animierte Thönnissen zum Trinken und sagte dann: »Sie können mir gratulieren.«

»Glückwunsch.« Nach einer längeren Pause ergänzte Thönnissen. »Wozu?«

»Jetzt ist der Sack dicht. Es gibt unumstößliche Beweise dafür, dass Filsmair der Mörder ist.«

Thönnissen beugte sich vor. »Da bin ich gespannt.«

»Jawohl. Das war Ahlbeck, der Versager. Mich wundert, dass der nicht alles versaut hat. Unsereiner ist vorsichtig am Tatort, um keine Spuren zu verwischen, und dieser Nichtsnutz trampelt wie ein Dromedar durch die Welt.«

»Und welche wichtige Information zu unserem Fall hat Hauptkommissar Ahlbeck Ihnen mitgeteilt?«

»Sie erinnern sich an die Eisenstange, mit der die Tür des abgebrannten Wohnwagens blockiert war?«

Thönnissen nickte.

»Ahlbeck musste einen Geistesblitz gehabt haben, als er die Stange nach Kiel schickte. Und die Laborpolizisten haben tatsächlich etwas gefunden.« Hundt legte eine lange Kunstpause ein. Schließlich erklärte er: »Eine DNA.«

»Eine … DNA? Das ist Schei… erstaunlich.«

»Man sollte es nicht für möglich halten. Bei dem flammenden Inferno müsste eigentlich alles verbrannt sein. Aber das, Thönnissen, merken Sie es sich, ist der Unterschied zwischen *eigentlich* und *uneigentlich*. Das ist kein Zufall, sondern das Glück des Tüchtigen.«

Hundts Körperhaltung ließ keinen Zweifel daran aufkommen, dass er sich damit meinte.

Die Spannung stieg ins Unermessliche.

»Wessen DNA hat man feststellen können?«, fragte Thönnissen schließlich.

Hundt lächelte. Ein seltenes Bild. Dann fuhr sein Finger vor und zeigte auf den Inselpolizisten. »Eine überflüssige Frage. Das müssten Sie wissen.«

Thönnissen schüttelte den Kopf.

»Die DNA gehört ohne jeden Zweifel Hubertus Filsmair. Ich hatte wieder einmal recht. Und dieses Indiz bestätigt meine Ermittlungen. Die beiden, der Guru als Anstifter und Filsmair als Mörder, können nicht entkommen. Nach ihnen wird mit Hochdruck gefahndet. Es ist nur eine Frage der Zeit, bis sie uns ins Netz gehen.« Hundt zeigte auf die Flasche. »Darauf sollten wir anstoßen.«

Nach der angefangenen Flasche fand sich eine weitere im Schrank. Auch die Bierkiste leerte sich im Laufe des Abends. Hundt zeigte sich nur einmal enttäuscht, als er nach der Telefonnummer des Pizzaservice fragte und Thönnissen bedauernd mit den Schultern zuckte. Auch die Frage der Übernachtung erledigte sich. Irgendwann fiel der Kopf des Hauptkommissars einfach nach hinten auf die Sofalehne.

Epilog

Fähren üben auf alle Menschen rund um den Globus eine besondere Faszination aus. Sie stellen die Verbindung zum Rest der Welt her. Ihre Ankunft wird von den Insulanern sehnsuchtsvoll erwartet, transportieren die Schiffe doch dringend erforderliche Güter und Waren, aber auch Menschen, über deren Ankunft sich die Inselbewohner freuen.

Auch ich, Frerk Thönnissen, sah über das Wasser. Allerdings näherte sich die Fähre nicht dem Anleger, sondern entfernte sich. Nach gut vierzig Minuten würde sie das Festland erreicht haben oder zumindest den Fährhafen auf der anderen Seite. Von der Halbinsel Nordstrand führte ein Damm zum Festland.

Manche Fahrgäste nutzten die Fähre, um auf dem Festland Dinge zu erledigen. Für die Mehrheit war es das Ende des Urlaubs, schöner und entspannter Tage auf einem der reizvollsten Flecken im Weltnaturerbe Wattenmeer. Hauptkommissar Hundt, der sich unter den Passagieren befand, hatte erneut einen schwierigen Fall gelöst. Bereits das dritte Mal war er nach Pellworm gekommen, um rätselhafte Mordfälle zu klären.

Ich wünschte mir, dass dies sein letzter Besuch war. Sollte er zufrieden zu seiner Husumer Dienststelle zurückkehren und glauben, einer der fähigsten Kriminalbeamten zu sein. Dieses Mal hatte er sogar den richtigen Täter erwischt.

Na ja – fast.

Natürlich war Josef von Hünerbein nicht der Mörder. Der

Mann war verzweifelt über den Tod seiner Frau und gab den »Kindern der Erleuchtung« die Schuld. Zu Recht. Es war nicht richtig, dass er mit der Axt im Ashram herumgewütet hat. Eine Gefahr war von ihm aber nicht ausgegangen. Das hatte ich gespürt, als ich ihm gegenüberstand. Sicher ist es ungewöhnlich, einen Verdächtigen mit Bier und Schnaps abzufüllen. Es dauerte aber eine Weile, bis die Kollegen von der Entenpolizei mit von Hünerbein auf dem Festland waren und ein Arzt eine Blutprobe nehmen konnte. Ich hatte es gehofft. Es hatte funktioniert. Man konnte nicht mehr exakt bestimmen, wann von Hünerbein getrunken hatte. Ich hatte die spezielle Form des Verhörs, das wir im Hinterzimmer von Boy Feddersens Restaurant veranstaltet hatten, verschwiegen und auch Hundt nahegelegt, es unerwähnt zu lassen. Schließlich hatte auch er eine Alkoholfahne, als wir von Hünerbein der Wasserschutzpolizei übergeben hatten. So lief die Anschuldigung gegen von Hünerbein darauf hinaus, dass er im Zustand der Trunkenheit vermindert schuldfähig war. Ich hatte einfach behauptet, ihn schon betrunken im Ashram angetroffen zu haben. Niemand hatte nachgefragt, ob die Trunkenheit erst später eingetreten sei. Wo gibt es so etwas, dass ein Verdächtiger im Polizeigewahrsam während seiner Vernehmung unter Alkohol gesetzt wird?

Ich war erstaunt, wie nah Hundt dieses Mal der Wahrheit gekommen war. Sie erinnern sich, als ich hinter dem großen Pagodenzelt auf Pastor Bertelsen stieß, der ebenfalls durch den Ashram schlich. Der Pastor war zuvor gegen etwas Blechernes gestoßen. Ein Benzinkanister, wie ich dann feststellte. Pellwormer sind ja für vieles zu haben und stellen manchen Unsinn an. Aber Brandstiftung? Nie und nimmer. Bertelsen stand nie in Verdacht, den Wohnwagen angezündet zu haben. Ich entfernte mich also vom Zelt, während der Pastor in die entgegengesetzte Richtung verschwand. Dann wartete ich ab. Die »Ooommm«-Singer waren offenbar so angetan von ihrem Chor, dass es kein Ende nehmen wollte. Nach zwei Stunden beschlossen sie doch, in ihre Wigwams zurückzukehren. Ich atmete auf. Zum Glück hatte niemand »Zugabe« gerufen, sonst hätte Hodlbacher als Vorsänger möglicherweise noch eine Extrarunde eingelegt.

Es kehrte Ruhe ein im Lager. Hier und dort wurde sich noch unterhalten, gedämpfte Stimmen drangen an mein Ohr. Rund um das Zelt, das ich bewachte, regte sich nichts. Ich wartete noch eine Stunde und beschloss, die Aktion abzubrechen, schnappte mir den Benzinkanister, damit keiner damit Unfug anrichten konnte, und wollte gehen. Zwischen den Wohnwagen und Zelten war niemand zu sehen, obwohl ich mich bemühte, stets im Schatten zu bleiben.

Es war ein Zufall, dass ich den anderen Schatten zuerst gewahrte. Noch jemand versuchte, unerkannt umherzuhuschen. Fensterln gehörte nicht zu den Eigenheiten der Campbewohner. Obwohl der andere vorsichtig war und sich ständig umsah, gelang es mir, im Verborgenen zu bleiben. Dabei war der Benzinkanister allerdings hinderlich. Fast hätte ich mich verraten, als ich mit dem Blechkanister gegen den Werkzeugkasten eines Wohnwagens stieß. Blitzschnell tauchte der Schatten in das Dunkel eines Wohnmobils auf der anderen Seite des Ganges ein und war verschwunden. Ich ärgerte mich, wollte aufgeben und gab mir noch einen letzten Versuch. Der dauerte etwa acht Minuten. Eine der provisorischen Lampen auf den Wegen warf zwei große Schattenbilder auf eine Zeltwand. Es sah aus wie ein Figurentheater. Die beiden Schatten rangen miteinander. Ich lief los und hielt immer noch den Kanister in der Hand. Jetzt erkannte ich den Ort. Es war vor der Tür von

Hodlbachers Wohnmobil. Ich war vielleicht zehn Schritte entfernt, als ich die beiden Kontrahenten erkannte. Einer hieb mit einer Eisenstange auf den Yogi ein, der in der Tür seines Mobilheims zwei Stufen über dem Angreifer stand. Eigentümlicherweise sprach keiner, es waren auch keine Schreie zu hören. Hodlbacher fiel nach hinten. Nicht schlagartig, sondern fast in Zeitlupe wie ein Baum, der gefällt wurde.

Irgendetwas bremste meinen Impuls, sofort loszurennen. Der Täter hielt immer noch die Eisenstange in der Hand. Ich fingerte meine Waffe aus dem Holster. Sie war nicht durchgeladen. Dazu brauchte ich die zweite Hand, um den Verschluss zurückzuziehen. Doch in der hielt ich den Benzinkanister. Reagiert ein Mensch immer rational in außergewöhnlichen Situationen? Später habe ich überlegt, dass ich den Kanister einfach hätte fallen lassen können. Warum nicht? Ich habe keine Antwort.

Der Mann mit der Eisenstange blickte sich hastig um, sprang mit einem Satz in das Wohnmobil und ich sah, wie die Beine Hodlbachers, die noch im Eingang lagen, nach innen verschwanden. Der Täter hatte sein Opfer hineingezogen. Jetzt war es Zeit, zu handeln. Ich schlich vorsichtig heran und sagte: »Polizei! Hände hoch! Lassen Sie die Stange fallen!« So etwas hat wohl kaum ein Polizist erlebt. Ich war unmittelbar Zeuge eines Mordes geworden. Davon, dass Hodlbacher tot war, konnte ich mich überzeugen, als ich den Täter mit der Waffe in der Hand aufforderte, zur Seite zu gehen. Ich bin zwar kein Mediziner, aber dem Yogi war nicht mehr zu helfen. Ich hielt immer noch den Benzinkanister in der Hand. Diesen winzigen Augenblick, den ich benötigte, um Hodlbachers Zustand zu prüfen, nutzte der Täter, um blitzschnell die Eisenstange aufzuheben und nach mir zu schlagen. Er verfehlte mich knapp. Der Mann war kein unbeschriebenes Blatt.

»Bulle. Deine Waffe ist nicht schussbereit«, rief er mir zu. Mir gelang es, auszuweichen. Ich ließ den Kanister fallen, und während der Mann zum zweiten Schlag ausholte, sprang ich ihn an. Wir fielen beide hin und rangen im niedergetretenen Gras miteinander. Ich spürte, wie mir die Kräfte schwanden. Als Polizist bin ich geschult in der Kunst der Selbstverteidigung. Aber wie oft wendet man es in der Praxis an? Und dann auf Pellworm? Es gelang dem Mann, erneut die Eisenstange zu greifen und Schwung zu holen. Ich rollte mich zur Seite, und der Hieb ging vorbei. Bevor er erneut ausholen konnte, gelang es mir, mich aus der Reichweite seiner Attacken zu flüchten.

»Lahmarschiger Dorfbulle«, grunzte der Täter. »Ergreift das Hasenpanier.« Er war sich seiner Sache sicher, dass ich geflüchtet sei. Das war sein irrationaler Fehler. Der Mann schlug die Tür zu und blockierte sie mit der Eisenstange.

Als er sich umblickte, sah er in die Mündung meiner Dienstwaffe. Er musste das Ratschen des zurückgezogenen Verschlusses gehört haben. »Eine falsche Bewegung, und du bist tot«, sagte ich grimmig. Es war nicht der Text, den man uns beigebracht hatte. Aber der Täter war zu weit gegangen, als er mich angriff. Das nahm ich persönlich.

Überall hätte der Polizist jetzt sein Handy hervorgefingert und Verstärkung angefordert. Ich war auf Pellworm. Da gab es keine. Wie lange sollte ich den Mörder in Schach halten, bis die Festlandskollegen von der Entenpolizei zur Insel übergesetzt hätten? Hundt? Das war ein feiger Hund. Der versteckte sich in brenzligen Situationen stets hinter meinem Rücken. Wie hätte ich ihm erklären sollen, dass ich – mit einem Benzinkanister in der Hand – durch den Ashram geschlichen war? Und die Feuerwehr konnte ich auch nicht anfordern. Mir blieb keine andere Wahl, als den Täter mitzunehmen. Es war dumm, dass ich keine Handschellen dabeihatte. Sie am Gürtel mitzuführen war lästig. Außerdem hatte ich sie auf Pellworm noch nie benötigt.

»Vorwärts«, forderte ich den Täter auf. Ich war mir sicher, dass er mich nicht angreifen würde. Möglicherweise hätte er es versucht, wenn ich die Waffe auf seinen Kopf oder die Brust gerichtet hätte. Dass die Mündung auf jene männliche Stelle zielte, die jeder Fußballer beim Freistoß mit beiden Händen abdeckte, beeindruckte den Mann mehr.

Ich hatte noch keinen Plan, ließ ihn aber rückwärtsgehen. Ungesehen erreichten wird den Rand des Ashrams. Der Schein der Wegebeleuchtung blieb zurück, und es wurde dunkel. Wir stolperten über die Wiese, während ich mich auf meinen Gefangenen konzentrierte. Plötzlich blieb er stehen.

»Okay, Bulle. Du hast alles gesehen«, sagte er und nahm die Hand vom Nacken.

»Lass die Pfoten oben«, befahl ich.

Er lachte. Es klang dreckig. »So ein Scheißer wie du schießt nicht. Du hast keine Traute.«

»Lass es nicht darauf ankommen.«

»Das war nicht meine Idee.«

»Der Guru hat dich angestiftet?«

Im diffusen Licht sah ich, wie er nickte. »Was heißt angestiftet? Hodlbacher war ein Verräter, eine linke Sau.«

»Das rechtfertigt noch lange keinen Mord. Du hast den Yogi wie einen räudigen Hund erschlagen.«

»Das war Notwehr«, behauptete der Täter. »Hodlbacher meinte, er könne das Ganze genauso aufziehen wie der Guru. Er drohte, den ganzen Zauber, wie er es verächtlich nannte, auffliegen zu lassen. Warum, so meinte er, soll der Guru alleine absahnen? Der Yogi wollte ans große Geld, nachdem er sich schon an den laufenden Einnahmen vergriffen hat. Der

Scheißtyp hatte das Vertrauen des Gurus. Und? Statt das Geld von Schmutzler zu holen und beim Guru abzuliefern, steckt er es in die eigene Tasche. Der Guru hatte plötzlich keine Barmittel mehr. Ich habe nichts anderes getan, als das zurückzuholen, was Hodlbacher nicht gehörte. Warum wehrt der sich? Den Rest hast du gesehen.«

»Irrtum. Das war ein kaltblütiger Mord.«

»Das kannst du nicht beweisen.« Der Täter war sich seiner Sache sicher. Ich hatte Mühe, in der Dunkelheit seine Mimik zu erkennen.

»Was hat dir der Guru versprochen, wenn du Hodlbacher ermordest?«, fragte ich.

Ich konnte schwach sehen, wie sich der Mund zu einem Grinsen verformte.

»Die Show, die Hodlbacher abgezogen hat ... Das kann ich auch.«

»Der Guru hat dir aufgetragen, Hodlbacher umzubringen. Zur Belohnung solltest du seine Position einnehmen? So bist du zum Mörder geworden. Dabei hast du nicht gemerkt, dass du nur ein billiges Werkzeug des Inders bist. Der hat dich manipuliert. Glaubst du wirklich, der Guru lässt dich an die Fleischtöpfe? Was passiert, wenn er sein Wort nicht hält? Nichts. Du kannst dich nicht einmal beschweren, weil du einen Menschen umgebracht hast. An deinen dreckigen Fingern klebt Blut.«

»Das ist nicht wahr. Der Guru ist ein Ehrenmann.«

»Was hat er mit dir die ganze Zeit getrieben? Du hast wie ein Hund auf der Fußmatte gelebt. Du warst sein Handlager für die schmutzigen Dinge. Nein, Filsmair, das Spiel ist aus. Du wirst keinen Bentley mehr fahren, sondern im Knast hocken. Aber das kennst du ja. Hubertus Filsmair – der Mörder des Yogis. Eine tolle Schlagzeile.«

Plötzlich sprang Filsmair vor. Aus dem Stand heraus. Ehe ich reagieren konnte, war er bei mir. Es macht doch einen Unterschied, ob man droht oder schießt. Die Skrupel sind zu groß. Ich war wie gelähmt. Mein Finger wollte sich nicht krümmen. Mir fehlte jegliche Erfahrung im Umgang mit Schwerkriminellen. Kein Wunder. Wo hätte ich die sammeln sollen?

Filsmair packte meine Pistole und drückte sie zur Seite. Nur mit Mühe konnte ich sie festhalten. Es war ein Kampf auf Leben und Tod. Ich wusste, dass er mich erschießen würde, wenn es ihm gelänge, die Waffe an sich zu reißen. Er versuchte, mir gegen das Schienbein zu treten, erwischte mich aber nur halb. Trotzdem war es ein höllischer Schmerz. Gleichzeitig zerrte und zog er am Lauf der Pistole, während er mir mit seiner anderen Hand auf die Nase schlug. Sofort schossen mir die Tränen in die Augen. Ich war wie benommen. Fast hätte er die Pistole errungen. Nur mein Finger, den ich um den Abzug gekrümmt hatte, hinderte ihn daran. Mit einem kräftigen Ruck am Lauf riss er die Waffe vorwärts. Dabei hakte mein Finger am Abzug und wurde zurückgedrückt. Ein kurzes Bellen erklang. Die auf die Waffe einwirkende Kraft verschwand schlagartig. Dafür sah Filsmair mich mit großen Augen an.

»Der Scheißbulle hat abgedrückt«, stammelte er. »Der kleine Dorfbulle.«

»Inselpolizist«, war das Einzige, was mir in diesem Moment einfiel.

Filsmair ließ die Pistole los und presste sich die Hand auf das kleine unscheinbare Loch in seiner Brust, aus der das Blut floss. Er stand noch ein oder zwei Minuten, bis er wie ein Mehlsack in sich zusammensank.

Ich sah auf ihn herab, näherte mich vorsichtig und nahm seinen Puls an der Halsschlagader. Nichts. Hubertus Filsmair, der Mörder Hodlbachers, war tot. Der Guru, Raja oder wie immer sich der Inder nannte, müsste sich einen neuen Fahrer und Bodyguard suchen. Was dieser Gangster auch immer den gutgläubigen Anhängern verkündete – ein neues Leben würde es weder für Hodlbacher noch für Filsmair geben.

Was sollte ich jetzt unternehmen? Fiete Johannsen anrufen? Der Doktor konnte nichts mehr ausrichten. Ich hätte Hundt informieren können. Oder gleich die Dienststelle auf dem Festland. Aber wer würde mir diese unglaubliche Geschichte abnehmen? Hundt mit Sicherheit nicht. Bei ihm hätte ich keine Chance. Man würde mich aus dem Dienst entfernen. Ich müsste Pellworm verlassen, weil jeder Bewohner über mich tratschen würde. In einem überschaubaren Gemeinwesen wie diese Insel konnte man nicht bleiben.

Ich hockte mich neben den toten Filsmair und überlegte. Dann sah ich mich um. Der Ashram lag friedlich und ruhig da. Keiner der Bewohner schien etwas mitbekommen zu haben. Auch den Schuss hatte niemand gehört. In der Ferne sah man die Lichter von Tammensiel. Ansonsten waren die wenigen Lichtpunkte in der weiten und ruhigen Marsch verteilt. Jeder für sich ein einsamer Stern.

Schließlich fasste ich einen Entschluss. Es war dunkel. Kaum jemand würde auf der Wiese herumstreichen. Selbst wenn sich jemand aus dem Ashram noch ein wenig die Füße vertreten sollte, würde er im Umfeld des Lagers bleiben und sich nicht weit von den Lichtern entfernen. Ich hingegen kannte die Wiese, wusste, wo Gräben und Zäune waren. Ich lief fast zwei Kilometer zu einem der einsam gelegenen Anwesen und »borgte« mir einen luftbereiften einachsigen Fahrradanhänger. Damit kehrte ich zu dem toten Filsmair zurück und lud ihn auf. Er nahm eine Hockstellung ein. Dabei hingen die Beine über die Rückwand. Dann zog ich mit dem Wagen los.

273

Pastor Bertelsen benötigte etwas länger, bis er an die Tür kam und mich erstaunt ansah. »Du? Um diese Zeit? Ist etwas?«

Ich nickte. »Hannes, ich brauche deine Hilfe.«

Er wollte mich ins Haus bitten, aber ich erzählte ihm in Kurzform von den Vorkommnissen.

Das Staunen, das sich in seinem Antlitz abzeichnete, wurde immer größer.

»Das ist ein Scherz«, sagte er schließlich atemlos. »Sag mir, dass das nicht wahr ist.«

Ich nickte ernst.

»Wir müssen die Polizei rufen«, fiel ihm als Lösung ein.

»Hannes! *Ich* bin die Polizei!«

»Dann fordere deine Kollegen vom Festland an. Du hast doch nichts zu befürchten. Es klingt plausibel, was du erzählt hast.«

»Es geht nicht um mich, sondern um dich.« Es war nicht fair, was ich tat.

»Um mich? Das verstehe ich nicht.«

»Der Benzinkanister.«

»Na und? Darüber bin ich gestolpert.«

»Alle könnten in der Zeitung nachlesen, dass der Pastor nachts durch das Zeltlager der Esoteriker schleicht.«

»Das ist nicht erfreulich, aber damit muss ich leben.«

»Das ist noch nicht alles.«

Der Pastor sah mich mit fragendem Blick an.

»Hast du den Kanister angefasst?«

»Ich bin darüber gestolpert, war erschrocken, habe mich gebückt und nach dem Hindernis gegriffen.«

»Dann sind deine Fingerabdrücke und deine DNA am Kanister.«

»Woher will man wissen, dass ich es war?«

»Wir haben etwas über tausend Einwohner. Davon sind

wie viele männlichen Geschlechts und zwischen zwanzig und fünfzig Jahre alt?«

Bertelsen zuckte mit den Schultern. »Keine Ahnung.«

»Nehmen wir an – zweihundert. Dann hat man dich. Wenn man eine so aufwendige Aktion startet, wollen die Kollegen auch einen Erfolg präsentieren. Aus der Nummer wieder herauszukommen wird schwierig. Es zählt nicht, was ich meine.«

»Ich bin unschuldig. Ich habe mit der ganzen Sache nichts zu tun.«

»Richtig. Ich weiß das. Genauso wie du weißt, dass ich unschuldig bin.«

»Und nun?« Bertelsen lehnte sich gegen den Türpfosten. Er war ratlos.

»Wir könnten uns gegenseitig helfen?«

»Du meinst – mit falschen Alibis?« Er schüttelte heftig den Kopf. »Niemals.«

»Anders.« Ich zeigte zum Fahrradanhänger, den ich hinter der Hausecke geparkt hatte. Nur die Fußspitzen lugten hervor.

»Komm, setz dich«, forderte ich ihn auf, und wir nahmen nebeneinander auf der Eingangsstufe zum Pfarrhaus Platz. »Filsmair ist ein Mörder. Seinem Opfer können wir nicht mehr helfen, höchstens für seine Seele beten. Dafür bist du zuständig. Die Gerechtigkeit fordert, dass der Mörder bestraft wird. Er hat sich selbst der irdischen Gerichtsbarkeit entzogen. Damit wäre der Fall abgeschlossen.«

»Doch nicht rechtlich«, protestierte Bertelsen.

»Ist das moralische Recht nicht größer? Wer kann das besser abschätzen als du, der Mann der Kirche?«

Der Pastor gab einen Grunzlaut von sich.

»Heinrich Schlappkohl wird beigesetzt. Lieschen Ipsen hat ihn schon hergerichtet. Der arme Heinrich ist auch schon eingesargt.«

275

»Was hat das mit deinem Problem zu tun?«

»Schlappkohl war schwergewichtig. Ipsen musste einen grö-ßeren Sarg bereitstellen.«

»Ich verstehe immer noch nicht.«

»Im Sarg müsste Platz für zwei sein.«

Der Pastor sprang auf und lief ein paar Meter davon. Ich sah, wie er den Kopf senkte und in seine Hände vergrub. Als er zurückkehrte, schlug er mit der Stirn gegen die Handflächen.

»Nein! Nein! Nein!«, sagte er fortwährend. Ich habe nicht gezählt, wie oft er es wiederholte.

Ich stand auch auf und nahm ihn in den Arm. »Doch, Hannes, es ist die einzige Möglichkeit.«

Der Pastor umrundete noch einige Male den Kirchplatz, bevor er sich geschlagen gab. Vorsichtshalber stellte ich den Handwagen im Schuppen unter und ging mit Bertelsen in dessen Büro. Von dort rief ich Jesper Ipsen an.

»Moin, Pastor, was gibt's?«, meldete sich der Bestatter. Er hatte die Rufnummer im Display gesehen.

»Moin, Jesper. Hier ist Thönnissen. Du musst sofort ins Pfarrhaus kommen.«

»Was ist passiert?«

»Frag nicht. Komm einfach.«

»Ist jemand gestorben? Soll ich mit dem Leichenwagen kommen?

»Ja.«

»Das dauert etwas. Ich muss mir noch einen zweiten Mann besorgen. Aber – sag mal. Wer ist gestorben? Doch nicht etwa …« Er stockte. »Nun sag nicht, der Pastor ist tot.«

»Nein. Der steht neben mir.«

Ipsen war hartnäckig. Er wollte unbedingt wissen, weshalb er mit dem Leichenwagen zum Pfarrhaus kommen sollte.

»Nicht nur das, Ipsen. Bring Heinrich Schlappkohl mit.«

»Bist du jetzt völlig übergeschnappt?«, fragte der Bestatter. »Ich glaube, ich bring Fiete Johannsen mit. Der kann dir eine Beruhigungsspritze geben.«

»Nun sabbel nicht so viel. Lade Schlappkohl samt Holzkiste ein und komm her. Allein.«

»Kommt nicht infrage«, zeigte sich Ipsen renitent.

»Lund«, sagte ich.

Ipsen wurde hellhörig. »Was soll mit Lund sein?«

»Ich habe gehört, er will morgen seine Baustelle besichtigen und dabei deine Frau kennenlernen.«

»Du bist völlig übergeschnappt«, schimpfte Ipsen und legte auf.

»Der kommt nicht«, klagte der Pastor und begann, im Zimmer auf und ab zu gehen.

»Doch«, versicherte ich und behielt recht. Eine Viertelstunde später fuhr der Leichenwagen vor. Ipsen war alleine gekommen.

»Ich verstehe die Welt nicht mehr«, sagte er und sah irritiert den Pastor an, dann mich, um wieder zu Bertelsen zu wechseln.

»Ich habe mich immer gewundert, warum der Bau nie fertig wurde. Ein so schlechter Handwerker bist du nicht, Ipsen, dass du schon Jahre auf dem Bau hockst.«

»Davon verstehst du nichts.«

»Doch«, widersprach ich. »Die ganze Insel redet über Lund, den kritischen Bauherrn. Es ist nur dumm, dass ihn noch nie jemand zu Gesicht bekommen hat.«

»Er kommt, wenn ich fertig bin.«

Ich schüttelte energisch den Kopf. »Nein. Lund ist schon da.«

»Unmöglich.« Ipsen wich einen Schritt zurück. »Das kann nicht sein.«

»Ich habe ein wenig recherchiert«, sagte ich gelassen und zeigte auf Ipsen. »Du selbst bist Lund.«

Ipsen schluckte mehrfach. Ich fürchtete, ihn würde der Schlag treffen.

»Lund gibt es nicht«, erklärte ich. »Du hast das Haus für dich selbst gebaut. Niemand sollte davon wissen. Nicht einmal deine eigene Frau. Wenn das rauskommt, werden sich alle Leute fragen, woher du das Geld hast. Schwarzgearbeitet? Heimlich beiseitegeschafft?«

»Ich kann alles nachweisen. Auf Heller und Pfennig.«

»Auch auf Euro und Cent? Selbst wenn das stimmt, werden die Insulaner munkeln, dass du sie mit deinen Preisen übers Ohr gehauen hast. Wie schafft man es, neben dem sichtbaren Wohlstand, noch Geld für ein Haus wie das des angeblichen Lunds beiseitezuschaffen?«

»Ich wollte es an Feriengäste vermieten«, wand sich Ipsen. »Du kennst das Gerede. So habe ich Lund erfunden. Meine Geschäfte laufen prima. Die Tischlerei ist gut ausgelastet, und das Bestattungswesen ist auch kein Zuschussbetrieb«, umschrieb er seine Einkommensquellen. »Plötzlich merkte ich, dass ich mir mit der ›Baustelle Lund‹ ein Refugium geschaffen hatte, das mir ganz allein gehörte. Ich habe gute Leute. Da ist meine Anwesenheit nicht mehr erforderlich. Was hätte man gedacht, wenn ich zu Hause gesessen hätte und nicht mehr auf den Baustellen? So habe ich mich bei Lund eingerichtet. Selbst vor Lieschen war ich da sicher.«

»Das kann von mir aus auch so bleiben«, sagte ich und unterbreitete ihm meinen Plan, Filsmair zu Heinrich Schlappkohl in den Sarg zu legen.

Ipsen weigerte sich, wollte wissen, warum, wer, wieso, weshalb.

»Das alles geht dich nichts an. Es hat alles seine Richtigkeit.«

Pastor Bertelsen unterstützte mich. Schließlich gab sich Ipsen geschlagen.

»Erzähl Lieschen nichts«, trug ich Ipsen auf. »Womöglich fragt sie noch, wer für die Mehrkosten der Doppelbestattung aufkommt.«

Ich ließ Ipsen den Sarg öffnen und schickte ihn dann vor die Tür. Er sollte nicht sehen, wen wir zu Schlappkohl packten.

Noch einmal zitterte ich. Das war während der Beerdigung. Die Sargträger hatten mächtig zu schleppen und mochten innerlich auf Schlappkohl geflucht haben. Ich war auch in Sorge, ob der Sarg so stabil gearbeitet war, dass er das erhöhte Gewicht aushielt. Es wäre eine Katastrophe gewesen, wenn auf dem Weg von der Kirche zum Grab der Boden des Sargs zerbrochen wäre und zwei Leichen herausgefallen wären.

Wer hat den Wohnwagen mit dem toten Hodlbacher angezündet? Das war noch ungeklärt. Ich weiß es nicht. Meine Vermutung geht dahin, dass Schmutzler seinem Frust freien Lauf gelassen hat. Oder war es Teubert, der sich einen unliebsamen Konkurrenten vom Hals schaffen wollte? Ich wusste, dass es definitiv kein Mord war. Mochte Hundt glauben, was er wollte.

»Sie vernichten Beweismittel«, hatte Hundt mich angebrüllt, als ich mich in den Bentley setzte, das Lenkrad umfasste und mich mit dem Rücken am Sitz scheuerte. Wenn der Hauptkommissar gewusst hätte, wie recht er hatte. Ich hatte Filsmair die Schlüssel abgenommen, den Bentley auf den einsamen Parkplatz gefahren und den Safe im Kofferraum gesprengt. Den Sprengstoff bewahre ich in meinem Schuppen auf. Aber wer sucht schon im Hause eines Polizisten danach? Es hat übrigens Überwindung gekostet, den Bentleys auf direktem Weg zum Parkplatz am Leuchtturm zu fahren. Zu gern hätte ich noch ein paar Runden über unsere Insel gedreht, hatte aber Befürchtungen, dass es auffallen könnte. Insulaner interessieren sich für alles Ungewohnte. Es bietet Abwechslung im Alltag der abgeschlossenen und überschaubaren Gemeinde. Ich kenne und verstehe diese Neigung und hüte mich davor, es Neugierde zu nennen. Trotzdem hatte ich Sorge, dass mir ein Mitbewohner begegnete, der nicht einschlafen konnte und deshalb eine Runde über die Insel fuhr. Wenn er ohne Ziel unterwegs war, hätte er sich an die Stoßstange der Luxuslimousine geklemmt und wäre ihr gefolgt, vielleicht in der Hoffnung, den geheimnisvollen Guru beim nächtlichen Besuch einer einheimischen Schönheit zu überraschen. Selbst wenn der Guru mit dem Bentley nur zum FKK-Strand gefahren wäre, hätte diese Meldung als Sensation für die kommenden Jahre gereicht. Noch spektakulärer wäre es gewesen, hätten die Pellwormer ihren Polizisten dabei erwischt, wie er den Safe gesprengt hat. Na ja. Sie hätten dann von ihrem *Ex*polizisten sprechen müssen.

Dann war da noch die goldene Kette mit dem Kreuz, die ich auf der Wiese beim Bentley gefunden hatte, nachdem der Kofferraum aufgesprengt worden war. Sie gehörte Schmutzler. Wie war der Buchhalter dorthin gekommen? Warum hatte er nach dem Wagen des Gurus gesucht? Ich war verunsichert. War er mir doch heimlich gefolgt? Unmöglich. Ich war vorsichtig gewesen und hatte mich ständig umgesehen. Da war niemand hinter mir gewesen. Und mit einem Fahrrad hätte er auch nicht hinterherfahren können. Ich hatte die Kette an mich genommen. Wenn Schmutzler mich beschuldigt hätte, wäre die Kette ein Beweismittel gewesen, das ich gegen den Buchhalter verwandt hätte.

Niemand glaubt, wie anstrengend es auf einer Einmann-

Dienststelle auf dem Land sein kann. Schließlich musste ich in dieser Nacht, als ich den Bentley gesprengt hatte, vom Parkplatz am Leuchtturm zu Fuß nach Hause laufen. Und dreihunderttausend Euro sind eine Menge Geld, wenn man es ohne Hilfsmittel transportieren muss.

Ich weiß, was Sie jetzt denken. Tuvalu und so.

Irrtum.

Ich habe das Geld gezählt und bin dann zu Pastor Bertelsen gegangen. Hannes war überrascht, als ich ihn erneut mitten in der Nacht aus dem Schlaf holte. Noch erstaunter war er, als ich ihm erzählte, was geschehen und wie ich in den Besitz des Geldes gekommen war.

»Ich bin ein Mann der Kirche«, hatte Hannes Bertelsen abgewehrt. »Du kannst mich doch nicht schon wieder in Straftaten mit hineinziehen.«

»Was sind Straftaten?«, hatte ich geantwortet. Bertelsen hatte überlegt. Wir haben eine Flasche Wein aufgemacht und uns angeschwiegen. Dabei hatte der Pastor immer wieder den Kopf geschüttelt. »Thönnissen, was bist du bloß für ein Typ. Du kannst doch nicht einfach dreihunderttausend Euro stehlen.«

»Ich habe nicht gewusst, dass es so viel ist«, hatte ich als Entschuldigung vorgebracht.

Bertelsen lachte. »Das ist kein Argument, das deine Tat rechtfertigt.«

»Sieh das mal so«, erklärte ich. »Die Esoterik-Leute sind auch auf kriminell anmutende Weise an das Geld gekommen. Sie bezahlen ihre Schulden nicht und transferieren das Geld vermutlich an der Steuer vorbei ins Ausland. Das ist sogar hochkriminell, weil das alles lange vorbereitet und geplant ist. Da steckt ein teuflisches Verbrechergehirn dahinter. Hier auf Pellworm nehmen etwas dreihundert Leute an diesem Zirkus teil. Vor uns auf dem Tisch liegen dreihunderttausend Mäuse. Das heißt: Jedem Teilnehmer war dieser Schwachsinn tausend Euro wert. Mensch, Pastor, wenn du an deine Kollekte denkst. Wenn zwanzig Leute in der Kirche sind, wie viel hast du dann im Klingelbeutel?«

»Hmh«, brummte Bertelsen. Ich spürte, dass die Mauer des Widerstands bröckelte. Schnell schenkte ich Wein nach. »Wenn ich das Geld für mich hätte behalten wollen, wäre ich damit nicht zu dir gekommen.«

»Dich plagt dein schlechtes Gewissen«, vermutete der Pastor.

Ich nahm einen Stapel Geldscheine und ließ sie auf den Teppich regnen. »Ab welchem Betrag beruhigt sich das schlechte Gewissen?« Auch nach einer längeren Pause fand Bertelsen keine Antwort. Offenbar wurden für solche Fälle in einem Theologiestudium keine exakten Beträge genannt.

»Die für nichts – na ja, fast nichts – viel Geld bezahlt haben, werden nicht ärmer. Von denen hat sich keiner die Mäuse vom Mund abgespart. Und geschädigt sind die auch nicht. Sie bekommen das, was sie sich erhofft haben. Dafür sorgt der neue Yogi.«

»Hör auf mit diesem Begriff.«

Bertelsen hielt sich mit beiden Händen die Ohren zu.

»Von mir aus: Der neu eingetroffene Gaukler übernimmt das Entertainment. Soweit ich es mitbekommen habe, macht er seine Sache gut, und die Leute sind glücklich und zufrieden. Man applaudiert ihm mitten in der Vorstellung. Klatscht jemand während deiner Predigt?«

Bertelsen schenkte mir einen bösen Blick. »Das kannst du nicht vergleichen.« Erneut schüttelte er den Kopf. »Wer bezahlt den neuen … Entertainer?«

»Niemand.«

»Dann ist er der Geschädigte.«

»Nein«, widersprach ich. »Ganz im Gegenteil. Teubert, so heißt er, ist der große Profiteur. Er hat bisher auf Honorarbasis für den indischen Guru gearbeitet. Jetzt hat er in einem Handstreich dessen Erbe angetreten. Der wird in der nächsten Zeit ein Vermögen scheffeln. Und das vor den Augen der Kirche. Jeder, den er mit seinen dubiosen Heilsversprechen einfängt, wird euch den Rücken zukehren. Teubert ist zu clever, um seine Chance nicht erkannt zu haben.«

Gedankenverloren sah Pastor Bertelsen auf den Geldstapel. Zaghaft griff er sich ein paar Scheine und ließ sie durch die Finger gleiten.

»Wie viel davon würdest du wohltätigen Zwecken stiften?«, fragte er leise.

Ich musste nicht überlegen.

»Alles.«

Bertelsen musterte mich entgeistert. »Was hast du gesagt?«

Ich ließ meinen Arm um das Geld kreisen und wiederholte: »Alles.«

»Ah.« Ein erkennendes Lächeln tauchte auf Hannes' Gesicht auf. »Du hast dir deinen Anteil schon genommen.«

»Irrtum. Nicht ein Cent fehlt. Geht auch nicht, waren nur Scheine. Mit Kleingeld haben sich die Halunken nicht abgegeben.«

»Das verstehe ich nicht. Warum hast du das gemacht?«

»Ich habe meine Gründe.«

»So viel Moral hätte ich dir nicht zugetraut.«

»Einmal Polizist – immer Polizist«, antwortete ich bescheiden.

»Meine Vorstellungen von der Arbeit der Polizei weichen aber erheblich von dem ab, was ich in der letzten Zeit bei dir gesehen und erlebt habe.«

»Das ist etwas anderes. Besondere Umstände erfordern …«

»Spar dir diese Floskeln«, schnitt der Pastor mir das Wort ab. »Mensch, Thönnissen, du bist wirklich eine ehrliche Haut.«

Ich wehrte das Kompliment halbherzig ab. Tja – ich wusste es besser.

»Und wer soll nun das Geld bekommen?«, fragte Bertelsen.

»Das muss in kleinen unauffälligen Beträgen an viele Empfänger gehen. Und anonym.«

Er sah mich fragend an.

»Sonst fällt es auf.«

Der Pastor stöhnte, holte einen Block mit gelben Aufklebern und einen Stift. Dann zählten wir Geld ab, Beträge in unterschiedlichen und unrunden Summen, überlegten, wem wir es zukommen lassen wollten, und beschrifteten den jeweiligen Stapel. Es wurde eine lange Nacht.

Zwischendurch unterbrach Bertelsen noch einmal unsere Arbeit.

»Was ist mit Feddersen und Ipsen? Deren Rechnungen werden doch nicht bezahlt?«

Mich packte eine klammheimliche Freude, dass Feddersen endlich einmal auf die Nase gefallen war. Laut sagte ich: »Feddersen gehört zu den Gewinnern. Viele der Teilnehmer des Ashrams sind in seinem Hotel abgestiegen. Der hat bestimmt keinen Verlust gemacht.«

Jetzt konnte ich nach Tuvalu reisen und Elizabeth nach Deutschland holen. Ihr kleiner Bruder würde sich über das Notebook freuen, das ich ihm mitbringen würde. Ein Jugendlicher auf Tuvalu interessiert sich nicht dafür, dass dieses Notebook einem nordfriesischen Hauptkommissar gehört hat. Hundt hatte mich zwar im Verdacht, aber beweisen konnte er mir nichts. Ob er ahnte, dass es die Rache für die Beule im

Golf war? Die war ärgerlich. Der Hauptkommissar dürfte viel mehr Probleme bekommen haben, als er seinen Vorgesetzten erklären musste, dass sein Notebook mit allen vertraulichen Daten verschwunden war. Entgegen Hundts Behauptung war der Rechner nicht durch ein Passwort gesichert. Ich konnte nachlesen, was der Hauptkommissar an Notizen niedergeschrieben hatte. Es waren krause Gedanken. Ich war enttäuscht. So viel Blödsinn und unzusammenhängende Dinge hatte ich selten gelesen.

Das ist Vergangenheit.

Mir gehörte die Zukunft.

Tante Auguste hatte bescheiden in ihrer Kate gelebt. Wenn sie mich bat, Besorgungen für sie zu erledigen und alltägliche Dinge einzukaufen, hatte sie oft vergessen, mir das verauslagte Geld zu erstatten. Ich konnte es verschmerzen. Sie hatte ein bescheidenes Dasein geführt. Umso überraschter war ich, als ich ihre Hinterlassenschaft in Augenschein nahm.

Ich wusste, dass sie oft in ihrem Leben verliebt gewesen war. Das war zu ihrer Zeit schwieriger als heutzutage. In Tante Gustes jungen Jahren regierte noch die Heuchelei. Man(n) durfte sich nicht dazu bekennen, dass es noch mehr Lebensfreuden als ein Konzert oder ein Glas Wein gab. Für Frauen war es ganz unpassend. Zumindest hatte die Tante diesen Teil ihres freudvollen Daseins mit einer Eheschließung gekrönt. Mehrfach. Man munkelte, dass sie ihr Glück auch außerhalb ehelicher Bande gefunden hat. Oft. Das war aber nicht Teil des Erbes.

Ich dankte jedem Einzelnen ihrer Verblichenen – und natürlich Tante Guste, als ich die Hinterlassenschaft sichtete. Eine Staubschicht lag auf den Sparbüchern und Kontoauszügen, die ich in ihrer Geheimschublade fand. Depotauszüge – ein für mich fremdes Thema – komplettierten die Sammlung. Mir verschlug es die Sprache, als ich die Salden addierte. Das war … Ich rechnete noch einmal. Das waren fast achthunderttausend Euro.

Es dauerte eine Weile, bis ich den Erbschein ausgehändigt bekam und mit den Banken sprach.

Sapperlot. Tante Guste war in den letzten Jahren gebrechlich gewesen. Das hatte ihre Mobilität eingeschränkt. Offenbar war sie lange nicht mehr auf der Sparkasse gewesen, um die neuen Kontenstände nachtragen zu lassen.

Ich rechnete mehrfach. Es blieb dabei. Die Summe wurde siebenstellig. Erstaunt kniff ich mir in den Arm.

Ich war Millionär.

Gut, die Erbschaftssteuer musste davon abgezogen werden. Es blieb dennoch eine für einen Polizisten unvorstellbare Summe übrig. Und vom Notgroschen in bar, den ich im alten Kleiderschrank fand, musste ich der Steuerbehörde nichts berichten. Notgroschen? Auch dieser Betrag war sechsstellig.

Ich benötigte zwei Tage, um die Überraschung zu verdauen, und war gerade wieder halbwegs geerdet, als mich der nächste Schlag traf. Die Seifenfabrik und die Großbäckerei befanden sich immer noch in Tante Gustes Eigentum. In Tantes? Ich setzte mich. Frerk Thönnissen, sagte ich laut. Jetzt bist du Seifenfabrikant. Oder ein Polizist, der seine Frühstücksbrötchen aus der eigenen Backstube bezieht.

Potzblitz. Was würde Elizabeth dazu sagen?

Aber wo sollte man leben mit so viel Geld und einer bezaubernden Frau?

Tuvalu – ich komme.

Halt! Ich komme nur, um Elizabeth zu mir zu holen.

Pellworm – ich bleibe.